AF307275

FSC
www.fsc.org
MIX
Papier aus ver-
antwortungsvollen
Quellen
Paper from
responsible sources
FSC® C105338

Solang du *lieben* magst

Hanne Benden

Bibliografische Information der Deutschen Nationalbibliothek:

Die Deutsche Nationalbibliothek verzeichnet diese Publikation in der Deutschen Nationalbibliografie; detaillierte bibliografische Daten sind im Internet über *http://dnb.dnb.de* abrufbar.

Noch mehr Hygge für dein Bücherregal!

Hier bekommst du den Kurzroman „Blooming Hearts" geschenkt:

www.hannebenden.de/hygge-brief

Impressum

Lektorat & Korrektorat: Daniela Mertens
Covergestaltung: Nadine Merschmann
– *www.nadinemerschmann.de* @coverfunken
unter Verwendung von Grafiken von *depositphotos.com*

Satz & Layout: Christoph Lammert
Gesetzt in Desire Pro, Chelsea Market Script & Arno Pro

© 2024 Hanne Benden
Herstellung und Verlag:
BoD – Books on Demand, Norderstedt
ISBN: 978-3-759-758781

1.
Kapitel

Die Welt um mich herum kam mir wie animiert vor. Alles war so weit weg und seltsam zweidimensional. Wie in einem Videospiel sah ich meine Hände am Fahrradlenker, spürte aber nicht, dass ich auf meinem Rad saß. Figuren und Häuser zogen an mir vorbei – oder war ich es, die vorbeizog? Ich roch nichts, hörte nichts. Ein Auto kreuzte meinen Weg. Jemand gestikulierte wild aus dem Fenster. Ich lotste mein Fahrrad drumherum. Fast erwartete ich ein PLING oder Ähnliches, das mir den Eintritt ins nächste Level verkündete, doch es blieb aus. War das hier echt? Warum wirkte es dann so unwirklich?

Als ich an der WG ankam, zitterte ich am ganzen Leib. Mir war so kalt wie schon lang nicht mehr. Über der Welt lag ein grauer Schleier. Wie ferngesteuert stieg ich die Treppe hoch, schloss die Tür auf, zog die Schuhe von den Füßen und ging in mein Zimmer. Dort setzte ich mich auf die Bettkante und starrte auf die Wand, ohne zu sehen, was dort war.

Eine Bewegung, jemand näherte sich mir, sagte wohl etwas. Ich sah, wie sich die Lippen bewegten. Die Person verschwand, tauchte kurz darauf mit einer weiteren Person auf. Eine Hand legte sich auf meine Schulter. Ein Mund, der sich schnell öffnete und wieder schloss. Viel zu schnell, ich konnte nicht folgen.

Plötzlich ein scharfer Schmerz, der von meiner Hand ausstrahlte und in meinen Kopf raste.

„Lene?"

Orientierungslos sah ich mich um. Woher kam die Stimme?

Wieder dieser scharfe Schmerz. Ich keuchte auf.

„Lene!"

Wilma kniete vor mir und umklammerte meine Finger. In meinem Handrücken zeichneten sich tiefe Spuren von Fingernägeln ab.

„Deine Hände sind eiskalt." Wilma raffte die Tagesdecke auf meinem Bett zusammen, legte sie mir um die Schultern und wickelte meine Hände darin ein.

„Gleich wird's besser", flüsterte sie. Sie stand aus der Hocke auf, setzte sich neben mich auf die Bettkante und hielt mich im Arm. Leonie betrat das Zimmer und legte mir eine Wärmflasche in den Schoß. Augenblicklich breitete sich die Wärme auf meinen Beinen aus. Ich legte meine Hände auf das Gummi und langsam ließ das Zittern nach. Irgendwann stand Leonie auf, ging aus dem Zimmer und kam kurz darauf mit einer Tafel Schokolade zurück. Ich spürte dem süßen Geschmack nach, der sich auf meiner Zunge ausbreitete.

„Magst du uns erzählen, was passiert ist?", fragte Wilma sanft.

Der letzte Rest Schokolade schmolz und ich schloss die Augen. Was war passiert? Bilder tauchten in meinem Kopf auf. Basti und ich vor dem Wohnheim. Basti mit dem Schlüssel vor Julius' Tür. Ein abgedunkeltes Zimmer. Leere Flaschen. Basti vor dem Bett. Der Student in dem Bett. Das Bild flackerte vor meinem inneren Auge, dann rastete es ein und blieb wie ein Banner hängen. Jetzt erkannte ich ihn. Den Studenten im Bett. Nur mit T-Shirt und Boxershorts bekleidet. Zerwühltes Haar. Unrasiert. Trübe, rot verquollene Augen. Julius. Basti hatte sich nicht im Zimmer geirrt. Ich begann wieder zu zittern. *Bitte lass es nur einen Traum sein!* Erst als Wilma mir ein Taschentuch reichte, merkte ich, dass mir Tränen übers Gesicht liefen. Ich umklammerte das Taschentuch über der Wärmflasche und ließ die Tränen laufen, während ich versuchte, die Erinnerung abzuschütteln. Das passte doch überhaupt nicht! So war er nicht! Für den Bruchteil einer Sekunde stieg mir der Geruch, der mir entgegengeschlagen war, wieder in die Nase. Er vervollständigte das Bild, das ich so gern als niederträchtige Illusion weggeschoben hätte. Ich wollte die Erkenntnis nicht wahrhaben. Der betrunkene Student war wirklich Julius gewesen.

„Es ist in Ordnung, lass es raus!"

Wilma streichelte mir über den Rücken und wiegte mich wie eine Mutter

ihr Baby. Stockend erzählte ich Wilma und Leonie, was ich erlebt hatte. Julius'
verwahrloster Zustand ging mir die ganze Zeit nicht aus dem Sinn. Mit jedem
Satz, den ich aussprach, schien es wahrer zu werden. Und trotzdem konnte ich
es nicht glauben. Wollte es nicht glauben. Der stockbesoffene Student, um den
Basti sich gekümmert hatte, war nicht der Julius, den ich kennengelernt hatte.
Hatte ich ihn überhaupt gekannt? Hätte mir etwas auffallen müssen?

„Er hat drei Tage lang in seinem Zimmer gesoffen?", fragte Leonie fassungslos.

„So wie es roch und aussah, ja."

Die Erkenntnis schnitt mir scharf in die Brust. Ob sich Julius' Alkohol-
konsum nur auf den Inhalt der Flaschen in der Küche und auf dem Nachttisch
beschränkt hatte? So genau hatte ich das Zimmer nicht einsehen können.
Vielleicht hatte neben seinem Bett noch mehr gestanden … Aber machte das
noch einen Unterschied? Ein weiterer Weinkrampf schüttelte mich. Warum tat
Julius so etwas?

„Das hätte ich nie von ihm gedacht." Wilma schüttelte immer wieder den
Kopf. „Jetzt kann ich verstehen, warum du so fertig bist. Hat er irgendetwas
zu dir gesagt?"

„Ich bin nicht einmal sicher, ob er mich richtig gesehen hat."

„Oh Mann, das ist echt hart. Und Basti hatte sofort einen Verdacht?"

Ich nickte. Ob Julius weitergetrunken hätte, wenn wir nicht gekommen
wären? Was wäre dann passiert? Wie viel Promille hatte er schon intus gehabt?
Was, wenn er …? Ich verbannte das Horrorszenario aus meinem Kopf. Daran
wollte ich lieber gar nicht erst denken.

„Aber wenn Basti diesen Verdacht hatte, heißt das dann, dass Julius vorher
schon einmal getrunken hat?"

Eine eiserne Faust schloss sich um mein Herz. Leonies Überlegung war absolut logisch. Ihre Tragweite sickerte jedoch nur langsam zu mir durch. War
Julius Alkoholiker? Aber hätte ich das nicht merken müssen? Und wie passte
das mit dem jungen, engagierten Medizinstudenten zusammen, der immer
zuverlässig und zielstrebig war? Was bedeutete das für uns? Für mich? Mir fiel
der Tag nach unserem geplatzten Kinoabend ein. Der bittere Geruch, der an
ihm gehaftet hatte. Natürlich! Wieso war ich damals nicht darauf gekommen?
Er musste auch damals getrunken haben. Wenn auch nicht so viel wie jetzt.
Sein Anblick vorhin war abstoßend gewesen, und obwohl ich durch die Arbeit

den Geruch von Alkohol durchaus gewohnt war, drehte sich mir bei der Erinnerung an die Luft in Julius' Zimmer der Magen um.

Ich konnte Leonie keine Antwort geben. Am liebsten wollte ich alles vergessen. Schlafen. Und wenn ich wieder erwachte, feststellen, dass alles nur ein besonders schlimmer Alptraum gewesen war. Die Angst, die ich gehabt hatte, die Verzweiflung über das, was ich gesehen hatte, und die Enttäuschung, die in mir aufstieg, breiteten sich in mir aus und machten mich müde.

„Ruh dich aus", sagte Wilma. „Ich mach dir noch Lavendelwickel. Das beruhigt."

Ich nickte mechanisch und kroch unter die Bettdecke. Als Wilma mit dampfenden Lavendelwickeln kam und sie mir um die Handgelenke schlang, war ich schon halb weggetreten. Die Hitze brannte nur im ersten Augenblick auf der Haut, dann hüllte mich der Duft ein und ließ meine Atmung langsam ruhiger werden.

Als ich wieder aufwachte, war es um mich herum dunkel. Der Rollladen vor meinem Fenster war heruntergelassen. War es Nacht oder schon wieder Tag? Ich tastete nach meiner Nachttischlampe. Das Licht stach mir in die Augen und ich blinzelte. Einer der Lavendelwickel hatte sich gelöst und lag neben meinem Kopfkissen, der andere fiel herunter, als ich mich nach meiner Jacke bückte, die vor meinem Bett lag, und nach meinem Handy griff.

23:27 Uhr.

Drei Anrufe in Abwesenheit. Mein Herz machte einen Sprung und begann zu rasen. Ob Julius sich gemeldet hatte? Wie ging es ihm? Ich öffnete die Anrufliste und erstarrte. Drei entgangene Calls. *Arbeit. Jessy. Arbeit.*

Verdammt! Ich hätte heute Abend Dienst gehabt. Streng genommen hatte ich sogar noch eine gute Stunde Dienst. Das hatte ich komplett vergessen. Pis! Friedhelm war bestimmt auf 180. Ich hatte noch nie einen Dienst verpasst. Und wenn ich mich einmal verspätet hatte, hatte ich immer Bescheid gesagt. Ob ich jetzt noch anrufen und mich entschuldigen sollte? Aber jetzt war es auch zu spät. Außerdem hatten Friedhelm und wer auch immer spontan für mich eingesprungen war zu dieser Zeit genug zu tun. Direkt morgen Vormittag würde ich Friedhelm anrufen und mich entschuldigen. Meine Ohren wurden heiß bei der Vorstellung, welches Donnerwetter mich erwarten würde. Hoffentlich kündigte er mich nicht sofort. Mit zitternden Fingern schloss ich die Anrufliste. Erst jetzt entdeckte ich, dass ich eine neue Nachricht erhalten hatte. Eine unbekannte Nummer. Wer konnte das sein?

Hi Lene, wie geht es dir? Ich hoffe, du bist okay und vor allem nicht allein. Ich bin noch immer bei Julius. Er ist in Ordnung. Wird wohl noch eine ganze Weile seinen Rausch ausschlafen. Ich bleibe bei ihm und passe auf. Es muss ein Schock für dich gewesen sein, ihn so zu sehen. Es tut mir so leid, dass du das erleben musstest. Und Julius sicherlich auch. Bitte verurteile ihn deswegen nicht! Melde dich gern, wenn ich etwas für dich tun kann. Ich sag Bescheid, wenn es etwas Neues gibt. Lieben Gruß, Basti.

Ich atmete auf. Julius war in Ordnung. Mein Schock über das Erlebte hatte die Sorge um ihn zunächst verdrängt. Bastis Entwarnung war eine Erleichterung. Wie gut, dass er noch bei ihm war und aufpasste. Wie auch immer er das meinte. Aufpassen, dass Julius nicht doch wieder trank oder aufpassen, ob er sich vielleicht übergeben musste? Vielleicht auch beides. Ob Julius mitbekam, dass Basti an seiner Seite war? Der zweite Teil der Nachricht zog meine Aufmerksamkeit auf sich. *Bitte verurteile ihn deswegen nicht!* Wie meinte er das? Widerstand regte sich in mir. Mein Magen zog sich zusammen und meine freie Hand ballte sich zur Faust.

Nicht verurteilen? Heißt das, ich soll das entschuldigen?

Ehe ich weiter darüber nachdenken konnte, hatte mein Daumen schon auf Senden gedrückt. Mist, das war kein netter Einstieg. Ich tippte also rasch eine weitere Nachricht.

Entschuldige. Das ist mir so rausgerutscht. Danke für deine Nachricht! Mir geht es so na ja. Ich bin erleichtert, dass Julius okay ist – und dass du bei ihm bist. Vielen Dank dafür! Das hätte ich zuerst schreiben sollen.

Ich hatte kaum auf Senden gedrückt, als ich schon die nächste Nachricht von Basti erhielt.

Nein, du sollst es nicht entschuldigen. Das, was er getan hat, ist nicht zu entschuldigen. Höchstens erklärbar. Ich hoffe bloß, dass du bereit bist, ihm zuzuhören, wenn du ihn noch sehen willst.

Auch meine zweite Nachricht ließ er nicht unkommentiert. Allerdings beschränkte sich seine Antwort auf ein kurzes *Schon okay. Danke.*

Sein letzter Satz blieb jedoch mehr haften. *Wenn du ihn noch sehen willst.* Wollte ich das? Wie würde es sein, wenn wir uns wieder gegenüberstünden? Könnte ich in ihm je wieder den Julius sehen, den ich zu kennen geglaubt hatte?

2.
Kapitel

Die Tage zogen an mir vorbei. Ich stand auf, ging zur Uni, las meine Texte, ging schlafen. Die Mensa vermied ich. Außer mit Wilma und Leonie wollte ich mit niemandem reden und auch bei den beiden beschränkte ich mich aufs Notwendigste. Basti hatte mir geschrieben, dass Julius wieder nüchtern war, hatte angeboten, da zu sein, wenn ich ihn brauchte. Ich hatte nur einsilbig geantwortet und dankend abgelehnt. Er meinte es gut, aber mit Basti über das zu reden, was passiert war, bedeutete, es zu akzeptieren, und so weit war ich noch nicht. Immer wieder tippte ich *Alkoholismus* in die Suchmaschine, startete die Suche jedoch nie. Ich packte es einfach nicht. Ich brauchte noch die Hoffnung, Julius könnte mit den anderen Stipendiaten oder Leuten aus dem Wohnheim zu viel gefeiert haben und abgestürzt sein. Irgendwo war mir klar, wie lächerlich es war, mir diese Illusion zu schaffen. Nur wusste ich nicht, wie ich mit der Realität umgehen sollte. Was konnte ich tun? Musste ich etwas tun?

Es machte mich wütend, dass Julius sich nicht meldete. Wie konnte er mir das antun? Mich mit diesem Scheiß allein lassen? Im nächsten Moment plagte mich die Sorge um ihn. Wie ging es ihm? Warum hatte er sich so betrunken? Wie konnte ich ihn mit diesem Scheiß allein lassen?

Am Dienstag saß ich hinter der Uni auf einer Parkbank und versuchte, meine Gedanken vor dem nächsten Seminar zu ordnen. Zu dieser Tageszeit waren hier hauptsächlich Studis unterwegs. Auf dem Weg von einer Vorlesung zur nächsten, von der Uni zur Bib oder umgekehrt, vielleicht auch schon auf dem Weg nach Hause. Ich sah nur ihre Füße und Beine an mir vorbeiziehen. Zum tausendsten Mal in den letzten Tagen fragte ich mich, wie es weitergehen sollte. Morgen würde es eine Woche her sein … Basti hatte sich heute Morgen bei mir erkundigt, wie es mir gehe, er schien sich ernsthaft um mich zu sorgen. *Im Gegensatz zu Julius, der sich noch immer in Schweigen hüllt,* dachte ich wütend. *Es tut ihm leid,* hatte Basti geschrieben, ohne zu verraten, ob Julius ihm das gesagt hatte oder ob er es nur vermutete. Und wenn es wirklich so war, warum meldete er sich nicht bei mir?

Das Quietschen von Fahrradbremsen drang in meine Gedanken. Jemand hielt mit seinem Rad genau vor mir.

„Hallo Malene.“

Der angebissene Apfel, den ich die letzten Minuten nur zwischen zwei Fingern gehalten hatte, glitt mir aus der Hand und fiel in den Schotter zu meinen Füßen. Langsam ließ ich den Blick wandern, von dem Apfel zu den Schuhen, zur dunklen Hose, die Beine hinauf, zum Pullover unter der Jacke, bis zu seinem Kopf.

Da stand er. Julius. Und sah aus wie immer. Nichts deutete darauf hin, in welchem Zustand er noch vor ein paar Tagen gewesen war. Er hielt sein Rad umklammert, als ob er sich daran festhalten müsse, und hatte den Blick gesenkt. Nur für einen Moment konnte ich seine Augen sehen. Doch, er hatte sich seit letzter Woche verändert! Angst, Verzweiflung und Scham hatten sich tief in das Braun gegraben. Ich saß davor wie vor einer Schranke. So oft hatte ich in den letzten Tagen überlegt, was ich ihm sagen wollte, wenn wir uns wiedersahen. Jetzt war mein Hirn wie leergefegt.

„Darf ich?“

Ich brachte ein mechanisches Nicken zustande. Julius stellte sein Rad ab und setzte sich neben mich. Der Geruch seines Aftershaves wehte zu mir herüber und drang in jede Zelle meines Körpers. Wie sehr hatte ich das vermisst! Ich wollte meinen Kopf an seine Brust drücken, meine Hände in seinem Haar vergraben, seine Hände spüren, wie sie langsam meinen Rücken entlangwanderten.

Ich hielt die Luft an und zwang mich dann, langsam und kontrolliert auszuatmen. Julius starrte stumm vor sich hin.

„Wie geht es dir?“

Der Satz löste die mentale Sperre in mir und all die Gefühle der vergangenen Tage bahnten sich unaufhaltsam ihren Weg an die Oberfläche. All die Wut, Verzweiflung, Angst und Sorge stürzten auf mich ein, bis die Wut schließlich die Oberhand gewann.

„Du hast Nerven! Tagelang kein einziges Wort von dir und jetzt tauchst du hier auf und fragst *Wie geht's?*"

Und dann sah er mich dabei noch nicht einmal an!

„Entschuldige", flüsterte er und wandte sich mir zu. Meinen empörten Gedanken hatte ich wohl laut ausgesprochen.

„Was hast du dir nur dabei gedacht? Weißt du eigentlich, was ich mir für Sorgen gemacht habe?"

Meine Stimme kippte bei den letzten Worten und Tränen schossen mir in die Augen. Verdammt, ich hatte nicht weinen wollen. Ich wollte doch stark sein und mich nicht so verletzlich zeigen. Sein Gesicht war wie versteinert. Durch die Tränen konnte ich nicht erkennen, ob seine Augen irgendeine Form der Regung zeigten. Doch seine Stimme ließ die Sicherheit vermissen, die ich sonst in jedem seiner Worte gehört hatte.

„Malene, es tut mir so unendlich leid. Ich habe Scheiße gebaut."

„Das kann man wohl sagen." Ich wischte mir mit dem Ärmel über das Gesicht.

„Du weißt davon?"

Ich begegnete seinem erschrockenen Gesicht mit irritierter Miene. Hatte Basti ihm nichts erzählt? Hatte er mich vergangene Woche wirklich nicht erkannt? Wie sonst sollte ich seine Frage verstehen?

„Ich hab dich gesehen. Ich war mit Basti bei dir."

Julius vergrub das Gesicht in den Händen. „Scheiße."

Für einen Augenblick verharrte er in dieser Position, dann richtete er sich auf und sah mich an.

„Das tut mir so leid, Malene. Du hättest das nicht sehen sollen. Ich hätte das nicht tun dürfen."

Aber er hatte es getan! Er hatte sich fast bis zur Bewusstlosigkeit besoffen und sich von allem und jedem abgekapselt.

„Ich versteh's einfach nicht. Ich hab mich tagelang gefragt, ob ich irgendetwas falsch gemacht oder dich verletzt habe …"

Er griff nach meinen Händen. Die Berührung jagte mir einen Stromstoß nach dem nächsten über den Körper. Sein Blick war fest auf mich gerichtet.

„Nein, Malene, bitte glaub das nicht. Du hast nichts falsch gemacht. Ich habe Mist gebaut. Nur ich!"

Wieder kamen mir die Tränen. Doch es waren keine Tränen vollständiger Erleichterung. Zu wissen, dass ich nichts falsch gemacht hatte, beruhigte mich nicht völlig. Basti hatte geahnt, was mit Julius los war. Es musste schon früher vorgekommen sein, wie Leonie vermutet hatte – wie ich es erlebt hatte, wenn ich nur besser darauf geachtet hätte …

„Warum hast du mir nicht gesagt, dass du ein Problem mit Alkohol hast?"

Seine Augen weiteten sich, spiegelten Unverständnis. „Weil ich kein Problem habe. Ich habe das im Griff."

Mir entfuhr ein bitteres Lachen. „Sorry, Julius, aber du hast drei Tage besoffen in deinem Zimmer gelegen und dich bei niemandem gemeldet. Als Basti und ich kamen, hattest du gar nichts mehr im Griff."

Julius ließ den Kopf hängen. „Es tut mir leid", flüsterte er erneut. „Das wird nicht wieder passieren."

Ob er dieses Versprechen schon öfter gegeben hatte? Basti, sich selbst, einem anderen Mädchen? Ich wollte ihm so gern glauben. Wünschte mir so sehr, er möge recht behalten. Die Verzweiflung in seiner Stimme überzeugte mich jedoch eher vom Gegenteil. Er wusste selbst nicht, ob er sein Versprechen würde halten können.

„Was war denn nur los letzte Woche?"

Er atmete ein, öffnete die Lippen, hielt die Luft an, schloss den Mund wieder, öffnete ihn – und ließ die angestaute Luft entweichen.

Mein Puls beschleunigte sich, ich atmete unwillkürlich flacher. Wollte ich die Antwort auf meine Frage wirklich wissen?

„Kann ich dir das woanders erklären? Vielleicht heute Abend?"

Seine Angst übermannte mich. Warum wich er mir jetzt aus? Fürchtete er sich vor meiner Reaktion? Musste ich mich vor dem fürchten, was er mir erzählen wollte? Ich starrte ihn an. Seine gefalteten Hände, die über dem Weg schwebten, seine gebeugte Haltung. Dieser Student neben mir sah aus wie der Julius, den ich kannte. Aber er benahm sich nicht so.

„Malene?"

„Ich kann nicht, ich muss arbeiten."

„Heute?"

„Bin eingesprungen. Ich hab von Friedhelm eine Abmahnung kassiert, weil ich letzten Mittwoch so durch den Wind war, dass ich meinen Dienst verpennt habe."

Warum musste ich das sagen? Julius war auch so schon völlig fertig. Meine Stichelei änderte nichts an der Abmahnung und half weder Julius noch mir. Er sah mich traurig an.

„Es tut mir leid, dass du meinetwegen Ärger hast. Ist es in Ordnung für dich, wenn ich dich heute Abend abhole?"

Ich zögerte. In mir stritten Verzweiflung, Angst und Trauer um Aufmerksamkeit und das Recht, sich meiner zu bemächtigen. Es gab tausend gute Gründe, Julius' Angebot abzulehnen. Ich war oft genug verletzt worden, hatte mir zig Entschuldigungen und Ausreden angehört, war über dem Verhalten anderer verzweifelt. Würde ich das noch einmal aushalten?

Julius sah mich an, nicht drängend oder bettelnd, viel eher abwartend. Zwischen den heftigen Gefühlen in meinem Innern regte sich ein weiteres. Ich war noch zu aufgewühlt und brauchte einen Moment, bis ich begriff, was es war. Dankbarkeit. Julius war hier, er wollte reden. Er machte einen Schritt auf mich zu.

Ich nickte langsam. „Okay."

Tausend Steine schienen ihm vom Herzen zu fallen, sein Blick flackerte und er kniff die Lippen zusammen.

„Danke", sagte er schließlich.

Mir fehlten Worte und Stimme, um etwas zu erwidern, er erwartete offenbar auch keine Antwort. Nach einer Weile stand er auf, warf mir etwas zu, was wohl der Versuch eines Lächelns sein sollte, und nahm sein Rad. Ich wollte am liebsten schreien, als er ging, doch alles, was aus meiner Kehle drang, war ein ersticktes Schluchzen, dem bald heiße Tränen folgten.

Schweiß sammelte sich auf meiner Stirn und meinen Schläfen, während ich hastig Luft einsog. Meine Schicht neigte sich dem Ende zu und ich hatte nur noch Augen für die Kneipentür. Würde Julius Wort halten und mich abholen? Mein Herz schlug schneller als vor unserem ersten Date und es konnte nur einem Wunder zu verdanken sein, dass ich noch nicht hyperventiliert hatte.

Als die letzten Gäste das *Ring* verließen, trat er ein. Angespannt, mit scheuem Blick, aber nüchtern, soweit ich das im Kneipenlicht beurteilen konnte.

Erleichtert atmete ich auf. Bis eben hatte ich noch befürchtet, Julius könnte sich vor unserem Gespräch Mut antrinken. Er wartete stumm, während ich die letzten Aufräumarbeiten erledigte und mich rasch umzog. Ohne ein Wort folgte er mir nach draußen auf den Hof zu meinem Rad. Schweigend gingen wir nebeneinander durch die dunklen Straßen. Wir brachten so ein gutes Stück des Weges hinter uns und ich fragte mich, ob Julius es sich vielleicht anders überlegt haben könnte. Ich wollte ihn jedoch auch nicht drängen.

„Schön, dass du mich abgeholt hast", sagte ich daher. Unverfänglich.

„Das war das Mindeste." Er sah mich kurz an und vergrub seine Hände in den Jackentaschen. Wir verfielen wieder in Schweigen. Ein paarmal holte er Luft, als ob er zu sprechen ansetzen wollte, aber jedes Mal schüttelte er den Kopf und seufzte nur.

Eine Erinnerung stieg in mir auf. Mein Vater am Küchentisch, den Kopf in die Hände gestützt. Mama und er hatten gestritten und ich hatte aus meiner Spielecke alles mit angehört. Sie hatten mich gar nicht mehr wahrgenommen, so sehr waren sie mit sich beschäftigt gewesen. Ich war auf meinen Vater zugegangen und hatte mich an ihn gelehnt. *Sei nicht traurig, Papa, wir können in den Zoo gehen, wenn du wieder da bist.* Papa hatte seinen Arm um mich gelegt und traurig gelächelt. *Das machen wir.*

Wieso fiel mir das jetzt wieder ein?

„Du musst nicht drüber reden, wenn du noch nicht kannst", hörte ich mich sagen.

„Es wird nicht leichter", entgegnete er verbittert. Er wich weiterhin meinem Blick aus, die Stirn in Falten gelegt. Das war keine Scham mehr, die sich da spiegelte. Es grenzte mehr an Selbsthass. Sein Anblick stach mir in die Seele. Was war nur passiert? Was hatte den Julius, den ich kennengelernt hatte, innerhalb weniger Tage in diesen Schatten seiner selbst verwandelt?

„Malene, ich weiß, ich wiederhole mich, wenn ich sage, wie leid mir alles tut", sagte er schließlich. „Ich erwarte nicht, dass du mir verzeihst. Du sollst wissen, es war nie meine Absicht, dir wehzutun oder dir Sorgen zu bereiten, und es macht mich fertig, dass ich es doch getan habe. Alles, was ich dir erzähle, kann es nur schlimmer machen."

Ich biss die Zähne zusammen und klammerte mich an den Lenker, um die Angst, die in mir aufstieg, nicht in unkontrolliertes Zittern ausarten zu lassen.

„Der Workshop am Samstag war gut und hat Spaß gemacht, obwohl ich nicht in bester Verfassung war. Das ist keine Entschuldigung, nur … Wir sind nach dem Abendessen noch losgezogen und haben in einer Bar Cocktails getrunken. Ich bin mit Amrei ins Gespräch gekommen, der Tochter von Bekannten meiner Eltern."

Mir entfuhr ein Seufzen. Ich ahnte, was nun kommen würde. Wollte ich das Bekenntnis wirklich hören? Spielte es eine Rolle, ob Julius es noch aussprach?

„Wir hatten definitiv zu viel getrunken. Alle. Ich habe sie trotzdem noch bis zu ihrem Apartment begleitet. Sie hat mich geküsst und …"

Ich hatte es geahnt! Trotzdem zog es mir den Boden unter den Füßen weg. Es brauchte nicht viel Fantasie, um mir vorzustellen, was aus dem Kuss geworden war. Die Erkenntnis bohrte sich wie ein Schwert in mein Herz. Ich war mal wieder betrogen worden.

„War's wenigstens schön?" Mir fehlte die Kraft für einen neutralen Tonfall, und die Bitterkeit in meiner Stimme materialisierte sich fast in der Luft zwischen uns. Julius wandte sich mir ruckartig zu.

„Ich habe nicht mit ihr geschlafen", sagte er entschieden. „Aber der Kuss war schon zu viel, ich hätte mich wehren müssen, stattdessen habe ich es geschehen lassen und bin in ihren Armen eingepennt."

Erwartete er Bedauern von mir? Verständnis? Sein Bericht klang nicht so, als hätte ihn jemand zum Trinken überredet. Dass er die Kontrolle verloren hatte, war allein seine Schuld.

„Ich habe mich so geschämt am nächsten Morgen, ich bereue es immer noch. Das hätte niemals passieren dürfen. Als ich wieder hier war, wollte ich einfach nur vergessen und nichts mehr spüren. Ich war naiv genug zu glauben, der Alkohol würde den Schmerz betäuben."

Ich atmete geräuschvoll aus und kickte eine Kastanie auf die Straße. „Du wolltest vergessen, deine Gefühle nicht mehr spüren, deinen Schmerz betäuben. Hast du auch nur eine einzige Sekunde an mich gedacht? Oder an Basti? Ist dir in deinem Selbstmitleid vielleicht einmal der Gedanke gekommen, was es heißt, vier Tage auf ein Lebenszeichen von jemandem zu warten, den man liebt?"

Bei den letzten Worten brach meine Stimme. Von meinen Emotionen überwältigt, sank ich über dem Fahrradlenker zusammen und wäre vermutlich mitsamt dem Rad auf die Straße geknallt, wenn Julius mich nicht aufgefangen hätte. Ich hielt die Luft an und sobald ich mein Gleichgewicht zurückerlangt hatte, schüttelte ich ihn ab. Julius ließ mich augenblicklich los.

„Ich erwarte weder Verständnis noch Vergebung …“

„Was dann?“

Er schloss die Augen. „Ich wollte ehrlich zu dir sein. Du verdienst Aufrichtigkeit – und etwas Besseres als mich.“

Mit diesen Worten drehte er sich auf dem Absatz um und hastete die Straße zurück, mich mit einem Gefühl der Schwere und Enge zurücklassend, von dem ich nicht wusste, wie ich es auflösen sollte.

Entgegen meiner Gewohnheit an den letzten Tagen saß ich am nächsten Morgen gemeinsam mit Wilma und Leonie am Frühstückstisch. Wilma war in eins ihrer Fachbücher vertieft, das aufgeklappt fast ein Drittel des Tischs einnahm, und Leonie wühlte in ihrer Unitasche herum. Ich hing meinen Gedanken nach. Die ganze Nacht hatte mich Julius‘ letzter Satz nicht losgelassen. *Du hast etwas Besseres verdient als mich.* In meiner Wut, die noch nicht völlig verraucht war, wollte ich ihm recht geben. Doch seit unserer Begegnung im Park gestern, bahnte sich die Sehnsucht nach ihm ihren Weg. Ja, Julius hatte mich enttäuscht, verletzt. Aber seine Einfühlsamkeit, seine Musik, die sanften Berührungen, das alles hatte mir so gutgetan. Seine Nähe …

Gedankenverloren streichelte ich mit meinen Fingerspitzen über die Tischkante.

„Arrgh, pass doch auf!“

Ich fuhr zusammen. Die Haferflockentüte lag auf der Seite, der Großteil des Inhalts verteilte sich auf Wilmas Buch. War ich das gewesen?

„Sorry“, murmelte ich.

Wilma winkte ab, fegte mit den Händen die Haferflocken zusammen und kippte sie zurück in die Tüte. „Du bist immer noch ganz schön durch den Wind.“

„Eher wieder. Julius hat mir gestern alles erzählt.“

Die Haferflockentüte landete mit einem dumpfen Laut erneut auf der Tischplatte.

„Was? Und?“

Ich fasste Julius‘ Bericht kurz zusammen. „Er meinte, ich verdiene Aufrichtigkeit und etwas Besseres als ihn.“

Wilma lachte auf. „Da hat er recht. Nach allem, was du mit Uli durchgemacht hast, musst du dir das echt nicht nochmal geben."

„Na ja, im Gegensatz zu Uli ist Julius wenigstens ehrlich", wandte Leonie ein.

„Ach so, du meinst, andere knutschen ist okay, solange er vorher oder hinterher ehrlich zugibt, was abgeht?"

„Nein, natürlich nicht, aber …" Leonie stopfte ein Marmeladenglas neben den Ordner in ihrer Tasche, zog es wieder heraus und steckte es an anderer Stelle wieder hinein.

„Sag mal, was wird das, wenn's fertig ist?", fragte Wilma.

„Nichts", sagte Leo und stellte das Glas zurück auf den Tisch. „Also, was ich sagen wollte, Lene. Du sollst dich natürlich nicht betrügen lassen. Wichtig ist, ob du ihm glaubst, und wenn ja, welche Konsequenzen das für dich hat."

Ich seufzte. „Ich weiß es nicht. Also, ich glaube ihm schon, ich weiß, dass es ihm leidtut. Trotzdem ist es passiert und es kann wieder passieren."

„Eben. Und ab wie viel Mal ist es zu viel?", fragte Wilma.

„Keine Ahnung." Ich trank den mittlerweile kalten Tee aus. „Ich mache mir Sorgen um Julius. Da war so etwas an ihm … Was passiert, wenn ich ihn jetzt fallen lasse?"

Wilma sah mich eindringlich an und wedelte mit dem Zeigefinger vor meiner Nase herum.

„Ah, ah! Nicht. Deine. Verantwortung. Er hat Mist gebaut. Du bist nicht dafür zuständig, seinen Dreck wegzukehren und seine Probleme zu lösen. Das hat dich schon bei Uli fast Kopf und Kragen gekostet."

„Ich weiß. Aber das mit Julius ist anders."

Meine beste Freundin ließ stöhnend ihren Kopf auf die Tischplatte sinken. Ihre Locken landeten in den Haferflocken.

„Ich versteh dich, Lene. Liebe lässt sich nicht einfach abschalten", sagte Leonie und griff schon wieder nach dem Marmeladenglas. Jetzt irritierte es mich auch.

„Was hast du eigentlich die ganze Zeit mit der Marmelade?"

Leonie nahm das Glas von einer Hand in die andere und sah so aus, als sei sie selbst überrascht, wie es dorthin gekommen war.

„Ich weiß nicht, ob ich Tamara ein Glas mitbringen soll oder nicht", gab sie schließlich zu.

„Was spricht dagegen? Du hast vor den Ferien doch auch Eis mitgebracht."

„Ja, schon, und sie hat sich auch voll gefreut und so …“

„Aber?“

„Einmal kann man so was schon machen. Aber wenn ich jetzt zum zweiten Mal etwas mitbringe, noch dazu selbstgemacht, wird es schon auffällig.“

Leonie gestikulierte so heftig mit dem Glas, dass ich es schon zu Boden fallen sah. Ich nahm es ihr ab und stellte es zurück auf den Tisch.

„Oh Mann, sind denn hier alle nur noch gefühlsduselig?“, fragte Wilma. „Das ist ja nicht zum Aushalten.“

Ich wusste, dass meine beste Freundin Leonies und meine Probleme durchaus ernst nahm. Ihr Spruch verschaffte mir für einen Augenblick Erleichterung. Leonie jedoch schien nicht zu Scherzen aufgelegt zu sein.

„So wie dein Gejammere vorm Physikum? Da warst du das reinste Nervenbündel.“

Wilma setzte schon zu einer Erwiderung an, doch ich ging dazwischen. „Bitte streitet nicht.“

„Ich wollte eigentlich etwas fragen, was euch vielleicht weiterbringt: Was wünscht ihr euch, was passiert?“

Während mich die Frage für den Moment überforderte, tauchte ein zaghaftes Lächeln in Leonies Gesicht auf, nur um genau so plötzlich wieder zu verschwinden.

„Ach, ich hab mir das schon tausendmal vorgestellt, wie ich es ihr einfach sage, wie es wäre, wenn wir zusammen wären … Aber weißt du, ich bin nicht die Studentin, die sich in den Professor verliebt, sondern eben in die Junior-Professorin.“

Wilma zuckte die Schultern. „So what? Nach allem, was ihr von ihr erzählt habt, ist sie doch ne ganz coole Dozentin. Glaubst du, sie wird sich angegriffen fühlen oder ein Problem damit haben, wenn du ihr deine Gefühle offenbarst?“

Leonie schüttelte langsam den Kopf. „Nein, aber …“

Wilma schob das Marmeladenglas über den Tisch. „Dann nimmst du dieses Glas jetzt mit. Ich will diesen Eiertanz damit morgen nicht noch einmal sehen. Wenn eure Dozentin sich darüber freut und es gern annimmt, schaust du weiter. Das Gleiche gilt übrigens für dich.“

Ich sah sie verwundert an. „Soll ich Julius auch Marmelade schenken, oder was?“

„Oh Mann, nein. Was wünschst du dir, was passiert? Geh die verschiedenen

Szenarien im Kopf durch. Das, was sich für dich am besten anfühlt, setzt du um."

Sie klappte schwungvoll ihr Lehrbuch zu, sodass die Haferflocken aufstoben, stand auf und nickte uns zu. „Vielen Dank, die Sitzung ist beendet."

Ziemlich perplex blieben Leo und ich in der Küche zurück.

Drei Stunden später hätte ich gern mit Leonie getauscht. Es erschien mir so unendlich viel leichter zu sein, ein Marmeladenglas zu verschenken, als mir zu überlegen, wie ich die Sache mit Julius lösen sollte. Mir kam es vor wie ein Déjà-vu, als mir der Mitarbeiter in der Bib meine bestellten Bücher über den Tresen schob und den entsprechenden Beleg mit der Leihfrist in das oberste Buch legte. Vor ein paar Monaten war ich nach so einem Moment mit Julius zusammengestoßen. Damals hatte ich noch nicht seinen richtigen Namen gewusst, aber er hatte mich aus seinen dunklen warmen Augen angesehen und sich besorgt nach meinem Befinden erkundigt. Wie ein paar Tage zuvor im Hinterhof vom *Ring* und Wochen später bei unserer ersten gemeinsamen Jogging-Tour, bei der ich Julius rhetorisch gefragt hatte, was er sagen würde, wenn sein Freund sich hinter seinem Rücken jemand anderen angeln würde.

Es brannte in meiner Kehle und in meinen Augen, während mir klar wurde, dass ich mal wieder vor der gleichen Situation stand. Eine Antwort hatte ich indes immer noch nicht.

Was wünschst du dir, was passiert? Ich schaffte es nicht, ernst zu bleiben, während ich verschiedene Szenarien durchspielte. Alles geriet in sarkastische oder kitschige Zerrbilder, in denen ich weder Julius für voll noch mich richtig ernst nahm. *Ach, kein Problem, dass du diese Amrei geküsst hast. Das hätte ja jedem passieren können. Weißt du, ich kann es voll verstehen, dass du dich so abgeschossen hast. So etwas muss zwischendurch einfach mal sein. Mach dir keine Sorgen, ich verzeihe dir und ich werde immer an deiner Seite sein.*

Genervt von mir selbst warf ich mir meine Tasche über die Schulter und machte mich auf den Weg zur nächsten Vorlesung. Wilma hatte gut reden!

3.
Kapitel

Mit raschen Bewegungen scrollte ich durch das Programm der Informationstage der Uni in Aarhus. Probevorlesungen, Sprechstunden, Vorstellungen der einzelnen Institute. Gedanklich setzte ich verschiedene Veranstaltungen bereits auf meine Liste. Prickelnde Vorfreude breitete sich in mir aus, als ich das PDF schloss und in einem neuen Fenster die Fahrkarte nach Dänemark buchte. Ein weiterer Schritt in der Planung meines Masters war getan. Ich klickte mich durch ein paar Videos der Uni und konnte nicht anders als vor mich hinzulächeln. In wenigen Wochen würde ich das dänische Unileben ausprobieren.

Plötzlich hatte ich mein Handy in der Hand, öffnete den Messenger und tippte eine Nachricht. Als mein Finger über dem *Senden*-Knopf schwebte, hielt ich inne. Was tat ich hier? Drei Tage war es her, dass Julius mir gebeichtet hatte, was in München passiert war. Drei Tage, in denen wir nicht mehr miteinander gesprochen hatten. Mit Wilmas Aufgabe war ich seitdem noch keinen Schritt weitergekommen. Es tat einfach zu weh, an Julius zu denken. Auch jetzt gruben sich wieder eiskalte Klauen in mein Herz, während ich auf seinen Namen über unserem Chat starrte. Ganz automatisch hatte ich die Nachricht an Julius verfasst, um ihm von den neuesten Entwicklungen zu berichten. So wie in den letzten Wochen auch. Ob es ihn jetzt noch interessierte? Buchstabe für Buchstabe löschte ich die Nachricht wieder. Was spielte es für eine Rolle für uns, ob ich nach Aarhus ging oder nicht? Gab es dieses Uns noch?

Das Smartphone rutschte mir aus der Hand und fiel auf den Boden, als mich die Einsicht wie ein Blitz durchfuhr. Ja, verdammt, ich wollte dieses Uns noch immer!

Die Antwort auf Wilmas Frage war plötzlich so klar. Ich wünschte mir, dass es mit Julius und mir weiterging. Ich wollte seine Neugier und seine Freude über meine Aarhus-Pläne, wollte seine sarkastischen Sprüche und noch hundert medizinische Vorträge. Ich wollte, dass wir gemeinsam Pläne schmiedeten, wie es nach unserem Studium hier in Erlangen weitergehen sollte, war jetzt schon neugierig, wohin es ihn verschlagen würde. Ich wollte ihn als Teil meines Lebens.

Der Fußboden unter mir vibrierte und riss mich aus meinen Gedanken. Mein Handy wanderte dröhnend über den Holzboden, wobei es wie verrückt blinkte. Schon so spät! Seit jenem verpassten Dienst im *Ring* hatte ich mir für jeden Tag, an dem ich Schicht hatte, einen Wecker gestellt. Ich klaubte das Smartphone vom Boden, stellte den Wecker ab und zog mich um.

Heute Abend legte ich nicht allzu viel Energie in das Bierkniffel-Duell mit Fabi und ließ ihn gerne gewinnen. Mit etwas mehr Einsatz hätte ich mein Blatt definitiv besser ausfüllen und obendrein Friedhelm einen höheren Umsatz einbringen können, doch meine Gedanken wanderten ständig zu Julius. All die schönen Momente, die wir geteilt hatten, flimmerten vor meinem inneren Auge auf und ab. Sie umhüllten mich wie eine warme Decke und begleiteten mich auch noch, als ich nach Dienstschluss mein Fahrrad auf die Straße schob. Ich musste über mich selbst lachen, dass ich nicht fuhr, obwohl ich allein war. Die Macht der Gewohnheit! Zwar war es schon unangenehm kalt an den Fingern und darüber hinaus bereits nach Mitternacht, trotzdem zog ich mein Handy aus der Tasche und sah mich Julius' Nummer wählen. Er antwortete beinahe sofort.

„Malene?"

Überraschung, Sorge, Freude? Ich konnte den Tonfall nicht deuten. Doch allein der Klang seiner Stimme jagte mir einen wohligen Schauer über den Rücken.

„Hallo?"

Mist, ich sollte etwas sagen, wie es sich für Telefonate gehörte. Dummerweise hatte ich mir vor dem Wählen keinerlei Gedanken über den Text gemacht.

„Hej", brachte ich schließlich hervor.

„Ist alles in Ordnung?“ Er klang besorgt.

„Ja … ja. Ich lauf gerade zurück zur WG.“

„Du läufst? Was ist mit deinem Rad?“

„Dem geht’s gut. Aber es ist daran gewöhnt, den Rückweg geschoben zu werden.“

Julius lachte kurz. Eigentlich war es mehr ein rhythmisches geräuschvolles Ausatmen, das ich so oft bei ihm erlebt hatte. Auch ohne ihn zu sehen, wusste ich, wie sich dabei sein rechter Mundwinkel nach oben zog und er die Augen etwas zusammenkniff.

„Ich wollte nur wissen, ob du okay bist.“

Für einen Moment blieb es ruhig in der Leitung. Nicht erst jetzt wünschte ich, Julius wäre hier an meiner Seite. Dann könnte ich versuchen, in seiner Mimik zu lesen, wie er meine Frage auffasste.

„Okay trifft es ungefähr“, antwortete er schließlich. „Ich sitze noch am Schreibtisch und hole nach, was ich letzte Woche verpasst habe.“

Gut, ich hatte ihn immerhin nicht geweckt.

„Wie geht es dir?“

Das Zittern in seiner Stimme war nicht zu überhören und verunsicherte mich. Was sollte ich ihm antworten? Wie ging es mir?

„Okay“, flüsterte ich.

Julius seufzte. Vermutlich hatte er sich, genau wie ich, eine andere Antwort erhofft. Ich trottete die Straße entlang und lauschte seinem Atem durch den Lautsprecher. Nicht so tief und ruhig wie sonst, hin und wieder schlich sich ein unruhiges nach Luft schnappen in den Rhythmus. Aber es war ein Zeichen seiner Nähe. Julius war da und hatte noch nicht aufgelegt, obwohl mir nichts zu sagen einfiel. Das heißt, eigentlich fiel mir ganz viel ein. Nur brachte ich es nicht über die Lippen. Die Worte lagen mir förmlich auf der Zunge, scheiterten jedoch an meinen Schneidezähnen und zogen sich wieder zurück.

Eine ganze Weile später stand ich im Hof vor den Fahrradständern, die Finger steif vor Kälte. Noch immer hörte ich Julius am anderen Ende atmen. Gesprochen hatten wir seit einer Viertelstunde nicht mehr. Und obwohl jeder andere es vermutlich merkwürdig gefunden hätte, fühlte es sich keineswegs so an. Im Gegenteil, ich wollte nicht auflegen, auch wenn mein Körper, besonders meine Hände, danach schrien, in warmem Badewasser zu versinken.

„Danke, dass du mich begleitet hast“, sagte ich.

„Gerne, Malene. Danke, dass du angerufen hast."

Jeder normale Mensch hätte an dieser Stelle das Gespräch beendet und aufgelegt, wir ließen die Leitung offen und schwiegen uns die Worte zu, die uns auf der Seele lagen.

Bei dem Versuch, den Schlüssel aus meiner Jackentasche zu ziehen und mein Rad anzuschließen, stieß ich mit dem Arm gegen den Sattel, woraufhin das Rad polternd gegen die Aschentonne fiel.

„Malene? Ist alles in Ordnung?"

„Ja, mein Rad ist nur umgefallen", … und hatte dabei vermutlich alle Bewohner drumherum aus dem Schlaf geschreckt.

„Vielleicht sollten wir besser auflegen, damit du beide Hände freihast."

Welch pragmatisch vernünftiger Vorschlag! Trotzdem gefiel er mir nicht. Andererseits war es sicherlich nicht ratsam, den Rest der Nacht hier im Hof zu verbringen.

„Schlaf gut."

„Danke, du auch."

Mein Arm protestierte schmerzend, als ich das Handy nach Julius' Abschied endlich vom Ohr nahm. Mit steifen Fingern hielt ich es in der Hand und wartete, bis der Bildschirm schwarz wurde, ehe ich es in die Tasche steckte. Ich richtete mein Rad wieder auf, tappte über den Hof zur Tür und die Treppen zur WG hinauf. Meine Glieder waren durchgefroren, aber mein Herz taute langsam wieder auf.

Tamara hat mir heute erzählt, dass sie meine Marmelade zu Pfannkuchen gegessen hat. Sie war begeistert und hat gefragt, ob ich noch ein Glas für sie habe!!! Drei Herzen, verliebtes Emoji.

Ich lächelte, während ich das Handy über meinen Unitext zog, den ich mir für die Pause mitgenommen hatte. Leonie musste wahnsinnig aufgeregt sein, wenn sie mir sogar schon eine Nachricht schrieb. Nachdem sie unserer Junior-Professorin die Marmelade mitgebracht hatte, hatte Leonie sich erst einmal bedeckt gehalten und ich hatte nicht fragen wollen. Jetzt freute ich mich dafür umso mehr für sie. Ich wünschte Leonie so sehr, dass sie glücklich werden würde. Zwar konnte ich mir nicht vorstellen, wie es wäre, wenn sie und Tamara tatsächlich zusammenkämen und unsere Dozentin plötzlich als Freundin meiner Mitbewohnerin in unserer WG-Küche hocken würde.

Aber das war vielleicht auch nur eine Frage der Gewöhnung.

Rasch tippte ich eine Antwort, nahm einen Bissen von dem belegten Brötchen und widmete mich wieder meinem Unitext. Kurz darauf blinkte mein Handy jedoch erneut. Leonie schien wirklich Redebedarf zu haben.

Hallo Malene, ist es für dich in Ordnung, wenn ich dich nachher abhole?

Beinahe hätte ich mich an dem Brötchen verschluckt. Julius! Nach unserem Telefonat vor ein paar Tagen hatten wir nur kurze Nachrichten ausgetauscht, obwohl es mich in den Fingern gejuckt hatte, ihn anzurufen. Allerdings wusste ich noch immer nicht, was ich ihm sagen sollte, oder besser, wie. Ihn nur anzurufen, um seinem Atem zu lauschen, war mir merkwürdig vorgekommen. Nun war er mir zuvorgekommen. Oder würden wir auch schweigen, wenn er mich nach Hause brachte? Es würde mich nicht stören. Schon jetzt breitete sich jene angenehme Wärme in mir aus, die ich in den letzten Tagen so vermisst hatte. Mit klopfendem Herzen tippte ich meine Antwort. Zeit, auf eine Reaktion von Julius zu warten, blieb mir nicht mehr. So nahm ich nur einen letzten hastigen Bissen von meinem Brötchen, band mir meine Schürze neu und ging zurück in die Schankstube.

Punkt halb zwölf öffnete sich die Tür des *Rings* und Julius trat ein. Ein scheues Lächeln huschte über sein Gesicht, als ich ihm vom anderen Ende des Raums zuwinkte. Im nächsten Augenblick stieg Panik in mir auf. Julius hatte sich auf einen der Barhocker am Tresen gesetzt und wechselte wenige Worte mit Friedhelm. Ob er ein Bier bestellte? War es gut, wenn er etwas trank? Warum hatte ich nicht vorhin daran gedacht, als ich seine Nachricht beantwortet hatte? Ich blieb wie angewurzelt neben dem Tisch stehen, dessen Gäste ich gerade bediente, und starrte zum Tresen hinüber. In den anderthalb Jahren, die ich bereits hier im *Ring* kellnerte, hatte es immer mal wieder Situationen gegeben, in denen mir der Gedanke gekommen war, dass es besser gewesen wäre, wenn der eine oder andere Gast auf ein weiteres alkoholisches Getränk verzichtet hätte. Doch noch nie hatte sich mein Magen so schmerzhaft verkrampft wie jetzt, während ich beobachtete, wie mein Chef routiniert nach einem Glas griff und es füllte. Sollte ich dazwischengehen? Konnte ich Julius verbieten, ein Bier zu trinken? Welches Recht hatte ich dazu?

Friedhelm reichte das Glas über den Tresen, Julius nahm es langsam entgegen. Mir fielen zentnerweise Steine vom Herzen. Die durchsichtige sprudelnde Flüssigkeit in dem 0,3-Liter- Glas war definitiv kein Alkohol. Erleichtert setzte ich mich wieder in Bewegung und ging zu den nächsten Gästen, die nach mir winkten.

„Schön, dass du da bist", begrüßte ich Julius eine halbe Stunde später endlich anständig. Als ich ihm aus alter Gewohnheit meinen Arm um die Schulter legte, zuckte er zusammen. Sofort ließ ich ihn los. Sein Lächeln wirkte etwas schief und glich mehr dem verzweifelten Versuch, Angst zu verstecken. Was hatte er nur? Es war doch sein Vorschlag gewesen, mich abzuholen.

Dennoch hielt ich mich auf dem Weg zur WG an seinen unausgesprochenen Wunsch, ihm nicht zu nahe zu kommen. Stattdessen konzentrierte ich mich darauf, das Rad genau auf dem Streifen zwischen Bordstein und Bürgersteig entlangzuschieben.

„Wie war dein Tag?"

„In Ordnung", antwortete er. „Ich habe erst den neuen Histologiekurs betreut und war nach meinen Seminaren joggen."

„Du? Allein?"

„Ist das so unglaublich?" Er lachte kurz. Ein warmer Schauer überflog mich. Endlich ein Zeichen von dem alten Julius!

„Schon ein bisschen."

„Ich brauchte frische Luft."

Wir überquerten den Marktplatz und gingen die nachtstille Einkaufszone hinunter. Julius räusperte sich. Gespannt sah ich ihn an. Was hatte er vor?

„Ich weiß nicht, ob ich dich das nach allem, was war, noch fragen kann. Aber hättest du Lust, mich am Samstag zum Konzert zu begleiten?"

Das Orgelkonzert, das hatte ich komplett vergessen! Als ich die Karten besorgt hatte, war ich natürlich davon ausgegangen, gemeinsam mit Julius hinzugehen. Nach seinem Absturz und der darauffolgenden Funkstille hatte ich jedoch nicht mehr darüber nachgedacht. Ich fing seinen Blick. Seine Augen flackerten bekümmert, als ob er im Leben nicht mit meiner Zusage rechnete, sondern sich mental schon auf eine Enttäuschung einstellte. Vor zwei Wochen hätte ich bei diesem Anblick vielleicht für einen kurzen Moment Genugtuung empfunden. Jetzt stach er schmerzhaft in meine Brust. Ja, es war absoluter Mist gewesen, was Julius auf dem Stipendiatentreffen veranstaltet hatte, aber es änderte sich auch nichts, wenn er sich nun jede Freude versagte und auf diese Art selbst geißelte.

„Was denkst du denn, Julius, natürlich komme ich mit."

„Wirklich? Das musst du nicht. Ich verstehe, wenn du …"

„Julius, wenn du mich wirklich dabeihaben möchtest, gehe ich sehr gerne mit dir ins Konzert."

Ein zartes Leuchten erschien in seinen Augen und kurz berührten seine Finger meine auf dem Lenker.

„Ich würde mich sehr freuen."

„Gut, dann sind wir für Samstag verabredet."

Julius sah aus wie aus dem Ei gepellt, als er mich am Samstag abholte. Der Kragen seines Hemds lag ordentlich über dem Pullover, die Halbschuhe glänzten frisch geputzt und der schwarze Mantel verlieh allem einen edlen Touch.

„Wow, ich wusste nicht, dass du heute spielst."

Eine Falte grub sich in seine Stirn und er musterte mich irritiert, ehe seine Augen spitzbübisch aufleuchteten.

„Für diesen Fall hätte ich einen Frack getragen."

„Du hast einen Frack?"

„Nein, denn ich pflege nicht auf großen Konzertbühnen zu stehen."

Ich spitzte die Lippen und zog mir meine beste Jacke über, die mit Julius' edlem Zwirn trotzdem nicht mithalten konnte, wie ich fand. Ich kam mir underdressed vor, aber an meinem Outfit ließ sich jetzt nicht mehr ändern. „Zugetraut hätte ich es dir."

„Das Konzert oder den Frack?"

„Beides."

Während wir zur Konzertkirche gingen, kehrte langsam das vertraute Gefühl zurück. Julius wirkte nicht mehr so verkrampft wie noch vor ein paar Tagen. Zwar hielt er auch jetzt noch mehr Abstand, als notwendig gewesen wäre. Aber immerhin sprach er nicht mehr wie ein verängstigtes Schulkind beim hochnotpeinlichen Verhör.

„Es ist schön, dass du mitgekommen bist", sagte Julius, als wir uns in der Kirche auf zwei freien Plätzen niederließen. Ich nahm vorsichtig seine Hand und drückte sie. Er ließ es geschehen.

Zuerst begriff ich nicht, dass es losging. Die ersten Töne waren so tief und kaum hörbar, dass ich glaubte, der Organist hätte wohl nur versehentlich auf eine Taste gedrückt. Doch Julius schloss die Augen, lehnte sich zurück und legte den Kopf in den Nacken. Er hatte beim Blick ins Programm hin und wieder genickt. Offenbar wusste er, was uns erwartete. Ich schloss ebenfalls die Augen und lauschte den sanften Tönen, die langsam durch die Kirche schwebten. Hin und wieder knackte es im Gebälk der alten Holzbänke, doch ansonsten war außer der Musik nichts zu hören. Ich entspannte mich, bis die Orgel auf einmal wie aus dem Nichts anschwoll und mit einem solchen Knall einen lauten Akkord spielte, dass ich zusammenschrak. Julius hingegen zeigte keine Zeichen von Überraschung. Natürlich, er hatte offensichtlich gewusst, was kommen würde, und war vorbereitet gewesen. Aber als er meine Hand nahm, erholte ich mich schnell wieder von meinem Schrecken. Nun konnte ich mich ganz der Musik hingeben. Vor meinem inneren Auge entstanden Landschaften mit wunderbaren Flüssen und Auen, und beinahe vergaß ich die Umgebung, in der ich mich tatsächlich befand. Das Gefühl für Zeit hatte ich verloren, ich sprang von Ton zu Ton und fühlte mich als Teil der Musik. Sie drang nicht nur in mein Ohr, sondern in jede Faser meines Körpers, übte mal mehr, mal weniger Druck auf meine Magengrube aus, doch immer spürbar. Genauso wie Julius' Finger um meine Hand. Warm ruhten sie auf meinem Handrücken, seine Handfläche auf meiner. Die Musik wurde festlicher, klang wie ein Marsch oder ein Festzug, als die Töne an den Kirchenwänden aufstiegen und in der Kuppel hoch über uns verhallten. Kurz darauf endete das erste Stück und die Bilder meiner Phantasie verflüchtigten sich. Ich fing Julius' Blick. Er sah wieder glücklich aus. Ob er wohl auch Landschaften erträumt hatte? Von einer der Kirchentüren her wehte ein kühler Luftstoß und ich erschauderte. Ohne ein Wort legte Julius mir seinen Mantel um die Schultern. Der Wollstoff rieb angenehm rau gegen meinen Hals und Julius' vertrauter Geruch stieg mir in die Nase. Mit kalten Fingern zog ich den Mantel enger um mich.

Als der Organist das letzte Stück begann, horchte ich auf. Der Titel im Programm hatte mir absolut nichts gesagt. Doch als ich die Toccata und Fuge in d-Moll von Bach hörte, erkannte ich sie wieder. Im Musikunterricht in der Schule hatte ich sie schon einmal gehört. Aus den Augenwinkeln sah ich Julius die Finger der linken Hand zur Musik bewegen.

„Das war wunderschön", sagte er, als wir nach dem Konzert auf den Kirchplatz hinaustraten. „Darf ich dich noch zum Essen einladen? Du siehst aus, als könntest du etwas Warmes vertragen."

Damit hatte er leider recht. Trotz seines Mantels war ich ziemlich durchgefroren und mir graute schon jetzt vor dem Weihnachtskonzert mit dem

Unichor, das wir auch in dieser Kirche singen würden. Abgesehen davon war es überaus verlockend, noch mehr Zeit mit Julius zu verbringen. Ich folgte ihm in ein nahegelegenes Lokal, wo wir heiße Suppe bestellten. Wieder begann mein Herz schneller zu schlagen, als der Kellner uns nach unseren Getränkewünschen fragte und den Hauswein empfahl. Würde Julius auch diesmal ablehnen? Wie schwer würde es ihm fallen, keinen Alkohol zu trinken, wenn ich einen Wein bestellte? Ich wollte ihn keinesfalls in Versuchung führen und da mir sowieso noch etwas kalt war, bestellte ich ein Glas Tee. Julius entschied sich für Wasser.

Obwohl es mich erleichterte, hatte ich dennoch Schwierigkeiten, Julius bei seinen begeisterten Anmerkungen zum vergangenen Konzert zu folgen. Hatte er nur deshalb nicht Wein oder Bier bestellt, weil ich mich dagegen entschieden hatte oder wäre seine Entscheidung ohnehin so ausgefallen? War sein Absturz neulich tatsächlich nur ein Ausrutscher gewesen?

Ich rollte den Papieranhänger des Teebeutels zwischen meinen Fingern zusammen und wieder auseinander, bis er zerkrümelte.

„Malene? Ist alles in Ordnung?"

Mit einer fahrigen Bewegung wischte ich die Papierkrümel vom Tisch. „Ja … wieso?"

Julius nickte zu dem Suppenteller, der schwach dampfend vor mir stand. „Weil du seit fünf Minuten deine Suppe ignorierst."

Verdammt. Mir war tatsächlich entgangen, dass der Kellner die Suppe gebracht hatte. Ich griff nach dem Löffel und tauchte ihn in die Suppe. Die Wärme tat gut und wahrscheinlich schmeckte die Suppe auch. Ich bekam davon jedoch nichts mit. Zu sehr war ich noch mit meinen Gedanken beschäftigt. Das Metall des Löffelstiels drückte sich in meine Handfläche. Wenn ich so weitermachte, wäre der Löffel in ein paar Minuten heißer als die Suppe. Julius hatte seinen Teller schon halb geleert und ich konzentrierte mich auf seine Handbewegungen, richtete mich nach seinem Tempo. Von außen musste es ziemlich absurd aussehen, wie wir beide spiegelbildlich aßen. Als Julius nach seinem Wasserglas griff, konnte ich nicht mehr an mich halten.

„Hast du eigentlich nur meinetwegen Wasser bestellt?"

Er hielt inne und setzte langsam das Glas wieder ab. „Das beschäftigt dich also."

Sein Blick verdunkelte sich, eine tiefe Falte tauchte auf seiner Stirn auf.

Ich umklammerte den Löffel und starrte auf die Tischkante. Ich hätte nicht fragen sollen. Das, was heute so gut angefangen hatte, war mit meiner Frage nun dahin.

„Ich kann es dir nicht verübeln."

Langsam sah ich auf. Julius' Miene war traurig, aber von Ärger keine Spur. Er zupfte an seinen Ärmelaufschlägen.

„Tut mir leid", flüsterte ich, seinem Blick ausweichend.

„Was? Dass du dir Sorgen machst? Das ist es doch, oder?"

Ich nickte. Ich machte mir mehr Sorgen, als gut für mich war. Denn obwohl ich die Frage beinahe täglich durch meine Gedanken wälzte, war ich noch immer zu keiner Antwort gekommen. Konnte ich Julius helfen, wenn er wirklich ein Alkoholproblem hatte? Was musste ich tun? Würde ich es schaffen? Würde er Hilfe von mir überhaupt annehmen? Und was war, wenn es am Ende doch schief gehen und ich ihn verlieren würde?

Julius streckte seine Hand aus, bis seine Fingerspitzen nur noch wenige Millimeter von meinen entfernt waren. „Ich bin kein Alkoholiker, Malene. Es fällt mir nicht schwer, auf Alkohol zu verzichten, und ich habe gerade auch nicht das geringste Bedürfnis danach. Das Wasser hätte ich auch bestellt, wenn du nicht hier wärst."

Es klang so leicht. Zu beruhigend, um wahr zu sein. Schließlich war da auch noch Bastis Reaktion. Ich hob den Kopf und sah Julius in die Augen.

„Aber es ist schon einmal vorgekommen, dass du dich so hast gehen lassen, oder? Basti hatte sofort einen Verdacht, als ich ihm gesagt habe, dass ich tagelang nichts von dir gehört habe."

Julius schloss seufzend die Augen. „Basti macht sich immer schnell Sorgen um mich. Er ist manchmal schlimmer als meine Mutter."

„Aber …"

„Malene, ich weiß, ich habe mit meiner Aktion dein Vertrauen überstrapaziert, vielleicht sogar verspielt, aber ich schwöre dir, es wird nicht wieder vorkommen."

Seine Fingerspitzen berührten sanft meine Hand, sein Blick war ernst und entschlossen. Ich wollte ihm glauben, ich wollte ihm vertrauen. Mein Herz schrie danach, ihm wieder so zu begegnen wie vor dem Vorfall in München. Dennoch blieb ein Funke Skepsis zurück, als ich Julius ein Lächeln schenkte und nickte. Er hatte mich noch nie zuvor unterbrochen.

Julius zahlte und begleitete mich nach Hause. Immer wieder streckte ich meine Finger aus, zog sie aber letztlich doch zurück, ehe ich seine Hand berühren konnte. Warum zögerte ich? Eigentlich wollte ich doch, dass alles wieder so war wie früher. Und wollte Julius das nicht auch? Hätte er mich sonst gefragt, ob ich diesen Tag mit ihm verbringen würde? Aber warum unternahm er keinen Annäherungsversuch? Zum ersten Mal erschien mir unser Schweigen anstrengend. Irgendetwas stand noch zwischen uns, das dringend ausgesprochen werden musste. Wenn ich nur gewusst hätte, was. Mittlerweile standen wir, wie so viele Male zuvor, im Hof zu meiner WG und sahen uns unschlüssig an. Julius' Blick war fast so dunkel wie die Nacht um uns herum. Diese Bekümmertheit war nicht auszuhalten. Ich nahm seine Hände in meine und trat einen Schritt näher an ihn heran.

„Julius, ich möchte dich nicht verlieren."

Er befreite seine Hände und schloss mich in eine so feste Umarmung wie noch nie zuvor. Für einen kurzen Augenblick hielt ich überrascht die Luft an, dann erwiderte ich seine Geste und vergrub mein Gesicht in seinem Mantel. Julius' Arme hielten mich so eng umschlossen, als wolle er mich nie wieder loslassen. Nach einer Weile sank sein Kopf herab, seine Lippen drückten sich auf meinen Scheitel. Ich ließ mich ganz in diesen Kuss fallen, spürte das altvertraute Gefühl langsam zurückkehren, die Wärme, die mich durchströmte. Es war noch nicht so wie früher, aber vielleicht konnte es wieder so werden.

„Du solltest ins Bett gehen, du erkältest dich sonst", sagte er irgendwann mit rauer Stimme.

„Das nehme ich in Kauf", erwiderte ich und legte meine Hand an seinen Hals, wollte ihn noch einmal zu mir ziehen. Julius wich mir sanft, aber bestimmt aus.

„Weder als angehender Arzt noch als Freund kann ich das verantworten."

Sein halb ernster, halb belustigter Tonfall brachte mich zum Lächeln. Da war sie, eine weitere Spur des alten Julius. Ich zog meinen Haustürschlüssel aus der Tasche und zupfte an seinem Mantelaufschlag. Herausfordernd grinste ich ihn an.

„Mach den Mantel zu, sonst erkältest du dich."

Gehorsam schloss er den Reißverschluss. Die Lampe neben der Haustür war gerade wieder erloschen, sodass ich in seinem Gesicht nicht lesen konnte, aber in seiner Stimme lag etwas von der Hoffnung, die auch mich erfüllte.

„Danke für heute, Malene. Gute Nacht."

Als ich zwanzig Minuten später unter meine Bettdecke kroch und den Wecker für den nächsten Morgen stellte, hatte ich zwei neue Nachrichten. Die eine war von meinem Vater, der mich und meinen Freund zu seinem Geburtstag einlud. Die andere von besagtem Freund.

Ich möchte dich auch nicht verlieren.

4.
Kapitel

Die Freude darüber, dass Julius zugesagt hatte, mich zu begleiten, überwog beinahe die Freude darüber, nach Monaten endlich meinen Vater und meinen Bruder wiederzusehen. Zuerst hatte ich gezögert, Julius zu fragen. Ich wollte ihn zu nichts zwingen. Aber schließlich hatte ich ihm doch von der Einladung erzählt. Mehr als nein sagen konnte er schließlich nicht. Für ihn schien meine Frage allerdings eine zusätzliche Bestätigung dafür zu sein, dass ich weiterhin an seiner Seite stand, und so war es beschlossen.

Nun zog ich den Gummizug meines Rucksacks zu, in dem ich mein Gepäck für das Wochenende verstaut hatte, und sah auf die Uhr. Schon kurz nach fünf! Ich sollte langsam anfangen, das Gemüse für den Salat zu schnippeln. Julius wollte um halb sechs kommen und morgen früh mit mir nach Lüneburg fahren. Mein Atem ging unwillkürlich schneller. Er würde kommen, die Nacht hier bei mir verbringen. Prickelnde Aufregung schoss durch meine Adern und ich erzitterte. Nach dem, was in den letzten Wochen passiert war, hätte ich noch vor wenigen Tagen keinen Cent darauf gegeben. Ich rechnete auch jetzt nicht damit, dass heute Nacht großartig etwas passieren würde. Allein seine Nähe zu spüren, Julius bei mir zu wissen, war mehr, als ich zu hoffen gewagt hatte.

Ich ging in die Küche und schnippelte die Zutaten für den Salat. Punkt halb sechs hatte ich auch das Dressing angerührt und erwartete jede Sekunde das Klingeln an der Tür. Ich goss die Soße über den Salat und stellte das Schüsselchen wieder ab. Was für ein Timing!

Es klingelte jedoch nicht. Verwundert sah ich zu, wie die Digitalanzeige unseres Ofens von 17:30 zu 17:31 und schließlich 17:33 wechselte. Ich holte Teller und Besteck aus dem Schrank und verteilte sie auf dem Tisch. 17:35 Uhr. Na ja, fünf Minuten. Das konnte selbst Julius einmal passieren. Trotzdem stieg leichte Übelkeit in mir auf. Ein Stein, der sich schwer in meinen Magen legte und mit jeder Sekunde, die verging, schwerer zu werden schien. War Julius etwas dazwischengekommen? Ich checkte mein Handy. Nichts. Das Schweregefühl in mir breitete sich aus. Ob er wieder getrunken und alles vergessen hatte?

So ein Quatsch, er hatte es versprochen!

Versprechen kann man viel! – Da war sie wieder, die gemeine Stimme in meinem Kopf, die in meiner Unruhe Nahrung fand. Ich tigerte zwischen Bett, Schreibtisch und Küche hin und her, das Handy nicht aus der Hand legend. Ich machte ein Foto vom Salat und schickte es Julius mit einer Nachricht.

Essen ist fertig. Wann kommst du?

Viertel vor sechs. Vor dem Küchenfenster wurde es zunehmend dunkler. Mein Körper spiegelte sich in der Scheibe. Ich sah meine geweiteten Augen, die angespannten Wangen, und erkannte mich selbst kaum wieder. So also sah Angst aus? In einem Horrorfilm hätte ich eine gute Figur gemacht. Dabei hatte ich mich auf eine Rolle in einem Liebesfilm gefreut. Ich bohrte meine Fingernägel in die Handinnenflächen. Wo blieb Julius nur?

Als ich ihn um sechs auch mit einem Anruf nicht erreichen konnte und er sich nicht gemeldet hatte, stellte ich kurzentschlossen die Salatschüssel in den Kühlschrank, zog Jacke und Schuhe an und lief aus der Wohnung. Was auch immer passiert war, ich würde nicht noch einmal eine halbe Woche auf Julius warten.

Mein Herz klopfte wild vor Anstrengung und Angst, als ich bei ihm klingelte. Ich erwartete schon fast, dass ich vor verschlossener Tür stehen bliebe. Doch schließlich ertönte der Summer und die Tür glitt auf.

Julius stand an den Türrahmen gelehnt und machte ein überraschtes Gesicht. Seine Augen sahen jedoch dunkel, beinahe melancholisch weltentrückt an mir vorbei. Er wirkte übermüdet, und das strahlende Lächeln, mit dem er mich sonst immer begrüßte, blieb aus.

„Hi, was machst du denn hier?"

Er hatte es tatsächlich vergessen! Der Stein in meinem Magen wurde schlagartig größer, während meine Kehle sich zuschnürte.

Auf Julius' Schreibtisch lagen mehrere Bücher und Hefter aufgeschlagen, der Computer lief und zeigte Tabellen und medizinische Skizzen. Er war also mal wieder mit seinem Studium und der Doktorarbeit beschäftigt. Obwohl ich erleichtert hätte sein sollen, dass er nur deswegen die Zeit vergessen hatte, loderte heiße Wut in mir auf.

„Ich wollte wissen, ob es dir gut geht. Seit halb sechs warte ich auf dich."

Julius, der sich wieder an seinen Schreibtisch gesetzt hatte, sah zurück zu mir. Statt schlechtem Gewissen spiegelte sein Blick jedoch Verwunderung.

„Und deshalb kommst du extra her? Du hättest doch anrufen können."

Mein Blick fiel auf eines seiner Bücher auf dem Bett. Unter der Ecke lugte das Handy hervor. Meine Wut verpuffte von einem Moment auf den anderen und machte stattdessen Hilflosigkeit Platz. Zitternd sank ich auf die Bettdecke.

„Du meinst, auf dem Handy, das stummgeschaltet unter deinen Büchern liegt?"

Julius nahm mir das Smartphone ab, entsperrte es und verzog gleich darauf zerknirscht das Gesicht.

„Du hast angerufen."

„Ich hab mir Sorgen gemacht", flüsterte ich, während ich auf die aufgeschlagene Skizze im Buch starrte. *Hypoplastisches Linksherzsyndrom (HLHS), univentrikuläres Herz.* Was auch immer das bedeutete.

„Wegen einer halben Stunde Verspätung?"

„Ja, verdammt." Ich sprang auf. „Mensch, Julius, was hätte ich denn glauben sollen nach der Sache in München?"

Julius ließ das Handy sinken, fuhr sich mit der Hand übers Gesicht. „Malene, das war ein Ausrutscher. Ich habe dir versprochen, dass es nicht wieder vorkommt."

„Und wie hätte ich das wissen sollen, wenn du nicht auf meine Nachrichten oder Anrufe reagierst?"

Er schüttelte den Kopf, drehte sich auf seinem Stuhl um und widmete sich erneut seiner Arbeit. Fassungslos starrte ich auf seinen Rücken.

„Das war's jetzt? Etwas anderes fällt dir nicht dazu ein?"

Er drehte sich zu mir um, sah mich genervt an, eines seiner Bücher noch in den Händen haltend.

„Mir fällt ein, dass ich diesen Abschnitt noch fertigschreiben muss, bevor wir morgen fahren. Dafür brauche ich noch ungefähr eine Stunde."

Dieser Satz kam einem Rausschmiss gleich. Meine Wut flammte erneut auf.

„Ach, und das hättest du mir nicht in einer kurzen Nachricht mitteilen können?"

„Ich hätte mich schon noch gemeldet."

„Sicher, wenn es dem Prinzen passt, gewährt er gnädig eine Audienz", rief ich. „Bin ich dir überhaupt wichtig oder brauche ich erst einen Herzfehler, damit du mich richtig wahrnimmst?"

Zum ersten Mal an diesem Abend sah Julius mich an. Aber er sagte nichts. Ich wandte mich um und stürmte aus seinem Zimmer. Mir schossen Tränen in die Augen, wie vor Monaten, nach der Sache mit Uli. Dass mir ausgerechnet diese Aktion nun wieder in den Sinn kam, steigerte meine schlechte Laune noch mehr und heftig stieß ich die Haustür auf. Julius ging sein Studium über alles. Das war gerade mehr als deutlich geworden. Die Erkenntnis, schon wieder jemandem vertraut zu haben, dem etwas anderes wichtiger war als ich, raubte mir die Kraft, meine Tränen zurückhalten zu können. Dennoch wischte ich sie mir ärgerlich aus dem Gesicht und lief zum Fahrradständer, ohne nach links und rechts zu schauen. Erst als ich gegen etwas Weiches stieß, bemerkte ich, dass ich hätte ausweichen müssen.

„Pass doch auf", schimpfte ich, ohne aufzusehen, während neue Tränen aus meinen Augen stürzten. Der Jemand, mit dem ich zusammengestoßen war, hielt mich am Arm.

„Lene? Alles okay?"

Ich blinzelte. Basti. Der hatte mir gerade noch gefehlt.

„Willst du zu Julius? Der ist hochbeschäftigt mit seinen Herzfehlern."

Basti sah mich prüfend an, schüttelte fassungslos den Kopf und murmelte etwas in seinen Dreitagebart. Er ließ mich los und ich beachtete ihn nicht länger, sondern riss mein Fahrrad frei und trat kräftig in die Pedale.

Immer wieder musste ich gegen neue Tränenströme ankämpfen. Wieso arbeitete Julius nur so besessen an dieser verdammten Doktorarbeit? Musste die denn wirklich jetzt schon geschrieben werden? Die konnte doch gar nicht so wichtig sein, dass er mich nicht mehr beachtete. Und warum hatte er nicht einfach Bescheid gesagt, dass er später kommen würde? Das wäre kein Problem gewesen. Stattdessen hatte er billigend in Kauf genommen, dass ich mir Sorgen machte – und dann nahm er sie nicht einmal ernst.

Wilma kam gerade aus dem Badezimmer, als ich die Wohnung betrat.

„Hey, Lene", sagte sie. „Da bist du ja schon wieder. Leo musste schon weg und ich muss noch ein bisschen was lernen, aber …"

Sie hielt inne und beugte den Kopf, um mir ins Gesicht zu sehen, das ich hinter meinen Haaren verborgen hatte.

„Wie siehst du denn aus? Ist was passiert?"

Ich sagte nichts, zog mir nur, immer wieder aufschluchzend, die Schuhe von den Füßen und ging in mein Zimmer. Mein erster Blick fiel ausgerechnet auf die Postkarte mit dem Prinzen-Spruch. Wütend riss ich sie vom Schrank und warf sie auf den Boden.

Wilma, treu wie eh und je, kam mir hinterher. „Julius?", fragte sie nur.

Ich nickte. Wortlos nahm sie mich in den Arm und wartete geduldig, bis ich ihr erzählte, was passiert war.

„Er hat meine Sorgen überhaupt nicht ernst genommen", sagte ich leise, „stattdessen hat er nur betont, wie viel er noch für diese blöde Arbeit tun muss."

Wilma erwiderte darauf nichts. Was hätte sie auch sagen sollen? Sie wirkte genauso ratlos wie ich, mit dem einzigen Unterschied, dass sie nicht darüber heulte wie ein Schlosshund.

„Soll ich dir einen Tee machen?"

„Nein, geh du nur wieder lernen."

„Dann bin ich ja genauso egoistisch wie Julius. Das geht nicht", empörte sie sich.

„Schon okay. Ich glaube, ich wäre jetzt gern ein bisschen allein."

Mit skeptischem Blick verließ Wilma mein Zimmer. Ich streckte mich auf meinem Bett aus, vergrub das Gesicht im Kissen und versuchte mich aufs Atmen zu konzentrieren.

Ich musste eingeschlafen sein, denn das Klingeln an der Wohnungstür riss mich aus einem wirren Traum. Ein wenig irritiert rappelte ich mich auf und stützte die Hand auf mein Kissen. Es war feucht. Offenbar hatte ich im Schlaf noch ein paar Tränen vergossen. Mein Wecker auf dem Nachttisch zeigte auf kurz vor acht. Die Zimmertür war nur angelehnt, so hörte ich, wie Wilma zur Wohnungstür ging und öffnete.

„Hallo, Wilma", hörte ich seine Stimme.

Was zum Teufel wollte Julius hier?

„Hi", antworte Wilma knapp.

„Ist Malene da?"

„Wieso?"

„Ich muss mit ihr reden."

„Ach, jetzt auf einmal?", schimpfte Wilma los. „Erst ignorierst du sie und lässt sie kalt abblitzen, und jetzt willst du auf einmal mit ihr reden?"

Ich stellte mir vor, wie sie mit in die Hüften gestemmten Fäusten vor ihm stand und ihn giftig ansah.

„Genau deswegen möchte ich mit ihr reden."

„Schon mal daran gedacht, dass sie vielleicht kein Interesse daran hat mit DIR zu reden?"

Ich hörte Julius seufzen. „Ist sie denn überhaupt da?"

„Ist das relevant, wenn sie nicht mit dir reden will?"

Ich kroch aus dem Bett, schleppte mich zur Tür und öffnete sie noch einen Spalt weiter. Wilma stand wie eine Torhüterin im Flur und versperrte Julius mit demonstrativ vor der Brust verschränkten Armen den Weg.

„Ist schon gut, Will."

Meine beste Freundin wandte sich um. Sie wirkte ein wenig beleidigt darüber, dass sie ihre Defensive nun vergeblich gestartet hatte, machte Julius aber schließlich den Weg mit einer übertrieben einladenden Geste frei.

„Also bitte, Majestät", sagte sie, warf mir noch einen besorgten Blick zu und verschwand in ihrem Zimmer.

Julius ging durch den Flur langsam auf mich zu. Seine Miene war besorgt und spiegelte schlechtes Gewissen, Müdigkeit und Unsicherheit wider. Wortlos setzte ich mich auf mein Bett und überließ es ihm, ob er eintreten wollte oder nicht.

Einen Moment lang blieb er im Türrahmen stehen. Sein Fuß stand direkt neben der Postkarte, die noch immer am Boden lag. Er schloss die Augen und seufzte tief.

„Malene, ich …"

Julius setzte sich auf die vorderste Kante meines Bettes, stützte die Arme auf die Knie und vergrub sein Gesicht in den Händen.

„Es tut mir leid", sagte er schließlich. „Ich habe mich völlig danebenbenommen."

Ich schwieg und starrte auf die Türklinke. Julius saß beinahe regungslos da, knetete nur nervös die Hände und schien nach Worten zu suchen.

„Was meintest du gerade, als du mich gefragt hast, ob ich dich nur mit Herzfehler wahrnehmen würde?", fragte er schließlich.

Stumm kaute ich auf meiner Unterlippe. Offenbar hatte er doch etwas von dem mitbekommen, was ich gesagt hatte. Ich schluckte, um mich gegen die erneut aufsteigenden Tränen zu wehren. War ich zu hart zu Julius gewesen?

„Kannst du dir das nicht denken? Bei dir geht es immer nur um die Medizin und deine Doktorarbeit. Sobald irgendwo das Wort Kardiologie fällt, lässt du alles stehen und liegen und vergisst alles um dich herum."

„So schlimm?" Er sah mich betroffen an.

„Erst vergisst du unser Treffen im Kino und wenn du mich von der Arbeit abholst, erzählst du mir immer wieder von Patienten mit Wasser in der Lunge, neuen Operationsmethoden und Fachartikeln über Herzinsuffizienz."

„Das ist nun einmal das, was mich beschäftigt", erwiderte Julius schwach. Ich erkannte den Tonfall, der nach Verteidigung suchte, hörte aber auch deutlich, dass er meine Argumentation verstand. Diese Art, sich zu ergeben, machte mich ruhiger.

„Versteh mich nicht falsch, ich finde es wirklich toll, dass du dich so einsetzt und dich abmühst, um ein guter Arzt zu werden. Aber vorhin hatte ich wirklich das Gefühl, als wäre ich mit Herzfehler interessanter für dich."

Julius hatte mir ruhig zugehört. Nun saß er regungslos auf der Bettkante, den Kopf in die Hände gestützt. Er atmete tief, aber angestrengt, seine Handknöchel traten weiß hervor. Endlich sah er mich an.

„Das stimmt nicht, Malene. Du bist mir sehr wichtig. Gerade weil du keinen Herzfehler hast. Und ich bin sehr froh, dass du gesund bist", sagte er mit ruhiger, aber entschlossener Stimme und wandte den Blick wieder ab, um in erneutes Schweigen zu verfallen. Ich ließ mich darauf ein. Ich hatte alles gesagt, was ich hatte sagen wollen.

„Ich habe geglaubt, du würdest es sowieso nicht verstehen. Aber Basti hat mir begreiflich gemacht, dass du nichts verstehen kannst, wenn ich es dir nicht erkläre", sagte Julius nach einer Weile.

Ich schnaubte verächtlich. Auf Basti hatte er also gehört. Ihn hatte er vorgelassen und mit ihm geredet, nachdem er mich hatte abblitzen lassen. Hatte ich ihm nicht deutlich genug gesagt, wie enttäuscht ich von ihm war? Warum brauchte er Basti dazu, um einzusehen, dass er einen Fehler gemacht hatte?

Julius schien meine Gedanken zu erraten.

„Bitte, sei nicht sauer. Ich weiß, das klingt seltsam …“

„Allerdings“, murmelte ich.

„Basti brauche ich nichts mehr zu erklären, wir kennen uns schon so lange. Er weiß, was mir das Studium und die Doktorarbeit bedeuten …“

Warum war er hier? Um über Basti zu reden? Über ihre langjährige Freundschaft?

Julius zog stumm sein Portemonnaie aus seiner Hosentasche und reichte mir ein Stück Papier. Wortlos nahm ich es entgegen. Es war ein Foto, auf dem zwei ungefähr zehnjährige Jungen abgebildet waren, die einander zum Verwechseln ähnlich sahen und die mir irgendwie bekannt vorkamen. Woher nur? Ich sah genauer hin, konzentrierte mich auf die Augen des rechten Jungen.

„Bist du das?“

„Ja … – und mein Zwillingsbruder“, sagte er leise.

Verwundert sah ich zu ihm hinüber. Noch immer kauerte er in gebeugter Haltung auf meiner Bettkante und starrte auf seine Hände.

„Ich wusste nicht, dass du einen Zwillingsbruder hast.“

„Hatte … Jakob ist tot. Er ist gestorben, als wir 13 waren“, antwortete Julius beinahe noch leiser als zuvor.

Ich hielt den Atem an. Unfähig mich zu bewegen, saß ich mit dem Rücken an die Wand gelehnt und suchte mit den Augen einen Punkt, an den ich meinen Blick klammern konnte. Meine Kehle schnürte sich zu.

„Er wurde mit einem schweren Herzfehler geboren. Hypoplastisches Linksherzsyndrom …, das sagt dir wahrscheinlich nichts.“

„Das stand in deinem Buch“, flüsterte ich heiser.

„Das hast du dir gemerkt?“

„Hat sich irgendwie eingebrannt.“

Julius lächelte gequält. „Und so geht es mir seit fast 25 Jahren, weißt du? Jakobs Herzfehler war omnipräsent in unserer Familie. Und mich lässt er bis heute nicht los, nur dass Jakob selber nicht mehr da ist.“

Wieder schwieg er und vergrub den Kopf in seinen Händen. Ich kämpfte gegen neu aufsteigende Tränen an. Obwohl Julius hier bei mir saß, vermisste ich ihn fürchterlich. Es war, als wäre er unendlich weit weg. Ich rutschte ein Stück näher an ihn heran, bis sich unsere Oberkörper berührten. Julius zeigte keine Reaktion. Ich lauschte seinem Atem, der unregelmäßig und abgehackt schien, so, als würde er sich bemühen, selbst nicht zu weinen.

„Jakob hat so viel durchgemacht. Schon wenige Tage nach der Geburt hatte er seine erste große Herz-OP. Später folgten weitere. Es ging ihm einigermaßen gut, bis wir ungefähr zehn waren. Er war nicht so belastbar wie meine Schwester und ich, und er war dauernd zu Untersuchungen im Krankenhaus. Aber er wurde immer anfälliger für Krankheiten, war ständig erkältet, hatte Atemnot …"

Julius hielt inne. Ich sah, wie sich eine Träne aus seinem linken Auge löste. Wortlos legte ich meine Hand auf sein Bein.

„Trotz der vielen OPs und der Medikamente und aller Vorsichtsmaßnahmen, wurde sein Herz einfach immer schwächer", erzählte er leise weiter, als könne er selbst nicht glauben, was er gerade erzählte. Als wäre er fassungslos darüber, dass ein krankes Herz nicht mehr seinen Dienst erfüllte.

„Er hätte dringend ein Spenderorgan gebraucht. Aber es fand sich kein passendes, und dann war er zu schwach für eine Transplantation …"

Ich schluckte. Seine Verzweiflung war nahezu greifbar. Julius umklammerte seine Hände, als ob er sich an ihnen festhalten könnte, und sein Körper war angespannt, als müsste er jeden Moment aufspringen und irgendetwas unternehmen.

„An unserem 13. Geburtstag ging es ihm verhältnismäßig gut und wir waren mit ein paar Freunden draußen. Nur kurz, aber … Nach unserem Geburtstag waren wir beide krank. Mit dem Unterschied, dass ich nur einen dicken Schnupfen hatte und Jakob wieder einmal eine verdammte Bronchitis bekam. Die hat sich dann zu einer fiebrigen Lungenentzündung entwickelt … Jakob kam wieder ins Krankenhaus, landete auf der Intensivstation … Und dann ist er ein paar Wochen nach unserem Geburtstag einfach nicht mehr aufgewacht."

Ich sah, wie er bebte. Kein Schluchzen, kein lautes Weinen, nur das stille Zucken, das seinen Körper erschütterte. Hilflos saß ich daneben.

„Ich vermisse ihn jeden Tag. Kein Tag vergeht, an dem ich nicht an ihn denke", sagte er mit brüchiger Stimme. „Es ist einfach so ungerecht. Warum darf ich hier sitzen, dir das alles erzählen? Warum kann ich studieren, beinahe tun und lassen, was ich will? Warum hat sich damals während der Schwangerschaft sein Herz nicht richtig ausgebildet und nicht meins? Warum lebe ich und nicht er?"

„Ich bin froh, dass du lebst", sagte ich leise. Nicht weil ich glaubte, so etwas anstelle eines Trostes sagen zu müssen, sondern weil ich es wirklich ernst meinte. Ich wollte Julius nicht mehr vermissen, ich wollte ihm nahe sein. Die Vorstellung, wie es ohne ihn sein könnte, wollte ich gar nicht erst zulassen.

„Jetzt bin ich es auch", erwiderte Julius, „damals, nach Jakobs Tod war ich es nicht. Ich habe nur irgendwie funktioniert, jeden Tag erlebt, ohne abends zu wissen, was gewesen war. Es war mir auch egal. Ich habe versucht, die Lücke, die Jakob hinterlassen hat, zu füllen, und habe alles gemacht, was er vorher gemacht hatte. Bis ich irgendwann mit Jakobs Tabletten in der Küche stand … Mein Vater kam im letzten Moment dazu und hat sie mir weggenommen."

Ich sah die Szene praktisch vor mir. Heiße Panik stieg in mir auf und kalter Schweiß brach auf mir aus. Ich keuchte. „Du hast versucht dich umzubringen?"

Julius schüttelte den Kopf. „Nein. Das war nie meine Absicht. Es hatte niemand die Medikamente weggeräumt und ich glaubte immer noch, ich müsste Jakobs Aufgaben mit übernehmen …"

Mir blieb die Luft weg. War Julius wohl verzweifelt genug, um wieder auf solche wahnwitzigen Gedanken zu kommen? Ich umklammerte sein Knie, hielt mich daran fest.

„Versprich mir, dass du so etwas nie wieder tust."

„Es war damals das erste und einzige Mal."

Ich legte meinen Arm um ihn und er lehnte sich an mich. Eine Zeit lang schwiegen wir beide, ehe er den Faden wieder aufnahm.

„Weißt du, wegen Jakob ist mir diese Doktorarbeit so wichtig. Er hat mir früher immer genau erklärt, was die Ärzte ihm gesagt haben, wenn ich ihn nicht sowieso begleitet habe, und wir haben gemeinsam Pläne geschmiedet, wie man am besten Herzen reparieren könnte. Ich bin es ihm schuldig, dass ich es eines Tages wirklich kann."

„Warum hast du mir das nicht gleich erzählt?", fragte ich ihn und konnte einen leisen Vorwurf in meiner Stimme nicht verbergen.

„Weil es jedes Mal so verdammt wehtut. Ich wollte diesen Schmerz vermeiden."

Ein brennender Stich bohrte sich in meine Brust, so heftig, dass ich mit der Hand dagegen drückte. Als ob das etwas geändert hätte. Ob es sich für Julius jeden Tag so anfühlte? Obwohl ich seinen Schmerz mit Sicherheit nicht nachfühlen konnte, glaubte ich eine Ahnung davon zu bekommen, was das alles für ihn bedeutete. Vorsichtig nahm ich seine Hand.

„Wolltest du wegen Jakob deinen Geburtstag nicht feiern?"

Seine Augen glänzten, als er mich nun ansah, und er erwiderte den Druck meiner Hand.

„Es ist auch sein Geburtstag. Es fühlt sich so falsch an, dass ich älter werde und er für immer 13 bleibt."

Ich zog Julius in meine Arme. Er lehnte seinen Kopf an meine Schulter und während ich mit den Händen seinen Rücken streichelte, wurde sein Atem langsam ruhiger.

„Danke, dass du da bist. Für's Zuhören."

„Jederzeit", versicherte ich ihm. Kurz lag mir auf der Zunge, dass er das auch schon eher hätte haben können. Gerade noch rechtzeitig schluckte ich die Worte hinunter. Wer war ich denn, ihm einen Vorwurf zu machen? Ich hatte doch gesehen, wie schwer es ihm fiel, darüber zu sprechen, wie viel Überwindung es ihn gekostet hatte, mir von Jakob zu erzählen. Und schließlich hatte ich ihm auch nicht von meinen Eltern erzählt, wenn deren Scheidung im Vergleich zu Jakobs Tod auch harmlos gewesen war. Vermutlich hatte ich überreagiert, als ich ihn heute Nachmittag so angefahren hatte.

„Es tut mir leid", gestand ich ihm. „Wenn ich gewusst hätte, warum du so verbissen bei deiner Arbeit bist ..."

Julius richtete sich ruckartig auf und schüttelte energisch den Kopf. „... ist das für mich trotzdem kein Grund, mich so zu benehmen."

„Trotzdem, ich hätte dir vertrauen sollen", beharrte ich.

„Du hast dir Sorgen gemacht, das bedeutet mir sehr viel."

Er küsste mich sanft, während ich weiter seine Hand hielt. Wir sprachen nicht mehr viel, sondern spürten ruhig der Nähe des anderen nach, und als wir schließlich einschliefen, war es in dem Vertrauen, dass wir beieinander aufgehoben waren.

Papa begrüßte Julius, als ob er ihn schon lange kennen würde.

„Schön, dass ihr da seid. Ihr könnt euch noch aussuchen, ob ihr lieber im Gästezimmer oder im Wohnzimmer übernachten wollt. Sören und Lara sind noch nicht da."

Julius warf mir einen leicht verunsicherten Blick zu und ich lächelte entschuldigend. Die aufgeschlossene, durch jahrelangen Außendienst professionalisierte Art meines Vaters konnte überfordernd sein. Doch nachdem Julius und ich unser Gepäck im Gästezimmer abgeladen und mit meinem Vater einen Kaffee getrunken hatten, war das Eis schnell gebrochen. Papa fragte interessiert nach Julius' Studium, seinen Plänen und stellte sogar Nachfragen zu seiner Doktorarbeit. Immer wieder sah er während des Gesprächs zufrieden zwischen Julius und mir hin und her.

Mein Bruder war hingegen nicht so leicht zu überzeugen. Er musterte Julius unverhohlen skeptisch und gab nur sparsame Informationen zu sich.

„Wie lange seid ihr eigentlich schon zusammen?", fragte Sören mich, als wir das Kaffeegeschirr in die Spülmaschine räumten.

Das Besteck landete scheppernd im Korb. „Neugierig bist du wohl überhaupt nicht?"

Sören lehnte sich grinsend an die Anrichte. „Na hör mal, ich bin dein großer Bruder. Ich werde so etwas doch fragen dürfen. Ist es was Ernstes zwischen euch?"

Ich funkelte ihn zornig an. Es war genauso wie früher, wenn Sören mich wegen irgendetwas, für das ich noch zu klein war, aufgezogen hatte. Leider konnte ich seinen Provokationen immer noch nicht widerstehen.

„Natürlich ist es ernst, sonst hätte ich ihn nicht mitgebracht."

Sören nickte langsam. „Ernster als mit diesem … wie hieß er noch?"

Schwungvoll knallte ich die Spülmaschine zu. „Viel ernster. Und jetzt halt die Klappe."

„Reg' dich nicht auf, Schwesterchen, ich will nur …"

Weiter kam Sören nicht, denn mein Vater steckte den Kopf in die Küche. „Kinder, denkt dran, dass hier zwei Leute sind, die kein Dänisch sprechen. Das ist Lara und Julius gegenüber nicht fair."

Wie auf frischer Tat ertappt, senkten wir die Köpfe und wechselten gleich wieder ins Deutsche. Insgeheim war ich jedoch froh, dass Julius der Diskussion zwischen Sören und mir nicht hätte folgen können, selbst wenn er bei uns in der Küche gestanden hätte. Aber obwohl mich das Verhalten meines Bruders nervte, musste ich zugeben, dass es auch irgendwie rührend war, wie er sich aufführte. Nie hätte ich geglaubt, wie wichtig es ihm sein könnte, wie und wer mein Freund war. Er schien sich tatsächlich um mein Wohlbefinden zu sorgen. Im Laufe des Abends lockerte sich das Verhältnis zwischen Sören und Julius, wozu vielleicht auch das Abendessen beitrug, das mein Vater für uns kochte. Jemand, der Lachsfilet genauso gern aß wie er selbst, konnte Sören offenbar nicht unsympathisch sein.

Am nächsten Morgen machten sie sogar gemeinsam Witze. Ich atmete beruhigt auf. Vielleicht hatte Sören mir gegenüber doch übertrieben und noch einmal den großen Bruder raushängen lassen wollen. Kurz bevor wir uns wieder auf den Rückweg machten, nahm Sören Julius zur Seite und flüsterte ihm etwas zu. Obwohl ich die Ohren spitzte, konnte ich kein Wort verstehen. Ich sah Julius nur mit verbissener Miene nicken.

„Was wollte Sören noch von dir?", fragte ich ihn, als wir im Auto saßen.

„Nichts weiter." Julius sah hochkonzentriert auf die leere Fahrbahn vor uns.

„Alles in Ordnung?"

Er warf mir einen flüchtigen Blick zu und nickte. „Ja, klar. Du hast einen tollen großen Bruder."

Ich war mir nicht sicher, wie ironisch er das meinte.

5.
Kapitel

Die Schicht war entspannt gewesen und Friedhelm hatte aus guter Laune über eine erfolgreiche Rollenspielrunde einen üppigen Pausenimbiss für Jessy und mich springen lassen.

„Schönen Feierabend, ihr beiden. Danke für heute", rief er noch immer ausgelassen, als wir uns um halb eins verabschiedeten. Julius erwartete mich an der Hofeinfahrt.

„Ihr seid ja gut gelaunt, gab es etwas Besonderes?"

„Dank deiner Rollenspielerfreunde ein leckeres Abendessen."

„Wenn es nach mir geht, kann die Truppe mittwochs öfter kommen", sagte Jessy.

„Nächste Woche habe ich nichts davon. Aber ich gönne es dir und Fabi." Ich winkte meiner Kollegin lachend zu und Jessy fuhr davon.

Kaum war sie weg, war Julius wie ausgewechselt. Er vergrub seine Hände in den Jackentaschen und sah auf den Gehweg, während er schweigend neben mir herlief. Irgendetwas beschäftigte ihn. Mittlerweile kannte ich ihn allerdings gut genug, um zu wissen, dass forschende Nachfragen bei ihm nicht zogen. Er würde reden, wenn er so weit war. Also ließ ich mich auf die Stille ein, ging langsamer als sonst und konzentrierte mich auf eine ruhige Atmung, in der Hoffnung, dass ihm das half. Es dauerte allerdings lange. Bei gefühlt jeder Kreuzung holte er Luft, gab sich einen Ruck – nur um einen Sekundenbruchteil später den Kopf zu schütteln und in Schweigen zu verharren. Nach dem fünften Mal konnte ich mir ein Seufzen nicht verkneifen, hütete mich aber davor, nachzufragen.

Wir blieben an einer roten Ampel stehen und warteten, bis sie auf Grün sprang, obwohl weit und breit kein Auto zu sehen war. Julius drückte auf den Ampelknopf und ließ die Hand länger liegen, als notwendig gewesen wäre. Ich legte meine Hand auf seine, woraufhin er zurückzuckte. Augenblicklich war es mit meiner Ruhe vorbei und ein Kälteschauer fuhr mir über den Rücken. Was war los mit ihm, dass er die zärtliche Berührung nicht ertrug?

„Julius, du machst mir Angst. Was ist passiert?"

„Tut mir leid, das wollte ich nicht." Er lächelte schief. „Ich hadere mit mir, ob ich dich etwas fragen kann."

Überrascht blieb ich stehen. „Natürlich kannst du mich etwas fragen. Alles, was du willst."

Julius senkte wieder den Kopf und grub seine Hände noch tiefer in die Taschen seiner Jacke. „Es ist nicht so einfach."

„Julius, du darfst alles sagen und fragen. Ich werde dich nicht auslachen oder dir den Kopf abreißen."

„Ich weiß." Er schloss die Augen, legte den Kopf in den Nacken und seufzte. „Nächste Woche Donnerstag ist Jakobs Todestag. Ich habe den Tag noch nie allein verbracht. Aber dieses Jahr sind meine Eltern verreist und Basti hat eine Sani-Fortbildung. Ich …"

Er brach ab, aber ich verstand, was er sagen wollte. Er wollte nicht allein bleiben, und natürlich war ich bereit, für ihn da zu sein. Aber nächste Woche … Julius sah mich aus dunklen Augen an, das Gesicht verzerrt von Verzweiflung, Trauer oder Scham – so sicher war ich mir nicht.

„Malene, ich will dich zu nichts zwingen. Mir ist wichtig, dass du das weißt. Ich weiß, du willst nächste Woche nach Aarhus fahren. Nur als Basti mir heute gesagt hat, dass er auch weg ist …"

Julius hielt inne, schüttelte den Kopf und streckte den Rücken durch. „Schon gut. Vergiss, was ich gesagt habe. Ich sollte dich nicht damit belasten."

Ich löste eine Hand vom Lenker und legte sie ihm auf die Schulter. „Das ist keine Last, Julius."

Das war eine Lüge. Zumindest nicht die reine Wahrheit. Ich ahnte schon jetzt, dass Julius' Frage mich die ganze Nacht beschäftigen würde. Aber was für eine Freundin war ich, wenn er nicht mit seinen Sorgen zu mir kommen durfte?

Konnte ich nein sagen, jetzt, da er mir endlich sein Innerstes offenbarte? Andererseits waren die Informationstage wichtig für mich. Die Zugtickets waren gebucht und meine Mutter freute sich schon darauf, mich zu sehen.

„Danke. Du musst nicht jetzt antworten. Nimm dir Zeit."

Er umarmte mich fest, wich aber meinem Blick aus, als wir uns wieder voneinander lösten. Nur für einen kurzen Moment erhaschte ich einen Blick auf seine Augen. Es reichte, um mir sicher zu sein. Er schämte sich. Er hatte sich mir gegenüber noch nie so schwach gezeigt, hatte nie um Hilfe gebeten. Ich erschauderte, als mir klar wurde, dass er vermutlich noch nie jemandem so gegenüber getreten war wie mir in der letzten Viertelstunde. Durfte ich dieses Vertrauen enttäuschen?

So sehr ich auch gehofft hatte, mir würde im Schlaf die richtige Antwort auf Julius' Bitte einfallen – ich wurde enttäuscht. Außer Erschöpfung und Kopfdruck hatte mir die Nacht nichts gebracht.

Unschlüssig stand ich am Morgen vor dem Küchenschrank und drehte die Packung mit den Kopfschmerztabletten hin und her.

„Morgen."

Sollte ich eine Tablette nehmen? Ich nahm sonst selten etwas ein. Diese Tabletten waren absolut ekelig. Aber mit Kopfschmerzen brauchte ich gar nicht erst zur Uni zu fahren. Von den Seminaren würde ich dann nichts mitbekommen. Was aber vermutlich auch ohne Kopfschmerzen der Fall sein würde.

„Lenc? Alles klar?"

Wilma wedelte mit ihrer Hand vor meinem Gesicht auf und ab. Ich legte die Tablettenpackung auf die Anrichte.

„Bisschen Kopfdruck …"

Wilma zog mich mit sich und bugsierte mich auf einen Küchenstuhl. „Hm … aber das ist nicht alles. Dich beschäftigt irgendwas."

War das so offensichtlich? Ich sank in mich zusammen, legte den Kopf auf die Tischplatte.

„Hast du Stress mit Julius? Hat er wieder getrunken?"

Ich setzte mich so schnell wieder auf, dass es in meinen Ohren klingelte. Autsch, unklug.

„Nein!"

Mein Herz raste. Überrascht lauschte ich ein paar Sekunden dem Wummern in meiner Brust. Würden Wilma und Leonie zukünftig immer einen Absturz von Julius vermuten? Der Verdacht tat weh. Doch es schmerzte noch mehr, mir einzugestehen, dass auch ich vor ein paar Tagen noch dieselbe Befürchtung gehegt hatte.

„Nein, hat er nicht", wiederholte ich. „Er hat mich gebeten, am Todestag seines Bruders bei ihm zu sein."

Wilma fuhr sich mit der Hand durch ihre Locken und zog eine Strähne in die Länge. Ich hatte ihr von Julius und seinem Bruder erzählt und sie hatte mir erklärt, was es mit Jakobs Herzfehler auf sich hatte. Sie hatte sich verständnisvoll gezeigt. Jetzt aber zog sie die Stirn in Falten.

„Warum werde ich das Gefühl nicht los, dass das für dich nichts Gutes bedeutet?"

Ich seufzte. Sie kannte mich einfach zu gut. „Es ist nächsten Donnerstag."

Will raufte sich die Haare und stöhnte laut, schüttelte den Kopf. „Nee, oder? Lene, du denkst nicht im Ernst daran!"

Ich schwieg. Was sollte ich auch sagen? Natürlich wollte ich unbedingt nach Aarhus fahren. Gleichzeitig sperrte sich alles in mir dagegen, Julius alleinzulassen. Wilma schlug mit der Hand auf ihren Oberschenkel. „Lene, du freust dich seit Wochen auf den Trip nach Dänemark, du hast alles organisiert. Es geht um deine Zukunft."

„Ich weiß. Und Julius weiß das auch."

„Na also. Wie kann er dann von dir verlangen, das alles für ihn in den Wind zu schießen?"

„Er verlangt überhaupt nichts. Er hat auch gesagt, dass er mich damit nicht belasten will."

Wilma schnaubte verächtlich. „Das hat ja super geklappt."

„Mensch, Will, du tust ja gerade so, als würde Julius das mit Absicht machen."

Sie nahm meine Hand und sah mich an. „Nein, das glaube ich nicht. Ich bin mir sicher, dass ihm der Tod seines Bruders auch nach so vielen Jahren noch nahegeht und dass es besonders an diesem Tag schwer sein muss. Aber ich sehe, dass du dir schon wieder tausend Gedanken machst und dich dabei vergisst. Du musst auch einmal an dich denken und nicht immer auf alle Rücksicht nehmen."

Sie hatte recht, das konnte ich nicht leugnen. Konnte ich in dieser Situation überhaupt eine richtige Entscheidung treffen? Welche sollte das sein?

„Ich kann Julius nicht allein lassen. Was, wenn er Dummheiten macht?"

Wilma seufzte. „Himmel, Lene, Julius ist erwachsen! Und ich weiß, das klingt hart, aber er muss lernen, mit dem Verlust zu leben. Du solltest dir nicht deine Zukunft verbauen, weil er mit seiner Vergangenheit nicht klarkommt."

Ich zuckte unter Wilmas Worten zusammen. So wie sie es formulierte, klang es so einfach. Als gäbe es gar keinen Grund zur Diskussion. Mein Gewissen war mit der Meinung meiner besten Freundin jedoch nicht einverstanden. Im Laufe des Tages formulierte ich tausend Sätze, in denen ich Julius erklärte, dass ich die Reise nach Aarhus nicht absagen könnte. Sobald ich meinte, die richtige Formulierung gefunden zu haben, grätschte mein Gewissen dazwischen. *Das kannst du nicht bringen. Als Freundin musst du für ihn da sein.* Gedanklich zerrupfte ich dutzende Gänseblümchen, ohne zu einem Ergebnis zu kommen. Was blieb, waren Fragezeichen und heftigere Kopfschmerzen als am Morgen. Obwohl ich den Schlaf dringend gebraucht hätte, wälzte ich mich im Bett von einer Seite auf die andere. War Julius es wert, dass ich auf die Infotage an der Uni verzichtete? Hätte er das Gleiche für mich getan? War es überhaupt sinnvoll, diese Frage zu stellen? Wohin sollte unsere Beziehung führen, wenn ich versuchte, aufzurechnen, wer wann was für den anderen tat? Nein, die Frage, die ich mir stellen musste, war, ob ich bereit war, mit den jeweiligen Konsequenzen zu leben, je nachdem, wie ich mich entschied.

Julius stand mit gesenktem Kopf in der Hofeinfahrt des *Rings*. Er war nicht einmal bis zu den beiden Fahrradständern gekommen, sondern verharrte in dem kurzen dunklen Durchgang und erwiderte meinen Blick nur kurz. Immer wieder schob er unter den Mantelärmeln seinen Pullover an den Handgelenken hoch und wieder runter. Ich küsste ihn sanft.

„Hej, lieb, dass du mich abholst."

Er schenkte mir ein flüchtiges Lächeln und senkte gleich darauf den Blick.

„Wie geht's dir?"

Julius seufzte. „Bescheiden, um ehrlich zu sein. Ich hätte dich nicht fragen dürfen, ob du nächste Woche bei mir bleibst. Es tut mir leid."

Ich stellte mein Rad ab und nahm ihn bei den Händen. „Julius, bitte hör auf damit, dir Vorwürfe zu machen. Ich weiß, wie schwer es dir gefallen ist, mich zu fragen."

Er schloss die Augen und wandte das Gesicht ab. Ich fuhr langsam mit der

Hand über seine Wange.

„Wie wäre es, wenn du mitkommst nach Aarhus?“

Seine Stimme klang heiser, als er mir endlich antwortete. „Das ist eine schöne Idee. Aber ich habe Freitag eine Prüfung.“

Meine Hoffnung und die Euphorie über meine spontane Eingebung brachen wie ein Kartenhaus in sich zusammen. Dennoch verkniff ich mir ein Seufzen. Schließlich hatte ich meine Entscheidung längst gefällt.

„Dann bleibe ich bei dir.“

Julius zuckte zusammen wie unter einer Ohrfeige. „Malene, bist du dir sicher? Ich kann dir das nie vergelten.“

„Das sollst du auch nicht. Mir ist wichtig, dass es dir gut geht.“

Seine Augen funkelten im Licht der Straßenlaterne, als er mich fest in seine Arme zog. Behutsam wie nie zuvor drückte er seine Lippen auf meinen Scheitel und ich atmete seinen Duft. Unsere Herzen schlugen gegeneinander. Er war hier bei mir, ich war bei ihm, nicht anders sollte es sein.

„Ja, Mor, es tut mir total leid, aber es geht nicht anders. Julius braucht mich.“

„Und weiß er auch, was du brauchst?“

Die Sekunden, in denen ich überlegte, wie ich meine Antwort formulieren sollte, deutete meine Mutter als Unsicherheit und ließ gleich einen neuen sorgenvollen Wortschwall auf mich niederprasseln.

„Skat, ich finde es klasse, dass du so für Julius einstehst. Aber mach nicht den gleichen Fehler wie ich damals. Ich habe deinem Vater auch jahrelang den Rücken freigehalten …“

„Und jetzt bist du trotzdem genau da, wo du immer sein wolltest“, erinnerte ich sie an ein Gespräch in den Ferien, in dem sie mir begeistert von ihrer letzten Beförderung erzählt hatte. Meine Mutter seufzte.

„Und wie stellst du dir das mit den Tagen der offenen Tür vor? Wenn du dich wirklich hier bewerben willst, hast du nur diese Chance, dir Vorlesungen anzuhören.“

„Es gibt einige Online-Angebote. Die Vorlesungen werden im Internet gestreamt.“

„Na. Ich glaube nicht, dass das das Gleiche ist wie vor Ort zu sein. Aber wenn du meinst … Ich hoffe nur, Julius weiß zu schätzen, was du für ihn tust.“

„Das weiß er.“

Ich ließ das Handy sinken und wandte mich um. Erschrocken fuhr ich zusammen. Am Küchentisch saß Leonie mit fragendem Gesicht, Wilma lehnte mit verschränkten Armen an der Tür und sah mich entgeistert an.

„Lene, bitte sag, dass das nicht wahr ist!"

„Will? Seit wann verstehst du Dänisch?" Leonies verwirrter Blick wanderte zwischen meiner besten Freundin und mir hin und her.

„Tu ich nicht. Aber ich kenne Lenes Gesicht, wenn sie mit ihrer Mutter diskutiert. Das klang nicht so, als würdest du in ein paar Tagen nach Dänemark fahren."

„Nein, ich hab abgesagt."

Wilma schlug sich mit der Hand gegen die Stirn. „Oh Mann, Lene, das ist doch nicht zu glauben! Wie kann es denn sein, dass du alles hinwirfst, wenn dein Freund was von dir will? Erst bei Uli, jetzt Julius …"

Mir wurde heiß, und hektisch stopfte ich mein Handy in meine Jeanstasche. „Vergleich Julius nicht mit Uli! Julius weiß, worum er mich bittet."

„Ja, aber der Effekt ist der gleiche. Du stellst dich mal wieder hintenan!"

„Ist das nicht meine Entscheidung?"

„Natürlich. Aber sag hinterher nicht, ich hätte dich nicht gewarnt!"

Wilma machte auf dem Absatz kehrt und stürmte aus der Küche. Ich krallte meine Hände um die Kante der Arbeitsplatte und atmete gepresst aus. Mein letzter Streit mit Wilma lag ewig zurück. Aber so wütend wie heute hatte ich sie mir gegenüber noch nie erlebt. Was steigerte sie sich auch so in meine Beziehung hinein? Es war mein Ding, ob ich nach Aarhus oder zu Julius fuhr. Sie tat ja gerade so, als hätte ich mich leichtfertig dazu entschieden, hierzubleiben. Will hatte keinen Freund und keine Ahnung, was es bedeutete, unangenehme Entscheidungen zu treffen. Klar, wenn ich nur mein Studium hätte, so wie sie, wäre mir die Wahl auch nicht schwergefallen.

Leonie saß noch immer auf dem Küchenstuhl und schaute ziemlich bedröppelt. „Kannst du mir mal erklären, was los ist?"

Ich holte Luft, biss dann aber die Zähne zusammen und ließ die Luft wieder entweichen. Mir stand nicht der Sinn danach, mir auch noch von Leo Vorwürfe anhören zu müssen.

„Frag Will", knurrte ich und eilte in mein Zimmer.

Statt in den Zug zu steigen, stellte ich am Mittwochabend meine Tasche in den Fahrradkorb und fuhr zu Julius. Zwischen Wilma und mir herrschte seit ein paar Tagen Eiszeit. Sie verschwand früh zur Uni, blieb den Tag über weg, und wenn wir uns zufällig in der WG begegneten, sah sie an mir vorbei und verdrückte sich in ihr Zimmer. Leonie hatte mir eher verziehen, dass ich ihr eine Antwort schuldig geblieben war. Mittlerweile wusste sie Bescheid, schwieg sich aber über ihre Gedanken dazu aus. Vermutlich war sie selbst zu sehr mit ihren Gefühlen für unsere Juniorprofessorin beschäftigt. Scham überkam mich, als mir aufging, dass ich sie schon länger nicht mehr danach gefragt hatte.

„Du siehst ziemlich fertig aus. Hast du immer noch Streit mit Wilma?"

Ich nickte in Julius' Umarmung. Er ließ mich nicht los, aber ich spürte deutlich, wie er sich versteifte. „Es ist meine Schuld."

„Julius, bitte, ich will nicht auch noch mit dir streiten. Ich habe mich entschieden, hierzubleiben. Fertig. Lass uns nicht mehr darüber reden."

Er blieb stumm, was ich als Zustimmung deutete, und hielt mich nur weiter fest. Als ich Stunden später in seinen Armen einschlief, war ich mir nicht mehr sicher, ob ich hier war, um ihm Trost zu spenden, oder selbst zur Getrösteten wurde.

Mitten in der Nacht wurde ich wach, weil Julius sich von einer Seite auf die andere wälzte. Er musste träumen, sonst hätte er gemerkt, dass er mir immer wieder seinen Ellenbogen in den Rücken stieß. Sein hektisches Atmen drang durch die Dunkelheit des Zimmers. Ich tastete nach seiner Hand. Sie war schweißnass.

„Julius."

Er reagierte nicht, drehte sich nur weiter hin und her.

„Julius", sagte ich erneut. Diesmal lauter. Es war zu dunkel, um erkennen zu können, ob er wirklich wach wurde, aber zumindest ließen die unruhigen Bewegungen etwas nach. Ich rückte ein Stück näher an ihn heran, schlang meinen Arm um seine Brust und fand seine Hand. Vorsichtig schob ich meine Finger zwischen seine. Ich lächelte, als seine Fingerspitzen meinen Handrücken berührten und sein Atem langsam ruhiger wurde.

Am nächsten Morgen machte Julius nicht den Eindruck, als könne er sich an unruhige Träume erinnern, und ich sprach ihn nicht darauf an. Vielleicht war es besser, wenn die Geister der Nacht blieben, wo sie waren.

Er stellte eine Kerze ins Fenster und machte uns Frühstück. Ich ließ meinen Blick wandern zwischen der Kerze, deren Flamme sich im Fensterglas spiegelte, und Julius, der stumm sein Müsli löffelte. Er wirkte völlig normal. Ich vergrub mein Gesicht am Rand der Tasse. Was hatte ich denn erwartet? Dass er den ganzen Tag trauernd im Bett läge? Dass ich ihn davon abhalten müsste, zur Flasche zu greifen? Was für ein Quatsch! Es gab doch zig Arten zu trauern, und wenn meine Gegenwart dazu beitrug, ihn halbwegs normal durch den Tag kommen zu lassen, war es gut so.

Während er sich an den Schreibtisch setzte, um für seine anstehende Prüfung zu lernen, richtete ich mich mit meinem Laptop am Esstisch ein. Ich hatte mir die Links für die Onlinevorlesungen und Informationsveranstaltungen bereits abgespeichert und klickte kurz vor zehn auf den ersten Link. Ein stufenförmig angelegter Vorlesungssaal erschien auf der Bildfläche. Die Kamera war auf das Pult und die Tafeln dahinter gerichtet, ein Mann und eine Frau sprachen unhörbar miteinander, und immer wieder tauchten am Bildrand Personen auf, die sich in eine der Reihen setzten oder wieder aus dem Bild verschwanden. Wie viele Leute wohl außer mir vor dem Bildschirm saßen? Und war der Vorlesungssaal in Aarhus voll? Die Kamera erfasste nur ein paar der Reihen, diese waren locker besetzt.

Punkt zehn knackte es leise in der Leitung und die Frau am Pult begrüßte alle mit strahlendem Lächeln. Gemeinsam mit dem Mann erklärte sie abwechselnd, was die Besucher in den kommenden Tagen erwarte, wie das Programm organisiert sei und was die Universität Aarhus sonst zu bieten habe.

„Jetzt im Anschluss könnt ihr an verschiedenen Probevorlesungen teilnehmen und euch mit Studierenden der einzelnen Fächer unterhalten. Ihr habt sie sicherlich schon draußen im Foyer stehen sehen", sagte sie schließlich, während hinter ihr die letzte Folie ihrer Präsentation *Willkommen an der Universität Aarhus* verkündete. Ich kaute auf meinen Lippen. Ein Gespräch mit anderen Studierenden wäre schön gewesen. Aber die Unterhaltungen an den Infotischen wurden sicherlich nicht ins Internet übertragen.

„Für alle, die online teilnehmen: Auf den Seiten der U-Days findet ihr auch die E-Mail-Adressen der Studienberatungen der einzelnen Fächer. Schickt uns gern eure Fragen", fügte der Mann den Worten seiner Kollegin noch hinzu.

Ich klickte auf die entsprechende Seite und fand die angekündigte Adresse. Allerdings brannte mir akut keine Frage auf den Nägeln. Welche Inhalte das

Studium bot und wie es aufgebaut war, wusste ich längst. Ein Stimmungsbild oder ein Eindruck von den Leuten, die mein Wunschfach studierten, hätten mich mehr interessiert. Aber das konnte ich in einer Mail schlecht abfragen.

Ich sah zu Julius hinüber, der mit in die Hand gestütztem Kopf vor seinen Büchern saß und stumm die Lippen bewegte. Noch nie hatte ich ihn beim Lernen beobachtet. Machte er das immer so? Ich wollte ihn nicht stören und klickte auf den nächsten Link, zur Vorlesung in *Produktion audiovisueller Erzählungen*. Der Raum, den ich auf dem Bildschirm sah, war um einiges kleiner als der Saal zuvor, die Plätze an den Tischen waren jedoch gut gefüllt. Ein Mann mittleren Alters war mit einem Tablet beschäftigt, sah aber immer wieder auf und ließ seinen Blick durch den Raum wandern. Auch er begann pünktlich nach Plan mit der Vorlesung. Er lächelte, seine Lippen bewegten sich, aber ich hörte nichts. Merkwürdig, hatte ich den Ton verstellt? Ich kontrollierte den Lautsprecher an meinem Laptop, drehte die Lautstärke auf Maximum. Nichts. Auch meine Kopfhörer hatten sowohl eine Verbindung als auch ausreichend Akku. Trotzdem hörte ich nichts, dabei sprach der Dozent nun ununterbrochen und gestikulierte in Richtung seiner Präsentation. Seufzend schloss ich die Übertragung und klickte nach ein paar Sekunden erneut auf den Link. Ohne Erfolg. Die Vorlesung war genauso Stummfilm wie zuvor.

„Pis!"

„Was ist los?" Julius sah von seinen Büchern auf.

„Der Ton funktioniert nicht."

Auch mit seinen Kopfhörern und an seinem Computer funktionierte die Tonübertragung nicht. Das Problem musste in Aarhus liegen.

„Es soll wohl einfach nicht sein", murmelte ich und konnte die Enttäuschung, die sich in mir breitmachte, nicht verbergen. „Kommst du wenigstens vorwärts?"

Julius hob eins der Bücher ein paar Zentimeter an und ließ es geräuschvoll zurück auf den Tisch fallen.

„Hoffnungslos."

Ich lehnte mich an ihn und nahm ihn in den Arm. „Lass uns rausgehen. Hier bekommen wir gerade ohnehin nichts geschafft."

Hand in Hand liefen wir durch die Straßen, die feucht vom Nieselregen glänzten. Feine Regentropfen benetzten unsere Gesichter und Jacken, doch wir störten uns nicht daran. Die frische Luft half gegen meine Enttäuschung, half sie auch gegen Trauer? Julius' Finger drückten fest gegen meine und er hielt sich dicht an meiner Seite, enger als sonst. Ob ihm das auffiel? Suchte er bewusst oder unbewusst nach Nähe? Ich spürte seinen Bewegungen und Gesten nach. Wenn er langsamer ging, passte ich mich seinem Tempo an, kam er näher, wich ich nicht aus, streichelte er sanft meinen Handrücken, erwiderte ich die Berührung.

Eine Kirche lag auf unserem Weg und Julius steuerte zielgerichtet darauf zu. Nebeneinander betraten wir den Kirchenraum, der mit seinen weißen Wänden heller und freundlicher wirkte als das Novemberwetter draußen. Am Seitenaltar warf Julius eine Münze in den Opferstock und entzündete eine der Kerzen. Ohne zu wissen, für wen, nahm auch ich eine Kerze und steckte sie zu den anderen in die Halterung. Wir setzten uns in eine der Bänke und meine Gedanken kreisten in dem weiten Raum. Wie wäre Julius heute, wenn Jakob nicht gestorben wäre? Würde er trotzdem Medizin studieren? Was würde Jakob heute machen? Hätte Julius ihn mir schnell vorgestellt? Und würden sie sich immer noch so ähnlich sehen, wie auf dem Foto, das Julius mir gezeigt hatte? Wären die beiden weiterhin unzertrennlich? Wie Pech und Schwefel? Die Stimme meiner Grundschullehrerin schlich sich in meine Gedanken.

Du und Wilma, ihr seid wie Pech und Schwefel! Das hatte sie dauernd gesagt. Wilma … Warum nur war sie so wütend gewesen über meine Entscheidung? Nahm ich mich wirklich zu oft zurück? Würde sie meine Entscheidung weiterhin anzweifeln, wenn sie Julius und mich hier in diesem Moment sehen würde? Vermutlich nicht. Wilma war durchaus romantisch veranlagt, auch wenn sie es nicht gern zugab. Ihr Herz würde weich werden wie bei den kitschigen Szenen ihrer Arztserien. Ich biss mir auf die Lippe, weil sich bei dem Gedanken an meine beste Freundin plötzlich alles in mir zusammenzog. Streit mit Wilma war immer schon schrecklich gewesen.

Das Schlagen der Kirchenglocken riss mich aus meinen Gedanken. Der dumpfe Ton hallte von den Wänden wider und waberte durch den Raum. Julius erzitterte, seine Finger gruben sich fest in meine Hand.

„Jakob ist mittags gestorben", sagte er leise. „Ich wollte nach der Schule zu ihm, aber er hat nicht mehr auf mich warten können. Nach der Pause hat mein Lehrer mich zum Direktor geschickt. Hattest du schon einmal zwei völlig gegensätzliche Gedanken gleichzeitig?"

„Ich weiß nicht."

„Ich habe damals instinktiv gewusst, dass es um Jakob ging. Dass mein Bruder gestorben war. Und trotzdem habe ich mich gefragt, warum ich zum Direktor geschickt werde.“

Julius starrte in die Luft zwischen den Kirchenbänken. Als ob er irgendwo dort in der Ferne die Bilder seiner Erinnerung sehen könnte. Es überstieg mein Vorstellungsvermögen, auch nur zu erahnen, wie es sich anfühlen musste, durch die Schulleitung vom Tod des Bruders zu erfahren. Ich kam mir herzlos vor, weil ich es mir auch gar nicht vorstellen wollte. Der Schmerz, der aus Julius' Augen sprach und seine Gesichtsmuskeln spannte, grub sich in meinen Magen, meine Lunge und in meinen Kopf. War es das, was Julius seit zwölf Jahren fühlte? Was ihn sprachlos machte und ihn nachts in seinen Träumen heimsuchte? Wie konnte er das aushalten? Wie viel Anstrengung kostete es tatsächlich?

Keiner der Sätze, die mir durch den Kopf gingen, wäre passend gewesen, also schwieg ich. Hielt seine Hand und seinen Schmerz mit aus.

„Finden heute Nachmittag auch noch Online-Vorlesungen statt?“

Seit wir in der Kirche gesessen hatten, wirkte Julius gelöster. Nun saßen wir jeder mit einer Tasse Kaffee in seinem Zimmer und wurden nach der feuchten Kälte draußen langsam wieder warm.

„Nein, keine, die für mich interessant wäre. Erst morgen wieder. Hoffentlich funktioniert dann der Ton.“

Julius stellte seine Tasse auf dem E-Piano ab. „Es tut mir leid, dass du meinetwegen nicht dabei sein kannst.“

Seufzend schloss ich die Hände um meine warme Tasse. „Julius, das weiß ich. Mach dir bitte keine Gedanken mehr deswegen.“

Er nickte kurz, verzog die Lippen und legte die Stirn in Falten, was nicht so aussah, als hätte ich ihn überzeugt. Aber es hatte auch keinen Zweck, weiter auf ihn einzureden. Ich lehnte mich zurück, schloss die Augen und trank einen Schluck Kaffee. Er hinterließ zwar seinen bitteren Geschmack auf meiner Zunge, die Wärme tat jedoch gut.

Leise Töne erklangen und ließen mich zusammenfahren. Ich hatte nicht damit gerechnet, dass Julius Klavier spielen würde. Seine Haltung, aufrecht und dennoch entspannt, verriet mir, wie sehr er schon nach wenigen Takten in der Musik versunken war. Leicht glitten seine Finger über die Tastatur und zauberten sanfte Töne hervor. Dann verlieh er der Arbeit seiner Hände mehr Nachdruck, die Musik schwoll an und es erklangen laute Akkorde, während die andere Hand lange Perlenketten aus feinen Tönen auffädelte. Gebannt lauschte ich seinem Spiel. So viel Ausdruck wie heute hatte ich ihn noch nie in die Musik legen hören. Irgendwann wurden seine Anschläge wieder weicher. Den Kopf gesenkt spielte er die letzten Töne und ließ die Finger ruhig auf den Tasten liegen, bis auch der letzte Akkord endgültig verklungen war.

„Das war wunderschön. Ist das von dir?"

Ein amüsiertes Lächeln flog über sein Gesicht. „Danke, dass du mir so viel zutraust. Aber nein, das ist von Liszt."

„Oh." Ich kam mir wie der größte Kulturbanause vor und traute mich nicht mehr zu fragen, wie das Stück hieß. Julius machte sich glücklicherweise nicht darüber lustig, stattdessen warf er einen Blick auf meine immer noch halb volle, mittlerweile aber eher kühle Kaffeetasse.

„Ich hätte daran denken sollen, Tee für dich zu kaufen."

Achselzuckend stellte ich die Tasse ab. „Nächstes Mal."

Er stand auf, kam auf mich zu und sah mich an. Seine Augen leuchteten. Doch es war nicht der Schmerz, der vor ein paar Stunden noch daraus gesprochen hatte, auch nicht die Melancholie, die sich sonst immer mehr oder weniger deutlich darin fand. Dieses Glänzen zeugte von Hoffnung und tiefer Ruhe.

„Du bist wundervoll, Malene. Ich liebe dich."

Und es waren diese Worte, die er mir so zum ersten Mal sagte, die in Sekundenschnelle Hitze durch meinen Körper jagten. Sein Kuss kitzelte wie Wunderkerzen.

6.
Kapitel

Will?"

Vorsichtig klopfte ich an die Zimmertür meiner besten Freundin. Von drinnen kam keine Antwort. Ich probierte es noch einmal, etwas lauter. Immer noch nichts. Konnte Wilma wirklich so vertieft in ihre Unterlagen sein? Oder war sie immer noch stur und ließ mich absichtlich hier stehen?

„Wilma, bitte!"

„Ähm, was genau wird das?"

Ich wirbelte herum. Hinter mir stand Wilma und sah mich mit hochgezogenen Augenbrauen an. Um ihre Mundwinkel zuckte es verdächtig. Es fiel ihr schwer, nicht laut loszulachen.

„Will", brachte ich keuchend hervor, sobald ich mich von meinem Schrecken erholt hatte. „Wo warst du?"

Sie hielt einen Jutebeutel in die Höhe. „Einkaufen. Was machst du hier an meiner Zimmertür?"

„Ich wollte mit dir reden."

„Und anstatt einfach zu gucken, ob ich da bin, redest du mit meiner Tür?", fragte sie stirnrunzelnd.

„Ich wollte dich nicht stören."

„Hä? Ich dachte, du willst mit mir reden?"

„Ja, nein ... ach Mensch, Will ..." Mir ging auf, wie lächerlich ich mich aufführte. Meine beste Freundin hatte vollkommen recht, dass meine Argumentation nicht logisch war, und angesichts ihrer belustigten Miene fiel es mir schwer, ernst zu bleiben. Bebend bahnte sich ein Lachen den Weg über meine Kehle hinauf. Wilma stimmte ein.

„Also, was wolltest du sagen?", fragte sie, als wir uns halbwegs beruhigt hatten.

„Ich möchte nicht mehr mit dir streiten. Es tut mir leid, dass ich dich verletzt habe."

Wilma wurde schlagartig ernst. „Hast du nicht."

„Nicht?"

„Nein." Sie bückte sich, streifte ihre Chucks von den Füßen ab und hob die Einkaufstasche, die sie fallengelassen hatte, wieder auf, ohne mich anzusehen. Diese plötzliche Verhaltensänderung kam mir seltsam vor.

„Wieso warst du dann so wütend?"

„Ach, keine Ahnung …" Sie ließ ihre Locken in die Stirn fallen und ging mit dem Einkauf in die Küche. Ich glaubte ihr kein Wort und lief ihr hinterher.

„Wilma, was war los?"

Sie wühlte etwas zu umständlich zwischen den Lebensmitteln, was mich in meinem Verdacht bestätigte, dass irgendetwas im Busch war. Ich sah sie eindringlich an, was sie nicht sehen konnte, aber offenbar zu spüren schien. Schließlich ließ sie die Hände sinken.

„Oh Mann, Lene!" Sie ließ sich auf einen Stuhl plumpsen. „Ich hab mich über mich selbst geärgert."

„Wieso das?"

Ich zog mir den anderen Stuhl zurecht und setzte mich ihr gegenüber. Wilma hielt den Kopf gesenkt, verbarg ihr Gesicht hinter ihrem Haar und kratzte sich am Nasenflügel. Plötzlich schluchzte sie auf, räusperte sich gleich darauf und sah mich endlich an.

„Weil du für Julius getan hast, was ich mir gewünscht hätte."

„Du warst eifersüchtig? Auf Julius?" Ich wusste nicht, womit ich gerechnet hatte. Damit jedenfalls nicht.

Wilma wischte sich mit dem Handrücken über die Augen und presste die Faust gegen die Schläfe.

„Als ihr in den Semesterferien weg wart, war ich einmal richtig fertig. Ich hab gedacht, ich pack das alles nicht mit dem Physikum und ich müsste noch mehr lernen. Und dann hab ich zwei Nächte nicht geschlafen und die ganze Zeit gebüffelt, bis gar nichts mehr ging."

„Was? Will, warum hast du nichts gesagt? Ich wär' doch sofort gekommen."

„Eben." Wilma liefen nun Tränen über die Wangen, doch diesmal wischte sie sie nicht weg. „Du hättest alles stehen und liegen lassen, so wie du es immer tust. Aber beim Lernen hättest du mir doch nicht helfen können, und du brauchtest die Ferien so dringend, nach allem, was mit Uli war."

Ich zog Wilma in meine Arme. „Will, du bist doch verrückt. Dafür sind Freunde da. Ich wünschte, ich hätte gewusst, wie es dir ging."

„Konntest du ja nicht", schluchzte sie. „Deshalb war ich so wütend auf mich. Weißt du, da kommt Julius und bringt das fertig, was ich nicht gebacken bekommen habe. Und du bleibst bei ihm, obwohl ich mich wegen Aarhus so für dich gefreut hatte."

Meine herzensgute Wilma! Wie hatte ich ihr jemals böse sein können? Wir waren doch beide gleich verrückt. Eng umschlungen hockten wir uns auf den Küchenstühlen gegenüber und drückten uns so innig, bis wir fast keine Luft mehr bekamen.

„Du bist nicht mehr sauer?", vergewisserte ich mich.

„Nein." Wilma grinste und tippte mit dem Zeigefinger gegen ihr Piercing. „Was aber nicht heißt, dass ich deine Selbstlosigkeit nicht kritisch sehe."

Ich lachte. „Du bist unmöglich!"

„Ich mein's ernst. Versprich mir, dass du, was dein Masterstudium betrifft, einmal nur an dich denkst."

Wie zum Schwur hob ich die Hand. „Und du versprichst, nicht die Heldin zu spielen, wenn es dir schlecht geht."

Der WG-Segen war wieder hergestellt. So hatte ich einige Tage später das Glück, dass sich zwei Mitbewohnerinnen einen Sport daraus machten, mich modisch zu beraten.

„Ich bin ja schon ein bisschen neidisch." Leonie saß im Schneidersitz auf meinem Schreibtischstuhl und sah mir zu, wie ich mich im Spiegel musterte. „Dein Prinz lädt dich zum Ball in ein richtiges Schloss ein. Das ist so romantisch."

„Es ist der Stiftungsball, kein Prinzenball! Und das Schloss ist mittlerweile ein Tagungshotel", erwiderte ich und schlüpfte aus dem Kleid. Selbst wenn es nicht der Debütantenball von Paris war, erschien mir dieses Kleid doch zu schlicht.

„Und außerdem würdest du doch wohl nicht mit Julius zum Ball gehen wollen." Wilma tippte Leonie mit dem Finger gegen die Schulter, sodass Leonie das Gleichgewicht verlor und auf mein Bett plumpste.

Sie warf Wilma einen kritischen Blick zu. „Wo denkst du hin? Ich habe schon in der Tanzschule mit Frauen getanzt. Den Männerpart beim Wiener Walzer beherrsche ich aus dem Effeff. Was soll auch die blöde Regel, dass nur Männlein und Weiblein miteinander tanzen dürfen?"

Während meine Mitbewohnerinnen noch diskutierten, zog ich ein Kleid aus dem Schrank, das ich vor zwei Jahren auf der Hochzeit meiner Cousine getragen hatte. Zögernd ließ ich den glatten dunkelblauen Stoff durch meine Hände gleiten, der kühl an meiner Haut rieb. Ich strich über das Oberteil aus Spitze mit den schmalen Trägern und offenen Ärmeln. Nur um es noch einmal auf der Haut zu spüren, zog ich es an.

„Wow, Lene! Das ist …"

„… perfekt!", führte Leo Wilmas Satz zu Ende.

„Meint ihr? Nicht ein bisschen too much?"

„Auf keinen Fall! Damit wirst du Ballkönigin", meinte Wilma.

„Ich glaube nicht, dass es beim Stipendiatenball eine Ballkönigin gibt." Das hoffte ich jedenfalls. Ich wollte einfach nur einen schönen Abend mit Julius verbringen.

Wilma zog ein Top aus meinem Schrank.

„Sag mal, kann ich mir das für's Wochenende ausleihen?"

„Klar, wieso?"

„Warum solltest nur du Spaß haben dürfen? Leo, lass uns Samstag feiern gehen."

Am Samstag verfluchte ich mich vor dem Spiegel des Hotelzimmers, weil ich die neue Hochsteckfrisur nicht im Vorfeld noch einmal geübt hatte. Das hatte in dem YouTube-Video so leicht ausgesehen! Warum rutschten die verdammten Haarnadeln immer wieder raus? Zunehmend genervt unternahm ich einen vierten Versuch, die aufgedrehten Strähnen an meinem Hinterkopf festzustecken. Das Ergebnis ließ mich entmutigt gegen die Wascharmatur sinken.

„Malene? Brauchst du noch lang?"

Mist, Julius war vermutlich schon seit Ewigkeiten fertig, während ich hier in Unterwäsche vor dem Spiegel stand und gegen mein Haar kämpfte. Ich zog die Haarnadeln raus, legte sie neben das Waschbecken und bürstete durch die Strähnen, bis sie mir glatt auf die Schultern fielen. Hastig schlüpfte ich in das Kleid und trug Make-up auf – immerhin das klappte problemlos.

Julius starrte mich an und blieb regungslos vor dem Bett unseres Zimmers stehen.

„Malene", hauchte er. „Du bist wunderschön."

Ich fand keine Worte, weder des Dankes noch für ein Kompliment. Sein Anblick raubte mir den Atem. Natürlich hatte ich mich längst daran gewöhnt, dass Julius meistens Hemden trug und immer ordentlich angezogen aussah. Der dunkelblaue Anzug, das hellblau melierte Hemd und die schmale Krawatte setzten allem vorherigen allerdings die Prinzenkrone auf.

Er hielt mir auffordernd seinen Arm hin und gemeinsam schritten wir durch den Flur, vorbei an der Rezeption bis vor das Hotel, wo ein Taxi auf uns wartete. Wir lachten, weil wir gleichzeitig die Nase über den Rauchgeruch im Taxi rümpften, als der Fahrer die Tür hinter mir schloss.

„Man kann nicht alles haben", murmelte Julius und schnallte sich an.

„Du meinst, die Kutsche mit den zwölf Schimmeln? Mach dir nichts draus, es ist auch so alles ganz märchenhaft."

„Ich hoffe, dass der Zauber hier nicht schon um Mitternacht vorbei ist."

Das Taxi hielt nach kurzer Fahrt im Hof des Schlosses am Starnberger See. An der Fassade leuchtete vor den gelben Mauern im Licht von Scheinwerfern der Efeu. Der Taxifahrer öffnete die Tür und half mir beim Aussteigen. Zigarettenrauch und fehlende Pferde hin oder her, nun fühlte ich mich trotzdem wie im Märchen. Unser Taxi war längst nicht das einzige. Überall um uns herum stiegen vornehm gekleidete Ballgäste aus Taxis und strebten fröhlich plaudernd über den gepflasterten Hof gen Eingang. Wir schlossen uns ihnen an.

Ich sah mich staunend um und wusste nicht, was ich sagen sollte. Alles war so schick, nicht glamourös, sondern vielmehr erhaben. Auf einmal kam ich mir fehl am Platz vor. Mein Kleid stand den anderen Kleidern, die ich um mich sah, in nichts nach. Aber gehörte ich hierher? In solch eine Umgebung? Schließlich war ich weder Stipendiatin noch gutbetuchte Stifterin. Julius lächelte mir zu und ließ mich kaum aus den Augen, als wir an der Garderobe unsere Mäntel abgaben.

„Ich freue mich auf den Abend", flüsterte er mir zu und nahm meine Hände. Eine Falte grub sich zwischen seine Augenbrauen. „Deine Finger sind ganz kalt. Ist alles in Ordnung?"

„Ich bin nervös."

„Wieso? Du kannst doch tanzen."

Es gelang mir nicht besonders gut, mein Unbehagen in Worte zu fassen, trotzdem nahm Julius mich ernst. Er umschloss meine Finger mit seinen warmen Händen und sah mich ruhig an.

„Die sind alle gut verkleidet. Du bist nicht weniger wert als irgendjemand von ihnen, und du hast das gleiche Recht wie sie, hier zu sein und einen schönen Abend zu verbringen."

Seine Worte machten mir Mut und der sanfte Kuss, den er mir auf die Stirn gab, wischte einen Großteil der Nervosität fort. Der Rest würde sich legen, wenn der Abend erst einmal offiziell gestartet wäre, da war ich mir sicher.

Wir ließen die Garderobe hinter uns und durchquerten Hand in Hand das Foyer. Plötzlich kam uns jemand mit schnellen Schritten entgegen und fiel Julius so stürmisch um den Hals, dass ich perplex zur Seite wich und seine Hand losließ.

„Julius", zwitscherte dieser jemand und hauchte ihm einen Kuss auf die Wange. Ich starrte die junge Frau an, die keine Anstalten machte, Julius loszulassen, der seinerseits erst nach einiger Zeit die Umarmung steif erwiderte und dann einen entschiedenen Schritt zurückmachte.

„Amrei, hallo."

Das also war Amrei. Ich atmete zwischen zusammengebissenen Zähnen, während ich sie musterte. Sie trug ein elegantes, weit ausgeschnittenes Kleid aus blauer Seide und passend dazu dezenten Schmuck, dem bei aller Schlichtheit dennoch von Weitem anzusehen war, dass er ziemlich wertvoll war. Ihre dunkelblonden Haare waren kunstvoll aufgesteckt. Warum war ihr diese Frisur gelungen? Ihre geschminkten Lippen strahlten Julius breit an.

„Ich freu mich so, dich zu sehen. Ich war mir nicht sicher, ob du kommen würdest, weil du nicht auf meine Nachrichten geantwortet hast."

Sie hatte ihm Nachrichten geschrieben? Mehrere? In meinem Innern begann es zu brodeln.

„Nun weißt du es ja", entgegnete Julius sachlich. „Amrei, darf ich dir Malene vorstellen? Meine Freundin."

Ein Blick und der Fall war klar. Amreis Lächeln passte nicht zu den kalten Blitzen, die mir aus ihren Augen entgegenschossen. Statt meine Hand zu schütteln, die ich ihr instinktiv entgegengestreckt hatte, legte sie ihre Hand in einer affektierten Geste auf ihr Schlüsselbein und lächelte noch einmal zuckersüß.

„Wie schön.“

Gern hätte ich genauso teuflisch zurückgelächelt, doch mir blieb jede Selbstsicherheit in der Kehle stecken. Es half auch nicht, dass Amrei mich nicht länger eines Blickes würdigte, sondern sich gleich wieder Julius zuwandte. Die Sache war noch nicht zu Ende, das war mir klar.

„Wir sehen uns sicher noch“, sagte Julius, nickte Amrei zu und schob mich durch das Foyer. Ich griff nach seiner Hand. Warum hatte ich nur losgelassen und Amrei so viel Spielraum eingeräumt?

„Entschuldige bitte, ich hätte nie gedacht, dass Amrei so über mich herfällt.“

Julius sah mich nicht an, seine Stimme klang fest und beherrscht und er hielt sich aufrechter als sonst. Ich spürte seine Verärgerung in seiner Anspannung, die sich bis in seine Fingerspitzen zog. Leider trug das wenig zu meiner Beruhigung bei. Ich ärgerte mich über Amrei, weil sie sich so an Julius herangeschmissen hatte, und noch mehr über mich selbst, weil mir nichts dazu eingefallen war. Mit ihrem Auftritt hatte Amrei meine gerade erst wiedergewonnene Zuversicht vertrieben und ich wusste nicht dagegen anzukommen.

„Können wir uns irgendwo hinsetzen, wo wir sie erst einmal nicht sehen müssen?“

„Sehr gern.“

Wir durchquerten den Raum und fanden zwei freie Plätze am Ende eines schon gut besetzten Tisches. Julius rückte den Stuhl für mich zurecht, ehe er sich selbst hinsetzte, und wir machten uns mit den anderen Stipendiaten um uns herum bekannt. Sie grüßten uns freundlich, stellten ein paar unverbindliche Fragen und banden uns wie selbstverständlich in ihre vorherige Unterhaltung mit ein. Von ihnen schien keine Gefahr auszugehen. Trotzdem sah ich mich noch einige Minuten lang unruhig um, in der Befürchtung, Amrei könnte sich in unsere Nähe setzen. Doch ich sah sie nicht mehr. Als vorn im Saal ein Mitarbeiter der Stiftung den Abend eröffnete, atmeten Julius und ich gleichzeitig erleichtert aus. Für die nächsten zwei Stunden dürften wir wohl unsere Ruhe vor Amrei haben. Das Menü wurde am Platz serviert und über der Pilzcremesuppe gerieten wir mit Dorothea und Conrad in eine launige

Unterhaltung, die mich von der unangenehmen Begegnung ablenkte.

„Hast du gesehen, ich habe auf Anhieb den richtigen Löffel genommen", sagte Conrad grinsend zu Dorothea.

„Alles andere hätte mich auch entsetzt", gab diese zurück. „Conrad und ich waren schon gemeinsam in der Tanzschule. Bei dem Benimmseminar damals hatte er keine Ahnung, in welcher Reihenfolge das Besteck zu benutzen ist", berichtete sie uns.

„Ich versuche ihr seitdem zu erklären, dass ich damals nur einen Scherz gemacht habe, aber sie glaubt mir nicht." Conrad tauchte schulterzuckend den Löffel in die Suppe.

„Jemandem, der, wenn er allein ist, die Nudeln direkt aus dem Topf futtert, traue ich alles zu."

Neben mir verschluckte sich Julius an der Suppe.

„Ernsthaft?", fragte ich entsetzt.

Julius verzog den Mund. „Nicht immer, aber es ist schon vorgekommen."

„Das darf doch nicht wahr sein."

„Man muss weniger spülen", rechtfertige Julius sich.

„Da hörst du's", pflichtete Conrad ihm bei.

Dorothea rollte nur mit den Augen und warf mir einen leidvollen Blick zu. Ich verstand sie nur zu gut. Essen aus dem Topf … Selbst Wilma, die keine begeisterte Köchin war, füllte sich ihre Fertigmahlzeiten auf einen Teller.

Nach dem Essen begann der Tanz. Ein professionelles Tanzpaar eröffnete ihn mit einem Wiener Walzer, der aus beeindruckenden Pirouetten bestand, bei denen mir allein vom Zusehen schwindelig wurde.

„Bitte wirble mich gleich nicht so doll herum", raunte ich Julius zu.

Er lächelte amüsiert. „Keine Sorge, ich halte dich fest."

Das war keine direkte Antwort auf meine Bitte, dennoch nahm ich seine Hand, als er sie galant nach meiner ausstreckte.

„Meine Dame, darf ich um diesen Tanz bitten?", fragte er mit einer förmlichen Verbeugung.

Ich verkniff mir ein Grinsen, knickste und ließ mich von Julius auf die Tanzfläche führen. Er legte seine Hand fest auf meinen Rücken und leitete mich mit sicheren Schritten durch den Tanz. Parallel mit den anderen Pärchen pendelten wir ein paar Takte des ersten Walzers hin und her und drehten uns dann im Kreis. Julius gab dezente, aber deutliche Hinweise für Drehungen und es gelang ihm, uns zwischen den anderen Tanzenden hindurch zu bugsieren, ohne dass wir jemals mit einem Paar kollidierten, was um uns herum durchaus vorkam. Wir blieben auf der Tanzfläche und tanzten einen Jive, eine Rumba und einen langsamen Walzer. Julius stand zu seinem Wort und hielt mich fest. Zwischen unsere Oberkörper passte kaum ein Blatt Papier und ich spürte seinen Atem auf meinem Gesicht. Seinen Mund umspielte ein glückliches Lächeln, wie ich es schon lang nicht mehr bei ihm gesehen hatte. Während seine rechte Hand fest auf meinem Rücken ruhte, umschlossen die Finger seiner Linken sanft meine Hand.

„Du tanzt großartig. Es macht Spaß mit dir", sagte Julius, als die Musik nach dem Walzer verstummte.

„Danke, mit dir auch."

Neben uns hatten auch Dorothea und Conrad ihren Tanz beendet. Nun warf Conrad erst mir und anschließend Julius einen fragenden Blick zu.

„Kurzer Wechsel?"

Ich gab mich gespielt zögerlich, lenkte dann aber lachend ein und ergriff Conrads Hand, Julius positionierte sich gegenüber von Dorothea. Auch Conrad beherrschte die Tanzschritte nahezu perfekt und führte mich gekonnt durch einen Cha-Cha-Cha, wenn seine Körperspannung auch nicht ganz so kontrolliert war wie die von Julius. Wir tauschten einen kurzen Blick und entschlossen uns zu einem weiteren Tanz. Der sich anschließende Wiener Walzer hatte es jedoch in sich. Das Tempo war enorm. Mir war zuvor schon warm geworden, jetzt schwitzte ich unter Conrads Hand am Rücken. Auf seiner Stirn bildeten sich Schweißperlen. Aber wir befanden uns mitten auf der Tanzfläche, um uns kreisten dutzende Paare und es machte einfach viel zu viel Spaß, um aufzuhören und nach Luft zu schnappen. Ich sah Julius und Dorothea an uns vorbeischweben und lachte.

Als wir miteinander tanzten, hatte ich sein Lächeln nur erahnen können. Umso schöner war es, jetzt zu sehen, wie glücklich Julius war. Beim dritten Refrain wurde Conrad übermütig und führte mich in eine schwungvolle Rechtsdrehung. Ich war zu sehr mit Julius beschäftigt, sodass ich einen Hinweis von Conrad zu der Drehung nicht registrierte und beinahe über meine Füße stolperte. Mir wurde schwindelig und kurz verlor ich die Orientierung. Aber Conrad hielt mich fest und führte mich durch die letzten Takte.

„Puh, ich brauche eine kleine Pause."

Ich stützte die Hände auf die Oberschenkel und atmete tief ein und aus.

Vom Rand aus sahen wir den anderen Paaren beim Tanzen zu, Julius hatte seinen Arm locker um meine Hüfte gelegt und schmiegte seinen Kopf an meinen. Eigentlich war es viel zu warm, um so auf Kuschelkurs zu gehen, ich genoss dennoch jede Sekunde.

„Bist du bereit für den nächsten Tanz?"

„Fast. Entschuldigst du mich kurz?"

Ich löste mich aus seiner Umarmung und machte mich auf den Weg zu den Toiletten. An den Waschbecken traf ich ausgerechnet auf Amrei. Meine Hoffnung, sie könnte mich nicht bemerkt haben, war angesichts des großen Spiegels aussichtslos. Sie drehte sich um und musterte mich unverhohlen abschätzig.

„Ach, du."

Mehr als einen bösen Blick brachte ich nicht zustande. Was hätte ich auch sagen sollen? *Ja, ich*? Auch *ach, du*?

„Du und Julius, ihr seid ganz süß zusammen", sagte sie, während sie sich wieder zum Spiegel drehte und ihren Lippenstift nachzog. Amrei klang wie eine Kindergärtnerin, die berichtete, wie zwei kleine Kinder miteinander spielten. Warum ließ ich sie nicht einfach stehen und ging zur Toilette? Ich machte zwei Schritte.

„Er hat dir nicht erzählt, was im Oktober passiert ist, oder?"

Ihre Stimme schnitt durch den Raum und fuhr mir durch Mark und Bein. Es kostete mich größte Beherrschung, das Zittern, das sich anbahnte, zu unterdrücken. Langsam drehte ich mich zu ihr um.

„Natürlich hat er es mir erzählt. Aber er war betrunken. Der Kuss hat nichts zu bedeuten."

Amrei hob die Augenbrauen und schürzte die Lippen. „Das hat er dir erzählt? Ist ja süß." Sie strich sich mit dem Zeigefinger über die Augenbrauen und griff nach der Türklinke.

„Herzchen, es ist nicht bei einem Kuss geblieben", sagte sie honigsüß und verließ den Raum.

Wie versteinert starrte ich ihr hinterher. Hatte sie gerade angedeutet, dass …? In meinem Magen rumorte es und ich taumelte zur Toilette. Ich sank auf der Schüssel zusammen und vergrub das Gesicht in den Händen. Was hatte ich Amrei getan, dass sie mich so verachtete?

Warum war es mir nicht gelungen, ihr Kontra zu bieten?

Vielleicht hat sie recht. Du hast doch gesehen, wie attraktiv sie ist. Das kann Julius nicht ignorieren.

Nein, nein, nein. Julius war nicht so oberflächlich. Er würde niemals …

Wenn er nüchtern ist, vielleicht nicht. Aber er war betrunken.

Die fiese Stimme in meinen Gedanken schrie mir die Zweifel geradewegs zu. Julius war auch nur ein Mann. Und wenn Amrei ihre Reize genauso gut zu spielen wusste wie ihre Gemeinheiten mir gegenüber …

Ich erschrak vor meinem eigenen Anblick, als ich ein paar Minuten später in den Spiegel sah. Unter meinen Augen lagen dunkle Schatten und trotz Make-up wirkte mein Gesicht bleich. Ich rieb an meinen Wangen, um sie röter wirken zu lassen, gab jedoch schnell auf. Das hatte doch keinen Sinn! Frische Luft würde mir jetzt guttun.

Ich kämpfte mich zurück durchs Foyer und in den Saal, wo der Ball noch immer im vollen Gang war. Zwischen den tanzenden Leuten konnte ich Julius nicht entdecken, aber mir fehlte die Kraft, ihn zu suchen. Draußen auf der Terrasse, an die sich großzügige Parkanlagen anschlossen, traf ich auf Dorothea und Conrad. Beide hielten einen Cocktail in den Händen.

„Hi Malene. Alles klar?“

Conrads Frage klang nett, aber die Floskel dahinter war nicht zu überhören. Warum sollte ich ihm auch mein Gefühlsleben ausbreiten?

„Ja, ja“, antwortete ich ausweichend. „Habt ihr Julius gesehen?“

„Wir sind vor fünf Minuten raus, da war er noch drinnen“, sagte Dorothea und nickte Richtung Ballsaal. Ich ließ die beiden allein und ging an den bodentiefen Fenstern entlang. Julius stand längst nicht mehr dort, wo ich ihn zurückgelassen hatte. Unser Tisch war verlassen. Von drinnen erklangen die schnellen Töne eines Wiener Walzers. Und dann sah ich sie auf der anderen Seite der Scheibe an mir vorbeischweben. Amrei und Julius. Sie lag mit glücklicher Miene in seinen Armen, seine Lippen umspielte ein Lächeln. Meine Kehle war plötzlich enger als zuvor und es brannte in meinen Augen. Erst hatte Amrei mich auf der Toilette eingeschüchtert und sich gleich darauf an Julius herangeschmissen. Er sah allerdings nicht so aus, als ob er besonders darunter litt.

Es ist nicht bei einem Kuss geblieben. Amreis Worte dröhnten in meinem Kopf. Ich musste hier weg. Zwischen einigen anderen Gästen hastete ich über die Terrasse und lief auf die weite Rasenfläche. Das weiche Gras bot meinen Absatzschuhen nicht den besten Halt und ich musste mich konzentrieren, um nicht umzuknicken. Das lenkte mich ab. Am Rand der Wiese waren Fackeln in die Erde gesteckt worden. Ich ging so dicht an ihnen entlang, dass ich die Hitze der Flammen auf meiner Haut spüren konnte. Trotzdem zitterte ich. Die Tränen, die ich bislang zurückgehalten hatte, bahnten sich ihren Weg. Der Abend hatte so gut angefangen, Julius hatte so glücklich ausgesehen. War das alles nur Fassade gewesen? Ich schnappte nach Luft, sah in die Richtung, wo der See liegen musste. Ein großes schwarzes Loch, keine Spur von Postkartenidylle. Der Zauber des Märchens war verflogen.

Eine warme Hand legte sich auf meine Schulter.

„Malene, was machst du denn hier? Es ist doch viel zu kalt. Du holst dir den Tod!"

Julius zog mich fest in seine Arme. Erst jetzt spürte ich die Kälte und die Gänsehaut auf meinem Körper.

„Hast du etwa die ganze Zeit hier draußen gestanden?"

Ich gab keine Antwort, drückte mein Gesicht eng an seine Brust und atmete den vertrauten Duft. Wenigstens für diesen Moment wollte ich glauben, dass er nur meinetwegen hier war, dass Amrei mir etwas vorgemacht hatte. Seine streichelnden Finger an meiner Wange taten so gut. Plötzlich hielt er inne.

„Was ist passiert?"

Er musste meine Tränen bemerkt haben. Aber ich konnte nicht über das reden, was zwischen Amrei und mir vorgefallen war. Nicht jetzt, nicht hier.

„Mir ging es nicht gut. Ich brauchte frische Luft."

„Hat es geholfen?" Im schummrigen Licht der Fackel konnte ich seine Gesichtszüge nur erahnen, seine Stimme klang allerdings besorgt. „Du solltest mit reinkommen, du bist eiskalt."

Ich folgte ihm zurück in den Saal, wo er mir einen Tee bestellte und bei mir sitzen blieb, während ich trank. Der Ball rauschte im Hintergrund an uns vorbei.

„Sehe ich schlimm aus?"

Julius beugte sich zu mir und legte seine Hände an meine Wangen. Mit den Daumen wischte er sanft unter meinen Augen entlang.

„Du bist wunderschön." Die zarte Berührung seiner Finger auf meinen Wangen schickte eine wohlige Wärme durch meinen Körper. Ich schloss die Augen.

Julius so nah bei mir, so zugewandt. Der Sturm in mir flaute ab und neue Kraft sammelte sich in meinen Adern.

„Tanzt du noch einmal mit mir?“

Julius lächelte. „So oft du willst.“

Wir tanzten bis nach Mitternacht, eng umschlungen, ohne Pause und ohne uns um eines der anderen Paare zu kümmern. Erst als Conrad und Dorothea noch einmal einen Partnerwechsel vorschlugen, gingen wir darauf ein. Die Rumba, durch die Conrad mich führte, war langsam. Bedächtig glitten wir durch die Schritte. Kurz, kurz, lang, kurz, kurz, laaang. Meine Füße fühlten sich an wie Blei, ich bekam sie kaum vom Boden gehoben.

„Das ist ja zum Einschlafen“, raunte Conrad mir zu. Ich lachte, musste ihm aber recht geben. Die Müdigkeit breitete sich in meinen Gliedern aus. Mit Julius tanzte ich noch einen langsamen Walzer, bei dem ich all meine Konzentration benötigte, um ihm nicht auf die Füße zu treten. Am liebsten hätte ich noch ewig mit ihm getanzt, aber mein Körper machte einfach nicht mehr mit. Wir verabschiedeten uns also von Dorothea und Conrad, die noch lange nicht müde wirkten. Ich versuchte, in Julius‘ Blick zu lesen. War er enttäuscht, dass wir schon gingen? Sollte ich noch einmal Kräfte mobilisieren? Aber Julius nahm mich bei der Hand und führte mich zur Garderobe, wo er mir in den Mantel half.

„Du gehst schon?“

Ich fuhr herum. Es konnte kein Zufall sein, dass Amrei ausgerechnet jetzt hier auftauchte. Mit Sicherheit hatte sie uns, oder besser Julius, die ganze Zeit beobachtet. Mich ignorierte sie geflissentlich.

„Ja, es wird Zeit.“ Julius streifte sich ebenfalls seinen Mantel über. Ehe er ihn jedoch schließen konnte, fiel Amrei ihm um den Hals.

„Schade, aber war schön, dich wiederzusehen und mit dir zu tanzen.“

Wie schon zur Begrüßung hauchte sie ihm auch jetzt einen Kuss auf die Wange, wobei sie die Lippen diesmal etwas zu lang auf seiner Haut ruhen ließ, um es noch als flüchtigen Kuss bezeichnen zu können. Zu meinem Entsetzen erwiderte Julius die Umarmung. Wieso wies er Amrei nicht zurück?

Es war doch klar, was sie wollte.

Draußen fuhr ein Taxi vor. Das war die Rettung!

„Kommst du, Julius? Das Taxi ist da.“

Er umfasste Amrei an den Oberarmen und schob sie von sich weg.

Sie schien allerdings keinesfalls unglücklich. Ihren Mund umspielte ein Lächeln.

„Bis bald, Julius."

„Einen schönen Abend noch."

Um so schnell wie möglich Abstand zwischen Amrei und mich zu bringen, lief ich los und kam vor Julius am Taxi an. Der Fahrer öffnete mir die Tür und ich ließ mich auf den Sitz fallen. Am Portal stand Amrei und winkte.

Beinahe wäre mir die Galle hochgekommen. Konnte sie nicht einfach verschwinden? Ich schloss die Augen und lehnte meinen Kopf an die kalte Scheibe.

„Malene? Alles in Ordnung?"

Julius' Hand legte sich auf meine Schulter. Ich hielt den Atem an. Ich wollte ihn so sehr ganz bei mir haben, die vertraute Nähe spüren, wie vorhin beim Tanz. Ich wollte dieses Glück in seinen Augen sehen, das vor Lebensfreude strahlte. Aber jemand wie Amrei würde nicht so leicht aufgeben. Sie würde jede Gelegenheit ergreifen, um sich an meine Stelle zu bringen. Wieder stiegen Tränen in mir auf und ich schwieg auf Julius' Frage. Vor dem Taxifahrer wollte ich mir nicht die Blöße geben. Julius konnte ich hingegen nicht abwimmeln.

„Warum bist du so schnell weggelaufen?", fragte er, sobald wir im Hotelzimmer waren.

„Ich konnte diese Ziege einfach nicht mehr sehen."

„Ziege? Meinst du Amrei?"

„Wen sonst? Oder hat sich außer ihr noch jemand dermaßen an dich rangeschmissen?"

Julius setzte sich neben mich auf die Bettkante. „Zum Glück nicht."

Zum Glück? Das passte nicht zu der Umarmung vorhin und seinem Lächeln beim Tanzen mit ihr. Und vor allem nicht zu dem, was Amrei von sich gegeben hatte.

„Das sieht sie sicher anders."

Julius gab ein kurzes, bitteres Lachen von sich und stützte den Kopf in die Hand. Warum hatte ich das gesagt? Eifersucht brachte mich keinen Meter weiter. Aber wenn er wirklich so empfand und ihm Amrei auch auf den Keks ging, wieso hatte er ihr das nicht gesagt?

„Mag sein …"

„Mag sein? Ist es dir tatsächlich egal, was sie denkt?"

„Nicht direkt. Aber wenn sie sich einbilden möchte, dass ich Interesse an ihr hätte, kann ich das kaum ändern", erwiderte er und knöpfte die Ärmelaufschläge seines Hemds auf.

War er wirklich so naiv? „Natürlich kannst du, indem du ihr deutlich sagst, dass du nichts von ihr willst!"

„Das ist nicht so leicht. Ich hatte gehofft, sie würde es verstehen, indem ich nicht auf ihre Nachrichten geantwortet und dich ihr vorgestellt habe."

Nun konnte ich mir ein bitteres Lachen nicht verkneifen. „Ein frommer Wunsch. Das hat sie vielleicht kurz enttäuscht, aber letztlich eher angestachelt."

Julius sah mich verwirrt an, die Hemdärmel rutschten an seinen Unterarmen hinab. „Angestachelt?"

„Sie will dich, Julius. Erst hat sie mich ausgebootet und sich dann an dich herangemacht."

Julius zog die Ärmel wieder zurück über die Handgelenke. Eine tiefe Falte hatte sich in seine Stirn gegraben. „Was meinst du mit ausgebootet?"

Ich schluckte. Sollte ich ihm von der Szene auf der Toilette erzählen? Am liebsten hätte ich diesen Moment vergessen und Amreis überhebliches Gesicht für immer aus meiner Erinnerung verbannt. Doch es stand mir präsent vor Augen.

„Malene, was ist passiert?"

Kurz fasste ich die Begegnung der dritten Art zusammen. „Sie sagte, da wäre mehr als nur ein Kuss zwischen euch gewesen."

„So, sagt sie das?" Julius saß mit versteinerter Miene da, nur das leichte Heben und Senken seines Brustkorbs verriet, dass er nicht tatsächlich erstarrt war. „Glaubst du ihr?"

Seine Frage traf mich bis ins Mark und die Scham brannte auf meiner Haut. Es musste ihn enttäuschen, wenn ich ehrlich antwortete. Mein Zögern verriet mich.

Julius seufzte. „Großartig."

„Ich wollte ihr nicht glauben, aber sie klang so überzeugend."

„Im Gegensatz zu mir?"

Er wartete eine Antwort von mir nicht ab, sondern stand auf und ging ins Bad. Wenn er wenigstens die Tür geknallt hätte. Doch er schloss sie ruhig, aber entschieden. Ich ließ mich rücklings aufs Bett fallen. Pis! Wenn wir uns jetzt stritten, hatte Amrei ihr Ziel erreicht. Ich hatte Julius nicht verletzen wollen. Aber konnte ich über meine Verletzungen deswegen hinwegsehen? Wir mussten darüber reden, egal wie weh es tat. Julius ließ sich Zeit im Bad. Ich starrte an die Deckenlampe. Wie konnte ich seiner Enttäuschung begegnen, ohne mich und meine Gefühle aufzugeben? Wie sollte ich ihm begreiflich machen, wie verunsichert ich war, ohne ihn erneut zu verletzen? Ein kalter Schauer überlief mich. Ich zog die Knie bis an die Brust und schlang die Arme darum.

Als Julius endlich aus dem Bad kam, war ich trotzdem verfroren. Zitternd stand ich auf und versuchte, den Reißverschluss meines Kleids zu öffnen, doch meine Finger fanden keinen Halt.

„Darf ich dir helfen?"

Ich ließ die Arme sinken. Julius trat hinter mich und legte eine Hand vorsichtig auf meinen Rücken, während er mit der anderen den Verschluss langsam öffnete. Sein heißer Atem blies in meinen Nacken. Obwohl der Reißverschluss längst geöffnet war, blieb er noch hinter mir stehen, die Hand auf meinem Rücken.

„Es tut mir leid", flüsterte ich. „Ich wollte dich nicht verletzen."

„Vermutlich bin ich selbst schuld. Ich habe dein Vertrauen missbraucht, als ich Amrei geküsst habe. Aber mehr ist da nicht gewesen."

„Sie bedeutet dir nichts?"

Ich drehte mich zu ihm um.

„Nein."

Er hielt meinem Blick stand, ohne zu blinzeln. „Und auf die Gefahr hin, dass es kitschig klingt; du bedeutest mir alles."

„Das ist kitschig." Ich grinste. „Aber schön."

7.
Kapitel

Obwohl *Julius und ich uns ausgesprochen hatten,* wollte es mir noch nicht endgültig gelingen, die Gedanken an Amrei zu vertreiben. Sie blieb wie eine ständig lauernde Gefahr im Hinterkopf. Am Montagmorgen beschäftigte mich jedoch etwas anderes. Ich hatte längst das Frühstück vorbereitet, es war bereits neun Uhr, aber Leonie war bislang nicht in der Küche aufgetaucht. Dabei war sie montags immer besonders gut gelaunt, weil unsere Uniwoche mit einem Seminar bei unserer Juniorprofessorin begann. Die Zeit mit Tamara würde Leo doch sicher nicht verpassen?

Ich wollte gerade an ihre Zimmertür klopfen, als Leonie aus dem Bad kam. Sie trug noch immer ihren Schlafanzug und ihr Haar lag zerzaust auf ihrem Kopf.

„Leo, willst du so etwa zur Uni?"

„Ich geh' heute nicht", murmelte sie und trottete an mir vorbei in die Küche.

„Bist du krank? Es ist Montag. Seminar bei Tamara!"

Meine Mitbewohnerin zuckte zusammen. „Eben drum."

Oh, oh, das klang gar nicht gut. Ich goss Leonie einen Tee auf, schob ihr die Tasse hin und setzte mich ihr gegenüber an den Küchentisch.

„Was ist los?"

Mit gesenktem Blick zupfte Leonie Flusen vom Oberteil ihres Schlafanzugs und ließ sie in den Schoß fallen.

„Ich war Samstag mit Wilma im E-Werk tanzen. Tamara war auch da. – Mit ihrer Freundin."

„Oh", entfuhr es mir. „Ihre feste Freundin?"

„Sie haben sich innig geküsst und total eng miteinander getanzt", berichtete Leo. „Als wir uns an der Bar getroffen haben, hat Tamara sie uns vorgestellt. Carolin."

„Das tut mir leid. Wie geht es dir damit?"

Leonie nahm die Teetasse, umschloss sie mit ihren Händen und klemmte sie sich zwischen Knie und Brust. „Ich denke, ich werde darüber hinwegkommen. Es war sowieso unwahrscheinlich, dass aus uns was werden könnte. Studentin und Juniorprofessorin …"

„Wenn sie auch auf Frauen steht, gar nicht so abwegig", wandte ich ein.

Das Lächeln in Leonies Gesicht wirkte etwas verunglückt. „Dumm nur, dass eine andere Frau schneller war." Sie seufzte und trank endlich von ihrem Tee. „Ich glaube, sie ist sehr glücklich mit ihrer Freundin, diese Carolin schien ganz nett. Aber …"

„Du wärst gern an Carolins Stelle", führte ich ihren Satz zu Ende.

„Ja. Ich glaube, ich muss heute noch ein wenig davon träumen, wie es hätte sein können, bevor ich mich wieder der Realität stellen und Tamara begegnen kann."

„Tu das, ich schreib für dich mit."

„Wir müssen endlich mal wieder klettern gehen", sagte Annika. „Hast du spontan Lust heute Nachmittag?"

Meine Kommilitonin tänzelte von einem Bein auf das andere und deutete mit den Armen Kletterbewegungen an. Woher nahm sie die Energie? Ich war noch völlig fertig vom Seminar, in dem unser Dozent uns haufenweise Theorien um die Ohren geschmissen hatte, wodurch ich den Bezug zur Wirklichkeit und Praxis völlig verloren hatte. Annikas Anmerkung war jedoch nicht unbegründet. Zumindest ich hatte den Sport in den letzten Wochen sträflich vernachlässigt. Und nach so viel Kopfarbeit konnte ein bisschen körperliche Anstrengung nicht schaden.

Zwei Stunden später war ich allerdings nicht mehr völlig davon überzeugt. Obwohl ich die Strecke schon zigmal geklettert war, kam ich heute die Wand einfach nicht hoch. Zu dem Zittern in meinen Muskeln gesellte sich ein Kratzen in meinem Hals, das schlimmer wurde, je heftiger ich versuchte, es durch Räuspern loszuwerden. Ich ließ meinen Blick über die blauen Griffe wandern, die noch über mir lagen. Es waren erschreckend viele. Neben mir zog ein anderer Sportler mit kräftigen Zügen seine Route nach oben. Wie jedes Mal, wenn so etwas passierte, spornte es mich an, das Tempo anzuziehen. Ich streckte die Hand nach dem nächsten Griff aus, doch die Kraft, die mich durchflutet hatte, verpuffte so schnell, wie sie gekommen war. Ein Hustenreiz schüttelte mich und ich drehte mich zu Annika um.

„Ich komm runter", rief ich ihr zu. „Das hat keinen Zweck", sagte ich, als ich wieder neben ihr auf der Matte stand. „Kletter du, ich sichere dich."

Wir tauschten die Positionen und mit brennender Kehle und nicht weniger brennenden Augen verfolgte ich Annikas Klettertour. Sicher wie eh und je setzte sie ihre Füße und Hände auf die Griffe und arbeitete sich zielstrebig bis nach oben. Ich legte den Kopf in den Nacken, um zu ihr aufzusehen. Kleine schwarze Punkte tanzten vor meinen Augen und die Hallendecke schwankte. Ich stemmte mich mit den Füßen auf den Boden, der sich seltsam weich anfühlte, und nickte mechanisch, als Annika mir das Zeichen für den Abstieg gab. Stück für Stück ließ ich das Seil über die Winde laufen, während alles um mich herum sich drehte. Meine Hände zitterten. Das Seil rutschte mir durch die Finger, Annika schoss ein Stück abwärts, ehe der Sicherungsmechanismus der Winde griff und sie ruckartig im Klettergurt fing. Ich löste die Hände von der Winde und starrte erschrocken auf Annika, die vor mir an der Wand hing und sich mit aufgerissenen Augen zu mir umsah. Außer einem gehörigen Schrecken schien ihr nichts passiert zu sein.

„Sorry, ich …" Erneut zwang mich das Kratzen in meiner Kehle zum Husten. Sobald ich mich wieder beruhigt hatte, tastete ich vorsichtig wieder nach der Winde und gab Annika genug Seil, um die letzten Meter herunterzukommen. Ich schwankte, als sie auf dem Boden aufkam und der Druck auf dem Seil nachließ.

„Lene, ist alles okay? Was war denn los?"

„Entschuldige, ich hatte meine Hände nicht mehr unter Kontrolle. Bist du okay?"

Annika winkte ab und richtete ihren Zopf. „Nur ein kleiner Schreck. Aber du siehst ziemlich fertig aus, ehrlich gesagt."

Ich konnte ihr nicht widersprechen. Wenn ich so aussah, wie ich mich fühlte, konnte sie nur recht haben. Es tat mir leid um den Nachmittag, aber ich hielt es für besser, keine weiteren Kletter- oder Sicherungsversuche zu unternehmen.

Meine Hände zitterten noch immer, als ich meinen Klettergurt auszog. Zum Glück hatte der Bremsmechanismus ein größeres Unglück verhindert.

An der frischen Luft ging es mir etwas besser, trotzdem war ich froh, als ich wieder zurück in der WG war und mich auf mein Bett fallen lassen konnte. Ich schloss die Augen und schlief kurz darauf ein.

Der Schmerz in meinem Hals ließ in den folgenden Tagen nach. Dafür meldeten sich alsbald andere Zeichen der Erkältung. Meinen Dienst am Mittwochabend im Ring absolvierte ich schon halb im Delirium, was auch Julius auffiel, als er mich wie üblich abholte.

„Du solltest im Bett liegen und schlafen, statt in einer Kneipe deine Viren weiter zu verteilen", tadelte er mich, während er mit der einen Hand mein Fahrrad schob und mich mit dem anderen Arm eng umschlungen hielt.

„Geht nicht, ich muss arbeiten", widersprach ich schwach.

„Du musst erst einmal gesund werden."

Ich schüttelte trotzig den Kopf. „Ich bin nicht krank. Nur erkältet."

„Ach so, das ist natürlich etwas ganz anderes." Er legte mir die Hand auf die Stirn und musterte mich kritisch. „Noch hast du kein Fieber. Aber wenn du so weitermachst, liegst du am Wochenende flach", prophezeite er mir.

„Bis dahin bin ich wieder fit", hielt ich dagegen und nieste heftig.

„Das glaube ich dir auf's Wort." Er drehte mein Gesicht zu sich. „Malene, ich meine es ernst. Ich mache mir Sorgen um dich. Du solltest dich wirklich lieber schonen."

Ich hielt nicht mehr dagegen, weil ich mit jedem Schritt gegen die Schwere in meinen Beinen kämpfte. Glücklicherweise war es nicht mehr weit bis zur WG. Obwohl es zu der späten Nachtzeit schon empfindlich kalt war, klebte mir mein Pullover auf der Haut. Erschöpft lehnte ich mich an die Hauswand. Julius schloss mein Fahrrad an und bestand darauf, mich noch bis nach oben zu begleiten.

„Nicht, dass du mir auf der Treppe zusammenklappst."

Er brachte mich bis zur Türschwelle und hätte sicherlich auch noch aufgepasst, dass ich tatsächlich ins Bett ging, doch das konnte ich ihm trotz der bleiernen Müdigkeit, die sich nun in mir ausbreitete, ausreden.

„Bleib morgen im Bett liegen."

„Geht klar, Doc."

Als ich am nächsten Morgen aufwachte, wäre mir nichts anderes eingefallen, als tatsächlich im Bett liegenzubleiben. Alles tat mir weh und sobald ich die Augen öffnete, drehte sich alles um mich herum. Wilma, die besorgt in mein Zimmer schaute, machte mir einen Tee und brachte ihn mir zusammen mit ein paar Tabletten und Hustensaft an mein Bett, ehe sie sich auf den Weg zur Uni begab. Ich trank den Tee, nahm die Medizin ein und zog mir die Decke über die Ohren.

So verschlief ich den Großteil des Tages und hatte selbst beim abendlichen Telefonat mit Julius Schwierigkeiten, mich auf das Gespräch zu konzentrieren.

„Schlaf dich aus, das hilft am besten."

Er sollte recht behalten, denn am folgenden Tag fühlte ich mich zumindest erholt genug, um in Strumpfhose, Wollsocken und meinem alten Hoodie aus der Schulzeit in der Küche zu hocken und Tee zu trinken. Auch der Appetit kehrte zurück.

„Das ist ein sehr gutes Zeichen", befand Wilma, als sie nachmittags nach Hause kam und sich aus der Keksdose bediente, die ich neben meinem Laptop aufgestellt hatte. „Was machst du?"

Ich drehte ihr den Bildschirm zu. Wilma fuhr sich mit der Hand durchs Haar und machte ein sehr zufriedenes Gesicht.

„Du bewirbst dich in Aarhus?"

„Also, ich …"

Es klingelte. Wilma wartete meine Antwort nicht ab, sondern ging zur Tür. Zwei Minuten später stand Julius in der Küche.

„Du bist nicht mehr im Bett?", fragte er halbwegs überrascht und küsste mich auf den Scheitel. „Habe ich dir das erlaubt?"

„Du hast es zumindest auch nicht verboten, wieder aufzustehen", erwiderte ich.

Julius lachte. „Okay, wenn du zu solch einer Argumentation wieder in der Lage bist, scheint es dir wieder besser zu gehen."

Er zog ein kleines Päckchen aus seinem Rucksack und stellte es neben meinen Laptop. „Dann braucht es das ja fast gar nicht mehr."

„Für mich? Was ist das?"

Ich nahm den in rotes Weihnachtspapier gewickelten Quader und wog ihn in der Hand. Er war ziemlich leicht. Eine Pappschachtel? Vorsichtig löste ich das Klebeband und wickelte das Papier ab.

„Ein Tee-Adventskalender! Das ist ja süß. Danke."

„Damit dir immer schön warm ist", sagte Julius und lächelte verschmitzt.

„Du könntest mich auch in den Arm nehmen und mich wärmen."

Er legte den Arm um mich. „Sehr gern. Du bist schon wieder fleißig?", fragte er mit einem Kopfnicken in die Richtung des Laptops.

Ich zog die Hände fast vollständig in die Ärmel meines Pullovers zurück, sodass nur noch die Fingerspitzen herausschauten.

„Ich habe mir das Vorlesungsverzeichnis aus Aarhus noch einmal angesehen. Die Seminare klingen schon ziemlich cool ..."

„Aber?" Er löste die Umarmung und sah mich ernst an.

„Soll ich mich wirklich bewerben?"

Hätte Wilma mit ihren Augen Blitze schleudern können, sie hätte es in diesem Augenblick getan. Sie funkelte Julius an, jede Zufriedenheit war aus ihrem Gesicht verschwunden. Offenbar vermutete sie ihn als Grund für mein Zögern. Das war zwar nicht völlig abwegig, allerdings hatte ich an etwas anderes gedacht.

„Ich habe überhaupt keinen dänischen Abschluss. Was, wenn ich nicht gut genug bin?"

Die Reaktion der Eisverkäuferin hing mir noch immer nach. Im Sommer war es nur um ein Eis gegangen, an der Uni würde ich mehr leisten müssen. Reichten meine Sprachkenntnisse dafür aus?

„Natürlich bist du gut genug. Du hast dein Leben lang Dänisch gesprochen", sagte Wilma, ohne Julius aus dem Blick zu lassen.

„Du träumst sogar auf Dänisch", fügte Julius lächelnd hinzu.

„Was? Wie kommst du darauf?"

„Letztes Wochenende hast du im Schlaf geredet."

„Oh", entfuhr es mir. „Was hab ich gesagt?"

„Keine Ahnung, ich kann kein Dänisch."

„Richtig ..." Ich schlug mir mit der Hand gegen die Stirn. Keine gute Idee, so fit war ich dann doch noch nicht.

„Lene, wenn du dich nicht bewirbst, rede ich nie wieder ein Wort mit dir!"

Ich musste lachen, was zu einem Hustenanfall führte. „Das hast du schon so oft angedroht, Will. Das hältst du nicht durch", sagte ich, als ich wieder normal atmen konnte.

„Ich habe mir die Kraft für diese spezielle Situation aufgespart. Glaub mir, ich werde können." Sie verschränkte die Arme vor der Brust und pustete sich eine Locke aus der Stirn. Obwohl sie dazu eine grimmige Miene aufsetzte, konnte ich ihre Drohung nicht völlig ernst nehmen. Allerdings wollte ich auch kein Risiko eingehen. Um nichts in der Welt wollte ich meine beste Freundin verlieren. Ich sah fragend zu Julius. Ihn wollte ich genauso wenig verlieren.

„Bewirb dich, Malene. Du packst das."

Langsam schob ich meine Hände aus den Ärmeln hervor und fuhr mit dem Finger über das Touchpad. Ich klickte auf der Seite der Uni herum, bis ich den Link zur Bewerbungsseite fand, und legte ein Konto an.

„Tschüss, bis nachher", sagte Tamara und drückte Leonie ein paar Unterlagen in die Hand, ehe wir den Seminarraum verließen. Ich sah sie verwundert an.

„Bis nachher? Hab ich irgendwas nicht mitbekommen?"

Leonie zuckte mit den Schultern. „Heute Nachmittag findet die Adventsfeier vom Lehrstuhl statt. Hatte ich das nicht erzählt?"

„Nein. Aber cool, dass du hingehst. Wie geht es dir mit Tamara?"

„Geht so. Aber ich kann mich ja nicht für den Rest des Semesters einschließen und warten, bis sie weg ist."

Ich blieb abrupt auf dem Treppenabsatz stehen. „Wie meinst du das?"

Leonie war schon ein paar Stufen weiter nach unten gelaufen, drehte sich aber um und kam wieder drei Schritte herauf. Die Unterlagen von unserer Juniorprofessorin hielt sie eng an den Oberkörper gepresst. Vorsichtig sah sie sich um und beugte sich zu mir.

„Sie hat eine Stelle in Berlin angeboten bekommen. Das ist für sie eine riesige Chance, hat sie gesagt, und damit hat sie natürlich recht. Es wäre wirklich idiotisch, wenn sie ablehnen würde. Zum Sommersemester wird sie Erlangen verlassen."

Mir war klar, dass Leo nur so viel redete, um von ihrer Enttäuschung abzulenken. Erst die Sache mit Carolin und jetzt auch noch der endgültige Abschied, auch wenn es bis zum Sommersemester noch einige Wochen hin war.

„Das ist wirklich schade", sagte ich. „Sie ist eine sehr gute Dozentin."

„Dann können sie sich ab Sommer in Berlin über sie freuen", sagte sie und presste die Unterlagen noch etwas fester an ihre Brust.

„Aber vielleicht kommt ja eine interessante Nachfolgerin, die mindestens genauso nett ist", versuchte ich Leonie augenzwinkernd Mut zu machen.

„Vergiss es", entgegnete sie.

„Ich muss mich wohl mit dem Gedanken abfinden, dass alle coolen Leute gehen. Tamara, du …"

„Also, ich bleibe dir auf jeden Fall noch ein Semester erhalten. Und ob es mit Aarhus klappt, steht doch noch gar nicht fest."

„Lene", stöhnte Leo und drehte sich auf der Treppenstufe einmal um die eigene Achse. „Natürlich klappt das. Es muss. Schließlich will ich dich mit Wilma besuchen kommen."

„Hätte ich das gewusst, hätte ich für mein Motivationsschreiben einen anderen Aufhänger gewählt", erwiderte ich und ging an Leonie vorbei die Treppe hinunter.

Ich schnürte meine Boots zu und warf mir den Mantel über. Während Leonie auf der Adventsfeier des Lehrstuhls war, wollte ich Julius zu einem populärwissenschaftlichen medizinischen Vortrag in der Uni begleiten. Auch Wilma würde mit ihren Kommilitonen dort sein. Gerade als ich meinen Schlüssel vom Haken nahm, wurde die Wohnungstür aufgeschlossen und Leonie betrat den Flur.

„Du bist schon zurück?"

Sie ließ ihre Tasche direkt neben der Garderobe fallen und schälte sich aus ihrer Jacke. Ohne ein Wort zu sagen, hängte sie die Jacke an einen Haken, ging an mir vorbei in ihr Zimmer und warf die Tür zu. Der Knall ließ mich zusammenfahren und weckte mich aus meiner Verwunderung. Irgendetwas stimmte nicht. Leonie ging nie einfach so an Wilma oder mir vorbei. Unschlüssig sah ich zwischen der noch immer offenstehenden Wohnungstür und Leos Zimmertür hin und her. Es war schon spät, wenn ich rechtzeitig zum Vortrag an der Uni sein wollte, musste ich jetzt losfahren. Aber konnte ich Leo allein lassen? Ich öffnete die Wohnungstür ein Stück weiter, machte einen Schritt und drehte wieder um. Ich musste Leonie wenigstens fragen, ob sie okay war.

Leo war nicht okay. Als sie auf mein Klopfen nicht reagierte, öffnete ich vorsichtig die Tür und lugte in ihr Zimmer. Meine Mitbewohnerin lag auf ihrem Bett, die Arme um ein Kissen geschlungen, und schluchzte heftig. Ihr Körper bebte. So aufgelöst hatte ich sie noch nie gesehen.

„Darf ich?"

Sie nickte und ich setzte mich auf ihre Bettkante. Vorsichtig streckte ich meine Hand aus und legte sie auf Leonies Schulter. Sie sagte nichts, aber ihr Weinkrampf zeigte mir überdeutlich, dass die Feier am Lehrstuhl nicht so gelaufen war, wie Leo sie sich vorgestellt hatte.

„Möchtest du, dass ich bleibe?"

„Das wäre lieb."

Ich zog Jacke und Schuhe wieder aus und tippte eine kurze Nachricht an Julius. Den Vortrag konnte ich vergessen, aber Leonie war in diesem Moment wichtiger. Julius zeigte sich verständnisvoll. *Braucht ihr Hilfe? Kann ich etwas tun?*

Lieb von dir, aber wir schaffen das schon. Lass uns später telefonieren, tippte ich zurück und legte das Handy zur Seite. Leonie beruhigte sich langsam, schniefend wischte sie sich mit dem Ärmel über die Augen.

„Möchtest du drüber reden?"

Erneut liefen bei ihr die Tränen. „Ich will nicht an den Lehrstuhl zurück", schluchzte sie. „Ich kann nicht …"

Das klang sehr dramatisch. Allerdings war Leonie nicht der Typ für Übertreibungen. Wenn sie sich so ausdrückte, musste wirklich etwas Ernstes vorgefallen sein.

„War was mit Tamara?"

Meine Mitbewohnerin drückte ihr Gesicht ins Kissen. „Auch", kam die erstickte Antwort, ehe Leo den Kopf wieder in meine Richtung drehte.

„Sie war mit Carolin auf der Feier."

„Oh je, und du musstest die beiden die ganze Zeit sehen?" Diesen Schmerz kannte ich leider nur zu gut.

„Ja, das war schon nicht cool. Aber es war nicht das Schlimmste." Leonie schluckte heftig. „Als ich in die Küche kam, um mir einen Tee zu holen, habe ich gehört, wie der Müller leise mit der Abel gesprochen hat. Er hat sie gefragt, ob sie gewusst habe, dass Tamara *so eine* ist. Er meinte, dass zu Hause ja jede machen könne, was sie wolle, aber in der Öffentlichkeit müsste das Zurschaustellen der Sexualität ja nicht sein. Dabei haben Tamara und Carolin sich nicht einmal geküsst. Tamara hat sie nur liebevoll im Arm gehalten."

Mir blieb die Spucke weg. Von unserem Prof hatte ich bislang viel gehalten, fachlich war er top und in der Vorlesung war er immer sehr sympathisch rübergekommen. Aber so eine Aussage …

„Das geht echt gar nicht. Und selbst wenn die beiden sich geküsst hätten, das ist ihr gutes Recht!"

„Ist es", murmelte Leonie. „Aber anstatt das zu sagen und zu erklären, dass ich auch *so eine* bin, bin ich einfach gegangen."

Sie schluchzte auf und ich nahm sie fest in den Arm. „Ich fühl mich wie eine Verräterin. Ich meine, wir müssen doch zusammenhalten", wimmerte sie an meiner Schulter.

„Du musst dich vor niemandem outen. Schon gar nicht, wenn du weißt, dass derjenige deine Identität nicht respektiert."

„Ich will mich aber auch nicht verstecken müssen."

„Klar, das versteh ich." Ich reichte ihr ein Taschentuch. „Vor mir musst du dich nicht verstecken. Und vor Wilma auch nicht. Die WG ist Safe-Space."

Leonie schluchzte und lachte gleichzeitig und wischte sich die Tränen aus dem Gesicht.

„Danke, Lene." Sie ließ sich zurückfallen und legte an der Wand den Kopf in den Nacken. „Ich hätte nicht gedacht, dass mich das noch so runterzieht. Ich meine, ich bin im Vorstand von der queeren Hochschulgruppe, da muss ich über sowas doch drüberstehen."

„Einen Scheiß musst du."

Leonie und ich fuhren zusammen. Wilma stand mit in die Hüften gestemmten Fäusten in der Tür und sah uns finster an.

„Will, wo kommst du denn schon her? Ist der Vortrag schon vorbei?"

Meine beste Freundin hob die Schultern und ließ sich neben uns aufs Bett fallen. „Vermutlich nicht. Aber ihr glaubt doch wohl nicht, dass ich ruhig einem Vortrag über Demenzforschung zuhören kann, wenn Julius mir erzählt, dass sich hier Dramen abspielen."

Will fuhr sich durch die Haare und ließ ihre Locken in wildem Chaos zurück. Nach der Übertreibung wurde sie jedoch gleich wieder ernst.

„Leo, du musst deine Gefühle nicht ignorieren. Vorstand hin oder her. Wenn dir zum Lachen ist, dann lach, wenn du wütend bist, schrei es raus, und wenn dir nach Wellness ist, mach Wellness."

Über Leonies Gesicht flog ein Lächeln, die getrockneten Tränen glitzerten im Licht der Nachttischlampe. „Das wär' schön, eine heiße Badewanne mit Salzkristallen, Kerzen und anschließend eine Packung Heilerde …"

Wilma vergrub stöhnend den Kopf in den Händen. „Ich hätte das nicht vorschlagen sollen. Lass mich wenigstens vorher noch aufs Klo!"

Leonie knuffte Wilma freundschaftlich gegen den Arm. „Das war ein Scherz. Na ja, also zumindest jetzt muss das mit der Badewanne nicht sein."

„Ein Glück." Wilmas Kopf tauchte langsam wieder auf.

„Aber ein Filmabend mit meiner Lieblings-WG wär' wirklich toll."

Erst zwei Stunden später sah ich die Sprachnachricht, die Julius geschickt hatte. Sobald ich sicher war, dass Leonie wieder okay war, und ich beruhigt ins Bett ging, hörte ich sie ab. Es war weit nach Mitternacht.

„Liebe Malene, ich bin ziemlich müde und gehe jetzt schlafen. Ich hoffe, Leonie geht es besser. Schlaf gut. Ich liebe dich."

Es war Quatsch, aber ich presste das Handy an meine Brust und hörte Julius' Nachricht noch einmal ab. Und wieder und wieder. Glück rieselte über meine Arme bis in meine Fingerspitzen und ich konnte nicht aufhören zu lächeln.

„Ich liebe dich auch, Julius", flüsterte ich in die Dunkelheit meines Zimmers.

8.
Kapitel

Kaum hatten Leonie und ich nach dem Mittagessen unsere Räder vor der Uni geparkt, kamen uns ein paar unserer Kommilitonen entgegen.

„Seminar fällt aus", sagte einer und riss begeistert die Arme in die Luft.

„Echt? Woher weißt du das?"

Normalerweise bekamen wir eine Mail, wenn Lehrpersonal erkrankt war und Termine verschoben werden mussten. Zumindest Leonie hatte allerdings erst in der Mensa ihre Mails kontrolliert und keine Info erhalten.

„Sie hat eben im Sekretariat angerufen, sie steckt irgendwo hinter Regensburg im Stau", erklärte eine andere Kommilitonin.

Leonie warf sich ihre Tasche über die Schulter. „Gut, was machen wir mit der gewonnenen Zeit?"

„Was hältst du von einem Abstecher auf den Weihnachtsmarkt?"

„Dabei!"

Wir ließen die Räder vor der Uni stehen und gingen zu Fuß die paar Meter bis zum Weihnachtsmarkt. Obwohl das Gedudel von drei verschiedenen Weihnachtsliedern aus verschiedenen Richtungen eher zum Abgewöhnen war, versetzte mich der Geruch nach gebrannten Mandeln, Lebkuchen und Glühwein augenblicklich in Weihnachtsstimmung. Früher hatte ich im Advent gemeinsam mit meiner Oma selbst Mandeln geröstet und in bunten Tüten verpackt. Schon sah ich mich wieder neben ihr in ihrer alten Küche stehen, mit der blaugestreiften Rüschenschürze vor dem Bauch, und ich hörte ihre Warnung:

„Schön rühren, es darf nichts anbrennen!"

Natürlich schmeckten die Mandeln vom Weihnachtsmarkt nie so gut wie die aus meiner Erinnerung. Trotzdem steuerte ich mit Leonie auf einen der Stände zu und bestellte eine kleine Portion. Die Verkäuferin nahm das Geld entgegen und reichte mir die Tüte mit den noch warmen Mandeln.

Ich drehte mich um und wollte schon Leonie folgen, die bereits auf dem Weg zum Nachbarstand war, doch etwas ließ mich innehalten. Eine Irritation, die ich noch nicht genau benennen konnte. Langsam drehte ich mich wieder zurück, um dem Gefühl auf den Grund zu gehen, und erstarrte. Der blonde Schopf kam mir erschreckend bekannt vor. Er hatte meine Aufmerksamkeit gefangen. Amrei. Es war unverkennbar sie. Und sie war nicht allein. Vor ihr, leider ebenso unverkennbar, stand Julius. Der Anblick schnitt mir augenblicklich tief in die Brust. Amrei hatte ihre Hand auf seine Wange gelegt, er hielt die Hand mit seiner umschlossen, die andere ruhte auf ihrem Oberarm.

Leonie schob sich vor mich und riss mich aus meiner Starre. „Lene, was ist los? Wo bleibst du denn?"

Ich deutete mit einem Kopfnicken zum anderen Ende des Platzes.

„Oh. Fuck." Sie nahm mich beim Arm und drehte mich in die Gegenrichtung. „Sieh nicht hin, das musst du dir echt nicht geben."

Sie hielt mir ihre geöffnete Tüte Mutzen hin, aber mir war der Appetit gründlich vergangen. Auch die Weihnachtsstimmung war mit einem Schlag verflogen. Warum war Julius mit Amrei hier auf dem Weihnachtsmarkt? Er hatte doch gesagt, er habe kein Interesse an ihr. Die Berührung eben hatte allerdings ganz anders ausgesehen. Ich wandte mich noch einmal um, aber zwischen den anderen Weihnachtsmarktbesuchern konnte ich weder Julius noch Amrei entdecken. Gern hätte ich an Einbildung geglaubt, aber Leonie zerstörte diese Hoffnung.

„War das die, die auch auf dem Ball war, die Julius in München geküsst hat?"

Ich seufzte und endlich brach sich der Schmerz in mir Bahn und floss über mein Gesicht. Wieso traf Julius sich mit Amrei? Warum hatte er mir nichts davon erzählt? Sollte ich vielleicht nichts davon wissen? Hatte er sich doch in sie verliebt und fuhr nun eine Doppelnummer? War das, was Amrei während des Balls behauptet hatte, näher an der Realität, als mir lieb war? Ich wollte nicht glauben, dass ich mich dermaßen in Julius getäuscht hatte. Wie ich mich in Uli getäuscht hatte. Allein die Befürchtung tat weh und schnürte mir die Luft ab. Von Uli hintergangen worden zu sein, war das eine. Aber Julius? Mit ihm hatte sich alles so richtig angefühlt. Mein Inneres zog sich krampfhaft zusammen vor Sehnsucht und Hoffnung danach, mich nicht in ihm getäuscht zu haben. Dass ich Julius vertrauen konnte. Er, der mich so behutsam anfasste, zärtlich berührte – konnte er mich gleichzeitig so tief verletzen?

„Wär doch bloß dieses Seminar nicht ausgefallen!"

„Dann hätte Julius trotzdem hier gestanden", erwiderte Leonie.

„Aber ich hätte es nicht sehen müssen."

Die Szene zwischen den beiden weckte böse Erinnerungen. Natürlich wollte ich nicht hintergangen werden. Aber ohne Vorwarnung unfreiwillig Zeugin einer solchen Situation zu werden, war mehr, als ich im Moment ertragen konnte. Heiße Wut löste den Schmerz ab. Seltsamerweise Wut auf mich selbst.

„Ich hätte dazwischen gehen sollen. Warum überlasse ich immer anderen das Feld?"

„Du warst überrumpelt", sagte Leo sanft. „Und du bist nicht der Typ für lautstarke Beziehungskrisen auf dem Weihnachtsmarkt."

Ich bohrte die Fäuste in meine Manteltaschen. Ich war überhaupt nicht der Typ für Beziehungskrisen, egal ob laut oder leise. Seit der Scheidung meiner Eltern hatte ich davon genug. Und nach der Nummer mit Uli sowieso. Es schien jedoch so, als würde ich die Krisen anziehen.

Leonie nahm mich in den Arm. „Das tut mir so leid. Vermutlich bin ich nach der Sache auf der Adventsfeier nicht die glaubwürdigste Ratgeberin, aber sprich mit Julius."

Allein bei dem Gedanken Julius wiederzusehen zog sich alles in mir zusammen. War sein *Ich liebe dich* in der Sprachnachricht nur eine Floskel, sein kurzer Kuss gestern vor der Mensa nur lästige Gewohnheit gewesen? Es hatte sich nicht so angefühlt. Oder hatte ich es einfach nicht wahrhaben wollen? Wie auch immer, Leonie hatte recht. Ich musste mit ihm darüber reden.

Meine Laune war jedoch im Keller und so hoffte und bangte ich während meiner Schicht im *Ring* abwechselnd, dass er kommen oder doch lieber wegbleiben würde. Geschrieben oder angerufen hatte er jedenfalls nicht. In mir bebte es. Ob er gerade Zeit mit Amrei verbrachte? Die Eifersucht schmeckte bitter und ich gab mein Bestes, mich auf die Arbeit zu konzentrieren und nicht an Julius oder Amrei zu denken. Aber immer wieder hallte mir ihre abfällige

Bemerkung im Kopf nach. *Herzchen, es ist nicht bei einem Kuss geblieben.*

„Na, Süße, trinkst du ein Glas mit uns?"

Der ältere Mann und seine Freunde lachten. Für den Bruchteil einer Sekunde war ich versucht auf das unlautere Angebot einzugehen. Schmerz und Frust betäuben und wenigstens für einen Moment alles vergessen. Die anzüglichen Blicke der Herrenrunde belehrten mich jedoch eines Besseren. Ich würde mich nicht ausnutzen und zum Objekt degradieren lassen. Und schon gar nicht würde ich Julius' schlechtem Beispiel folgen und mich betrinken.

„Keinen Alkohol im Dienst", erwiderte ich mit zusammengebissenen Zähnen und sah zu, dass ich wegkam.

Kurz keimte Hoffnung in mir auf, als ein paar Minuten vor Dienstschluss tatsächlich Julius in der Kneipe stand. Konnte vielleicht doch alles so sein wie immer? Er lächelte verhalten und setzte sich an einen freien Tisch in der Ecke, in der Jessy bediente. Plagte ihn schlechtes Gewissen? Er hielt den Blick gesenkt, egal wie oft ich zu ihm rüber sah, und spielte mit einem alten Bierdeckel. Er wirkte so unnahbar. Als Jessy und ich am Ende der Schicht die Tische putzten, machte er höflich Platz, beschränkte sich bei seiner Begrüßung allerdings auf ein knappes „Hallo".

Stumm folgte er mir durch den Hinterausgang auf den Hof. Ich unternahm keinen Versuch, ihn zur anständigen Begrüßung zu umarmen. Trotzdem ärgerte es mich, dass er ebenfalls keine Anstalten machte.

„Wie war dein Tag?"

Ein neutraler Tonfall wollte mir nicht recht gelingen, aber Julius schien es gar nicht zu bemerken. Mit gesenktem Kopf und in den Taschen vergrabenen Händen lief er neben mir her.

„Nicht besonders gelungen, um ehrlich zu sein."

Ich horchte auf, sagte aber nichts. Wenn ich ihn provozierte oder mit Vorwürfen konfrontierte, würden wir nicht weit kommen.

„Amrei hat mich heute überrascht."

Ein scharfkantiger Kloß schnitt mir in die Kehle. War es ein gutes Zeichen, dass er mir von sich aus davon erzählte? Warum tat es dann trotzdem so weh, an die Szene auf dem Weihnachtsmarkt erinnert zu werden? Julius klang, als würde er mir von einer schlecht gelaufenen Klausur berichten.

„Ich kam nichtsahnend aus der Uni, da stand sie plötzlich vorm Wohnheim."

Ich biss die Zähne zusammen und kämpfte den Schrei hinunter, der sich an dem Kloß vorbei meine Kehle hinaufschieben wollte. Dieses Biest! Schon auf dem Ball war mir klar geworden, dass Amrei alles dafür tun würde, um Julius für sich zu gewinnen. Ihr plötzliches Auftauchen hier in Erlangen hatte mich dennoch eiskalt überrascht.

„Was wollte sie?"

Julius zuckte mit den Schultern, schüttelte den Kopf und seufzte. „Mich besuchen, fragen, wie es mir geht. Du kannst es dir sicher denken."

Das konnte ich leider nur zu gut, schließlich war ich Zeugin dieser Nummer geworden. Und am liebsten wollte ich mich nicht daran erinnern. Aber ich konnte Julius nicht verschweigen, was ich wusste.

„Ich weiß. Ich hab euch gesehen."

Sein Kopf fuhr zu mir herum. In seinen Augen stand blankes Entsetzen. „Was?"

„Auf dem Weihnachtsmarkt. Ich hab gesehen, wie sie vor dir stand, ihre Hand an deiner Wange ..."

Julius fuhr sich langsam mit beiden Händen übers Gesicht. „Verdammt. Auch das noch."

Als er die Hände wieder senkte, pochte es genau an der Stelle seines Gesichts, wo Amrei heute Mittag ihre Hand liegen gehabt hatte. Diese vertraute Geste, die auch Julius und ich schon so oft getauscht hatten. Ich fühlte mich beraubt. Würde es zwischen uns jemals wieder so werden können wie zuvor? Konnte es sich wieder so anfühlen oder würde ich immer Amreis Abdruck spüren?

„Wieso hast du dich nicht gewehrt?"

„Es ging so schnell, aber dann habe ich sie weggedrückt und ihr gesagt, dass ich nichts von ihr will. Und ich habe sie gebeten zu gehen."

Dann war die vermeintlich vertraute Geste also eigentlich eine Abwehrbewegung gewesen?

„Wirklich?" Es klang zu gut, um wahr zu sein, und meine Erfahrung mahnte mich zur Vorsicht. Ein Blick in seine Augen brach mir jedoch beinahe das Herz.

„Ich weiß, wie unglaubwürdig das für dich klingen muss." Seine Stimme zitterte und war kaum mehr als ein Hauchen. „Ich kann mir nicht verzeihen, dir Anlass gegeben zu haben, an mir zu zweifeln. Und es macht mich fertig, dass wir deswegen streiten."

Ich blieb stehen, stellte das Rad ab und wandte mich ihm zu. „Mich macht es auch fertig und ich möchte dir so gern glauben. Gleichzeitig ist da diese

Stimme in meinem Kopf, die mir zuruft: *Lauf!*"

Julius presste die Lippen aufeinander. Sein Blick ruhte auf mir, dunkel und verzweifelt. „Das verstehe ich. Du wurdest verletzt und ich habe diese Wunden wieder aufgerissen, obwohl ich sie heilen wollte. Malene, wenn du deswegen nicht mehr mit mir zusammen sein kannst oder willst, kann ich dir das nicht vorwerfen."

In meiner Kehle löste sich der Kloß schmerzhaft auf und ich gab jeden Versuch auf, die Tränen noch zurückzuhalten. Langsam machte ich noch einen Schritt auf ihn zu, lehnte meinen Kopf an seine Brust und schloss meine Arme um ihn.

„Ich will mit dir zusammen sein", flüsterte ich. „Willst du es auch?"

Behutsam schloss auch Julius mich in eine Umarmung. „Nichts wünsche ich mir mehr."

Sein Herz klopfte wild gegen mein Ohr, sein warmer Atem strich über meinen Hinterkopf, während meine Tränen seinen Mantel benetzten.

„Was kann ich tun, um deinen Schmerz zu lindern?"

„Halt mich einfach nur fest", bat ich.

Julius zog mich noch näher an sich und schmiegte seinen Kopf an meinen. Die Kälte um uns löste sich in unserer Umarmung auf und mit seinem Duft atmete ich die Erkenntnis ein, dass es zwischen uns nicht wieder so sein würde wie zuvor. Was geschehen war, ließ sich nicht wegstreicheln, wegküssen oder einfach vergessen. Wir würden von hier aus weitergehen. Und in Julius' fester Umarmung, die gleichzeitig Halt in meinen Armen suchte, spürte ich, dass wir es im Vertrauen aufeinander taten.

Seine Fingerspitzen näherten sich meinen, vorsichtig, als könnte eine zu schnelle Bewegung etwas zerbrechen. Es fehlten nur wenige Millimeter. Ich streckte meine Finger, sie zitterten ein wenig über der Tischplatte, und schloss die Lücke. Unsere Haut drückte warm aneinander. Die Spannung strahlte meinen Arm herauf, legte sich angenehm auf meine Brust und ich glaubte zu fliegen, als es in meinem Magen zu kribbeln begann. Langsam hob ich den Kopf, sah Julius in die Augen, die im Licht der Adventskerzen leuchteten. Sie spiegelten meine Dankbarkeit. Vor ein paar Tagen hätte ich nicht geglaubt, dass wir heute hier beim gemeinsamen Frühstück in der WG-Küche sitzen würden. Wobei die frischen Brötchen, die Julius mitgebracht hatte, und Tee und Kaffee nebensächlich waren. Es war unsere Zeit, unser Moment, nur wir zwei …

„Morgen."

Es war unsere Zeit gewesen. Nun stand Wilma gähnend in der Küche und blinzelte gegen das Sonnenlicht, das durchs Fenster fiel.

„Was hat dich denn so früh aus dem Bett getrieben?"

Die Uhr zeigte gerade auf halb zehn, eine Zeit, zu der meine beste Freundin sonntags normalerweise noch in den schönsten Träumen lag. Ein Grund, warum ich Julius angeboten hatte, unseren gemeinsamen Tag in der WG zu beginnen.

„Meine Mutter", antwortete Wilma knapp. „Sie hat um Viertel nach neun angerufen! An einem Sonntag! Hat die keine anderen Hobbys?"

Sie stützte ihren Kopf in die Hände und fuhr sich mit den Fingern durchs Haar. Nachdem sie auf ihrem Stuhl hin und her gerutscht war, erhob Wilma sich schließlich, murmelte etwas Unverständliches und verschwand aus der Küche. Wenige Sekunden später hörte ich sie an der Badezimmertür rütteln.

„Och nööö", erklang ihr Ruf laut und genervt. „Leo!"

Nach mehrmaligem vergeblichem Rütteln kam Wilma zurück in die Küche getrottet und ließ sich erneut auf ihren Stuhl fallen. Sie streckte die Hand nach einem Brötchen aus, verharrte jedoch in der Bewegung und zog die Hand schließlich wieder zurück, ohne sich aus dem Korb bedient zu haben.

„So ein Scheißtag", maulte sie, „erst wird man mitten in der Nacht aus dem Bett geklingelt, dann kann man nicht wieder einschlafen, und jetzt kann ich noch nicht einmal Kaffee trinken!"

„Wieso? Dein Kaffee steht im Schrank", erwiderte ich verblüfft.

„Ja, aber wenn ich jetzt Kaffee trinke, brauche ich in einer halben Stunde auch ein Klo. Aber da Leo gerade wieder auf Tauchgang ist, sehe ich keine realistische Chance, dass das Bad innerhalb der nächsten 30 Minuten wieder betretbar ist."

Julius hob die Augenbrauen und ich nickte anerkennend zu Wilmas ausge-reifter Argumentation, die ich ihr in ihrem momentanen Zustand nicht ohne Weiteres zugetraut hätte.

„Dann iss doch wenigstens schon einmal etwas", sagte Julius.

„Nee, Frühstück ohne Kaffee ist doof."

Sie zog einen Schmollmund und sah sich in der Küche um. Schließschlich stand sie auf.

„Was hast du jetzt vor?"

„Ich schau ein paar Folgen *Scrubs* oder so … etwas anderes wird mir wohl nicht übrigbleiben."

Wilma schlurfte über den Flur zurück und ich hatte den dringenden Verdacht, dass sie im Vorbeigehen noch böse Blicke Richtung Badezimmertür schickte. Julius' Augenbrauen näherten sich seinem Haaransatz. Wie ich das liebte, wenn er seine Belustigung über irgendetwas nicht verbergen konnte. Nur schade, dass er inzwischen meine Hand losgelassen hatte.

„Vielleicht sollten wir uns mit dem Frühstück beeilen, ehe Leonie gleich auch noch die Zweisamkeit stört."

Die Sorge konnte ich ihm nehmen. Wenn Leonie ihren Wellnesstag hatte, belegte sie mindestens für anderthalb Stunden das Bad. Trotzdem ging ich auf seinen Vorschlag ein. Die Brötchen sahen einfach zu gut aus.

„Was machen wir nun mit unserem angefangenen Tag?", fragte ich ihn, als ich meine zweite Tasse Tee getrunken hatte.

Julius spielte mit einer Tannennadel, die sich von unserem Adventskranz gelöst hatte, und drehte sie zwischen seinen Fingern.

„Ich hatte gehofft, du würdest mich auf einen Bummel über den Weihnachtsmarkt begleiten", sagte er verträumt. „Zusammen waren wir noch nicht dort, und bevor wieder irgendwelche Missverständnisse entstehen …"

Der Gedanke an Amrei versetzte mir einen kurzen Stich und ich kämpfte ihn entschieden nieder. Ich wollte jetzt nicht an sie denken. Julius war hier bei mir und so war es gut. „Lass uns heute nicht davon sprechen", bat ich.

Wir ließen die übrigen Brötchen für Wilma und Leonie zurück und machten uns auf den Weg in die Stadt. Hand in Hand liefen wir die Straßen hinunter, bis wir schließlich am Weihnachtsmarkt angelangten, wo bereits reges Treiben herrschte. Viele Familien verbrachten diesen dritten Adventssonntag mit einem Weihnachtsmarktbummel. Julius ließ meine Hand nicht los, sondern fasste sie nur noch fester, als wir uns in den Strom der Menschen einfügten, der sich zwischen den Ständen langsam vorwärts schob. Ich erstand eine Tüte gebrannter Mandeln, die ich in Julius' Manteltasche steckte und aus der wir uns immer wieder bedienten, wobei wir oft gleichzeitig danach griffen und statt der Mandeln unsere Finger zu fassen bekamen.

„Entschuldige, nimm du zuerst", sagte ich und wollte meine Hand zurückziehen.

Julius schüttelte lächelnd den Kopf, hielt mit Daumen und Zeigefinger meine Fingerspitzen fest. „Wenn es für dich in Ordnung ist, halte ich gern noch eine Weile deine Hand."

Es war mehr als in Ordnung. Ich lehnte meinen Kopf an seine Schulter und wäre am liebsten neben ihm stehengeblieben, aber die Leute um uns herum schoben uns beständig weiter. Ein paar Leute mit glitzerndem Rentiergeweih auf dem Kopf kreuzten unseren Weg. Ausgerechnet in diesem Moment kamen wir an einem Stand vorbei, an dem Weihnachtsmützen und Haarreifen mit Geweih verkauft wurden.

„Wie wär's? Möchtest du Teil der Herde werden?", neckte ich Julius und hielt ein besonders scheußliches Exemplar über seine Stirn.

„Ich glaube, ich wäre kein gutes Rentier. Beim Krippenspiel war ich meistens einer von den Hirten."

„Ein Rentier-Hirte?"

Julius verzog das Gesicht und verdrehte übertrieben die Augen, ehe er mir den Haarreif abnahm und zurück auf die Halterung steckte.

„Was das angeht, fürchte ich, hast du dich mit einem Spießer eingelassen", erwiderte er schmunzelnd und zog mich weiter.

Aus unerklärlichem Grund kam der Menschenstrom nach einigen Metern ins Stocken, was uns dazu zwang, vor einem Teeverkauf stehenzubleiben. Der Geruch von Minze, getrockneten Beeren und Zitronengras stieg mir in die Nase und übertünchte augenblicklich den Duft vom Crêpe-Stand, an dem wir gerade vorbeigegangen waren. Julius nahm eines der grün verpackten Pakete in die Hand.

„Magst du Rooibostee?"

„Hin und wieder. Ist aber nicht mein Lieblingstee."

Julius legte das Paket wieder zurück in die Auslage, nahm ein neues heraus und las auf der Rückseite. „Lieber Kräuter? Zitronengras, Pfefferminze, Apfelstücke, Süßholzwurzel?"

„Das klingt großartig."

Zwei Minuten später hatte Julius bezahlt und den Tee in seine Tasche gesteckt. Wir schlenderten an den übrigen Buden vorbei und verließen den Weihnachtsmarkt schließlich in Richtung Schlossgarten.

„Hier sind wir bei unserer ersten Verabredung langgejoggt, erinnerst du dich?"

Wie hätte ich diesen Nachmittag vergessen können? Jenen Tag, an dem ich Julius unbedarft angeboten hatte, mich auf meiner Joggingrunde zu begleiten, ohne auch nur zu ahnen, dass er mehr in mir sehen könnte als nur eine Laufpartnerin.

„Geht es dir heute besser als damals?"

Ich blieb stehen, nahm seine Hände in meine und sah ihm in die Augen. Er hielt meinem Blick stand, zuckte nicht einmal mit der Wimper, sondern wartete geduldig meine Antwort ab. Langsam näherte ich mich seinem Gesicht, er neigte den Kopf, bis sich unsere Lippen sanft berührten.

„Viel besser", sagte ich, als wir uns voneinander lösten. „Wie geht es dir?"

Seine Stirn drückte gegen meine, er umschloss sanft meine Fingerspitzen und sein Atem streichelte mein Kinn.

„Ich bin sehr froh, dass du an meiner Seite bist."

In inniger Stille hielten wir einander im Arm und wären wohl noch länger dort stehengeblieben, wenn nicht ein unangenehmer Wind aufgekommen wäre. Kalt blies er unter unsere Mäntel und wehte altes Laub um unsere Füße.

„Was hältst du von einer Tasse Tee?"

Durch die schmalen Gassen der Altstadt gingen wir bis zum Wohnheim. Ich rieb die Hände aneinander, als mich die wohlige Wärme seines Zimmers umfing. Während Julius Teewasser aufsetzte und eine Dose mit Keksen auf den Tisch stellte, räumte ich zwei seiner Fachbücher auf den Schreibtisch. Als ich mich auf dem Stuhl umdrehte, stand Julius vor mir, die Tüte mit dem Tee in der Hand, als ob es eine Weinflasche wäre.

„Darf ich Ihnen den Tee unseres Hauses empfehlen? Die erfrischende Brise von Minze und Zitronengras verbunden mit dem wärmenden Geschmack der Süßholzwurzel."

„Sehr gern. Ich nehme eine extra große Tasse."

Julius ging mit dem Tee zurück zur Küchenzeile. Ich griff nach einem Keks.

„Die sind richtig lecker! Selbstgebacken?"

„Ja, aber nicht von mir. Meine Mutter hat mir die Dose geschickt."

„Genial, nimmt sie Bestellungen entgegen?"

„Bislang backt sie nur für den Familienbedarf, aber ich kann sie fragen, ob sie noch eine Portion nachlegt", erwiderte Julius lachend, goss den Tee auf und legte sein Handy neben die Tassen. Der frische Duft des Tees waberte durch den Raum und entspannt lehnte ich mich zurück. So musste ein perfekter Tag sein; ein gemütliches Frühstück, ein Spaziergang mit Julius, ein wärmender Tee und ein paar Kekse dazu. Das Glück prickelte auf meiner Haut.

„Scheiße."

Obwohl Julius nur geflüstert hatte, schreckte ich auf. Er lehnte an der Arbeitsplatte, das Handy in der zitternden Hand, die Augen schreckgeweitet. Sämtliche Farbe war aus seinem Gesicht gewichen.

„Was ist los?"

Julius rang nach Luft, schloss die Augen, öffnete sie wieder und taumelte beinah zu seinem Bett, wo er auf die Bettkante sank und stumm auf das Handydisplay sah. Beunruhigt stand ich auf und setzte mich neben ihn. Sein Atem ging flach, sein Brustkorb hob und senkte sich rasch.

„Julius?"

Ohne mich anzusehen, reichte er mir das Handy. Eine Nachricht war geöffnet, darunter ein Foto. Ich las den Text – und fiel. Der Boden unter mir verschwand, das Zimmer verlor die Konturen, wurde seltsam unscharf, während ich abwärts raste wie in einem nicht enden wollenden freien Fall. Ich suchte nach Halt, doch außer dem Handy war da nichts. Das musste ein Fehler sein, es war unmöglich, so lang zu fallen, irgendwo musste der Boden kommen, auf dem ich, egal wie schmerzhaft, aufprallen würde. Schweiß bildete sich auf meinem Körper und eiskalte Schauer jagten mir über den Rücken. Ich umklammerte das Handy, sah auf das noch immer leuchtende Display. Aus den schwarzen Linien formten sich Buchstaben. Das Bild, der Text wurden wieder klarer. Meine Augen folgten den Wörtern wie von allein.

Lieber Julius, ich hätte es dir gern persönlich gesagt. Aber da du meine Anrufe ignorierst, sehe ich keine andere Möglichkeit als dir diese Nachricht zu schicken. Amrei.

Das Bild darunter knallte mir wie ein Brett vor den Kopf. Der freie Fall stoppte abrupt und zwischen dem Flimmern vor meinen Augen erkannte ich nur zu deutlich das Foto des Schwangerschaftstests mit den zwei blauen Streifen. Das Flimmern ließ nach, das Foto verschwand leider nicht. Es musste ein Traum sein, einer von der ganz bösen Sorte.

„Ich kann das nicht glauben." Julius' Stimme drang wie von fern an mein Ohr. Ich zwang mich, den Blick von dem Foto und Amreis Nachricht abzuwenden, sah zu Julius, der regungslos neben mir saß und in die Luft starrte. Auch ihm stand Schweiß auf der Stirn, die Haut darunter schimmerte beinahe wächsern.

„Das kann nicht sein.“

Wie gern hätte ich an diesen Satz geglaubt. Das Bild sprach jedoch eine andere Sprache. Wie schon vor ein paar Tagen tauchte Amreis Gesicht wieder in meinen Gedanken auf, ihre Lippen formten sich zu einem kalten Lächeln und der Satz echote in meinem Kopf. *Herzchen, es ist nicht bei einem Kuss geblieben.*

Nein, offensichtlich nicht. War es Wunschdenken von Julius gewesen, dass es nicht mehr als einen Kuss gegeben hatte? Hatte er die Nacht in München so sehr verdrängt, weil es für ihn nicht wahr sein durfte? Ich wollte ihm glauben, ich vertraute ihm, aber es konnte nur eine Wahrheit geben. Es machte mich rasend, dass ausgerechnet Amrei das glaubwürdigere Argument hatte.

„Julius, bitte sag mir, was vor ein paar Wochen passiert ist.“ Es musste irgendetwas geben, das das Bild von Amrei widerlegte und dafürsprach, dass Julius mich nicht angelogen hatte.

Ein Zittern ging durch seinen Körper, als Julius die Ellbogen auf die Knie stützte und den Kopf in den Händen vergrub.

„Das habe ich schon. Wir haben getrunken, ich habe sie zu ihrem Apartment begleitet, wir haben uns geküsst und …“

Ich hielt die Luft an. Was und? Julius schwieg, atmete nur gepresst ein und aus und krallte die Hände ins Haar. Mein Puls dröhnte in meinen Ohren, als ob dazwischen nur Leere wäre. Schließlich ließ Julius die Hände sinken und schüttelte den Kopf.

„Ich weiß es nicht“, krächzte er. „Da ist alles schwarz. Ich bin neben ihr aufgewacht, aber alles andere ist weg.“

Das war nicht die Antwort, auf die ich gehofft hatte. Wobei es mich nicht wundern durfte. So betrunken wie Julius in den Tagen danach gewesen war, war es erstaunlich, dass er sich überhaupt noch an etwas erinnerte. Ich konnte ein Seufzen nicht zurückhalten. Wir waren doch gerade erst wieder auf dem Weg zueinander, tasteten uns an die Geborgenheit und das Vertrauen heran, das zwischen uns geherrscht hatte. Wie konnte es denn sein, dass sich nun schon wieder Amrei zwischen uns schob? Aufdringlicher und unerbittlicher als zuvor.

„Es kann also wer weiß was in der Nacht passiert sein.“

„Ja … nein … Aber warum hätte ich denn mit ihr … Das hätte ich doch gemerkt! Wir beide haben schließlich auch noch nicht …“

Ich grub meine Finger in die Matratze und biss die Zähne zusammen. Nein, Julius und ich hatten noch nicht miteinander geschlafen. In seiner vorsichtigen Art, mich zu berühren, und seiner Unsicherheit zu Beginn unserer Beziehung hatte ich deutlich gespürt, dass er noch nicht so weit war. Wir hatten gemeinsam eine Ebene gefunden, einander nahe zu sein, und obwohl ich Lust gehabt hätte, war mir Sex dadurch weniger wichtig geworden. Ich brauchte nicht mehr, um ihn zu lieben, um mich von ihm geliebt zu fühlen. Es war gut gewesen, wie es war. Bis zu Amreis Erscheinen. Konnte es denn sein, dass Julius sich durch Alkohol derart selbst vergessen hatte?

Unwillkürlich schob sich ein anderer Gedanke in den Vordergrund. Zuerst noch diffus, ich brauchte eine Weile, bis ich ihn fassen konnte. Es überraschte mich selbst, aber ich wurde ihn nicht mehr los.

Wie ging es Amrei? Sie war mir beim Ball sehr zielstrebig vorgekommen, eine Schwangerschaft während des Studiums passte sicher nicht in ihr Konzept. Auch das Verschicken eines solchen Bildes entsprach nicht der Art, wie ich sie kennengelernt hatte. Selbstbewusst, extrovertiert. Sie musste in der Tat verzweifelt sein, dass Julius sie ignorierte. Mir zuliebe.

„Julius, wenn Amrei wirklich von dir schwanger ist, lass sie bitte nicht hängen."

Er sah mich an, seine Augen wie dunkle Höhlen der Angst und Verzweiflung. „Was? Aber …"

„Es ist, wie es ist. Das Kind kann nichts dafür."

Ich legte sein Handy, das ich noch immer in der Hand hielt, auf die Bettdecke und stand auf.

„Ruf sie an."

Julius tastete langsam nach dem Smartphone und legte seine Hand darauf, ohne es zu sich zu ziehen. Ich nahm meinen Mantel vom Haken an der Zimmertür. Auf der Anrichte standen noch immer die beiden Teetassen. Das Wasser war längst kalt und der Geruch verflogen. Ich zog den Mantel über und schloss die Tür hinter mir. Im letzten Moment sah ich noch, wie Julius das Handy nahm, und während ich das Foyer des Wohnheims durchquerte und die Tür nach draußen öffnete, spürte ich, wie mein Herz zerbrach.

9.
Kapitel

***H**ätte Leonie nicht wild an meine Tür geklopft* und mich geweckt, wäre ich an diesem Morgen sicher zu spät zur Uni gekommen. Letztlich war es allerdings egal.

Nachdem ich stundenlang wachgelegen und die Decke angestarrt hatte, war ich in einen unruhigen Schlaf gefallen. Jetzt fühlte ich mich, als wäre ich vom Trecker überrollt worden. Was unsere Juniorprofessorin erzählte, rauschte an mir vorbei und ertrank in meinen Gedanken an den gestrigen Nachmittag. Die Nachricht von Amrei, Julius' Erinnerungslücke, das Foto. Amrei war schwanger. Die Tatsache lag mir so schwer im Magen, als ob man mir selbst einen Embryo eingepflanzt hätte. Unwillkürlich flogen meine Hände zum Bauch. Natürlich war da nichts. Nicht die leiseste ungewöhnliche Wölbung unter dem Pullover. Woher auch? Familienplanung war bislang nie Thema gewesen, weder mit Julius, geschweige denn mit Uli. Im Gegensatz zu meinem Exfreund traute ich es Julius hingegen zu, ein guter und verantwortungsvoller Vater zu sein.

Vater. Wie seltsam das klang. Freund, Student, Kardiologe, Pianist – alles Worte, die ich im Zusammenhang mit Julius bis gestern benutzt hätte. Jetzt musste ich wohl ein weiteres Attribut hinzufügen. Ein Bild von Julius mit Baby auf dem Arm schlich sich in meine Gedanken und versetzte mir einen Stich. Selbst wenn Julius und ich noch keine Pläne für eine eigene Familie gefasst hatten, es fühlte sich falsch an, dass dieses Kind nicht meins sein würde. Wenn es überhaupt … Würde Amrei das Kind bekommen wollen? Was, wenn ja? Was, wenn nicht?

„Lene? Kommst du?“

Ich fuhr zusammen. Neben mir stand Leonie, die Tasche bereits geschultert, und sah mich verwundert an.

„Was ist los?“

Sie lachte. „Das Seminar ist vorbei. Alle anderen sind schon längst draußen.“

Ich sah mich um. Wann waren meine Kommilitonen gegangen? Hastig packte ich meinen Block und die Seminarlektüre zusammen und stopfte sie in die Tasche.

„Wo bist du nur mit deinen Gedanken?“

Schlechtes Gewissen plagte mich, als ich Leonie die Antwort schuldig blieb und sie nur mit einer abwehrenden Handbewegung abspeiste. Sie schien es mir nicht krummzunehmen und begleitete mich fröhlich plappernd zum nächsten Seminar. Zwar bekam ich inhaltlich nicht viel mit, aber ich war froh, dass sie nicht näher nachforschte, was mich umtrieb.

Wilma hingegen war hartnäckiger. Sie verschränkte die Arme vor der Brust und pustete energisch eine Locke aus der Stirn, als sie mir abends in der WG-Küche gegenübersaß.

„Dir ist schon klar, dass man aus einem Teebeutel nicht den Teesatz lesen kann?“

„Was?“

Wilma beugte sich vor und legte eine Hand an meine Teetasse. „Der Tee ist mittlerweile kalt. Hast du noch vor, den zu trinken? Oder ist das ein Experiment, wie schnell Tee im Winter verdunstet?“

Genervt zog ich die Tasse näher zu mir. Will meinte es nur gut, indem sie versuchte, mich mit blöden Sprüchen aus der Reserve zu locken, aber heute konnte ich einfach nicht darüber lachen.

„Nee“, sagte ich und trank. Leider schmeckte kalter, zu lang gezogener Pfefferminztee furchtbar.

„Was beschäftigt dich?“

„Nichts.“

„Für nichts sitzt du ganz schön lange hier herum und brütest.“

Ich zwang mich zu einem weiteren Schluck Tee, der allerdings noch bitterer schmeckte als der erste. Angewidert stellte ich die Tasse wieder ab.

„Oh Will, lass mich doch. Musst du nicht lernen?"

„Doch, aber mich beschäftigt dein Nichts", erwiderte sie, mich mit ihrem Blick durchbohrend.

Kopfschüttelnd stand ich auf und goss den Tee in die Spüle. „Vergiss es", seufzte ich und ließ meine beste Freundin allein in der Küche zurück.

In meinem Zimmer sah ich zuerst auf mein Handy. Keine Nachricht von Julius. Würde er anrufen? So wie sonst jeden Abend? Sollte ich vielleicht anrufen? Es war noch früh, ob er an seinen Unisachen saß? Beinahe hätte ich über mich selbst gelacht. Ob Julius sich heute besser konzentrieren konnte als ich? Amreis Nachricht hatte ihn doch völlig aus der Fassung gebracht. Ich wählte seine Nummer, musste wissen, wie es ihm geht. Nach dem fünften Klingeln sprang die Mailbox an. Ich legte auf. Der bittere Nachgeschmack des Tees lag noch immer auf meiner Zunge und drückte mir auf den Magen, vermischte sich mit der Angst, die in mir aufstieg. Das letzte Mal, als Julius nicht ans Telefon gegangen war, hatte er betrunken in seinem Zimmer gelegen. War es jetzt wohl wieder so weit? Hatte er seine Gefühle im Alkohol ertränkt?

Nein, er hatte es mir versprochen. Es war ein Ausrutscher gewesen!

So wie der Kuss mit Amrei? Bei dem es nicht geblieben war?

Tränen schossen mir in die Augen; Kehle, Brust und Bauch krampften sich schmerzhaft zusammen. Ich ballte die Fäuste, um den Druck auszugleichen.

Er hat es versprochen. Ich muss ihm vertrauen!

Für einen kurzen Augenblick überlegte ich, direkt mit Leo und Will in die Mensa zu gehen, statt auf dem Vorplatz auf Julius zu warten.

Du könntest es dir leicht machen, flüsterte die altbekannte Stimme in meinem Kopf. Aber in diesem Fall, das spürte ich ganz deutlich, irrte sie. Es war nicht einfach zu gehen, Julius allein zu lassen. Meine Gefühle für ihn zu verleugnen. Auch wenn es wehtat, dass zwischen ihm und Amrei offenbar doch mehr gewesen war; ich wollte ihn nicht verlieren. Ich konnte nicht gehen, ohne wenigstens mit ihm gesprochen zu haben. Ich wollte nicht gehen. War das naiv? Selbstverleugnung? Teilte Julius meine Ansicht?

Ein kalter Wind blies über den Platz. Wo blieb Julius nur? Sollte ich doch schon reingehen? Das Curry mit Süßkartoffeln, das auf der Tafel angepriesen wurde, wäre genau das Richtige, um wieder warm zu werden. Ich trat von einem

Bein auf das andere und schob mich noch ein Stück in den Windschatten des Eingangs zurück. Die Kirchturmuhr schlug zur Viertelstunde, als Julius endlich auf die Mensa zukam. Aufrecht und zügig wie immer, aber mit gesenktem Blick, weniger zielstrebig. Er sah nicht einmal in meine Richtung. Ich trat aus dem Schatten auf ihn zu.

„Hej."

Er zuckte zusammen, sah mich überrascht an. „Hallo Malene."

Keine Umarmung, kein Kuss. Stattdessen sah er an mir vorbei und zupfte an dem Träger seines Rucksacks. „Hast du auf mich gewartet?"

„Natürlich. Sollte ich nicht?"

„Doch, danke. Lieb von dir."

Mechanisch ging er auf die Tür zu und hielt sie mir auf. Er schwieg, während wir die Treppe hinaufliefen und uns an der Ausgabe anstellten. Ich sah mich zu ihm um, doch er schaute immer in eine andere Richtung. Als eine Mitarbeiterin mir eine Portion Curry auf den Teller klatschte, gab ich auf. Es war kein Zufall, Julius wich meinem Blick aus. Ich entdeckte Wilma und Leonie an einem Tisch und wollte schon auf sie zusteuern, vielleicht würde Julius in ihrer Gegenwart etwas auftauen. Aber ihr Tisch war vollbesetzt.

„Wie geht es dir?", fragte ich, als wir uns auf zwei freie Plätze setzten und weder Julius noch ich zu essen begannen. Nahrungsaufnahme war so nebensächlich.

Er faltete die Hände vor dem Tablett und stützte das Jochbein auf die rechte Schulter, wodurch er mich nicht ansehen konnte.

„Geht."

War die Frage verfrüht? Konnte ich erwarten, dass er sich nach dieser Nachricht so rasch über seine Gefühle klar war und diese auch kommunizierte? Vielleicht konnte er mit Fakten derzeit besser umgehen.

„Hast du mit Amrei gesprochen?"

Er nickte, ohne dabei den Kopf zu heben. Sein Schweigen breitete sich aus und schaltete auch die Stimmen um uns herum für meine Wahrnehmung aus. Julius und ich in einem Tunnel aus Schweigen. Sollte das nun so bleiben? Hatte Amreis Schwangerschaft ihn verstummen lassen?

Meine Kehle brannte und ich wusste mir nicht anders zu helfen, als meine Hand nach seiner auszustrecken, um in dieser Stille den Halt nicht zu verlieren.

Endlich sah er mich an, wenn auch nur für den Bruchteil einer Sekunde, ehe er die Lider wieder senkte.

„Sie hat den Test am Freitag gemacht. Morgen hat sie einen Termin bei ihrer Ärztin."

„Und du?"

Julius schob die Gabel in sein Curry und ließ sie auf dem Tellerrand liegen. „Sie geht allein. Sie will sich hinterher melden."

Ich zog meine Hand wieder zurück, rieb Daumen und Zeigefinger aneinander und nickte langsam. Wozu, wusste ich selbst nicht, und ich hörte auf, als es mir auffiel.

„Werdet ihr euch treffen?"

„Vermutlich." Julius bewegte die Gabel einen Zentimeter auf dem Teller nach oben und wieder zurück, wobei er mich nach wie vor nicht ansah. War er sauer? Glaubte er, ich sei eifersüchtig? War ich eifersüchtig?

Wenn ich ehrlich war, ja, ich war nicht begeistert darüber, wie sich die Situation gestaltete. Aber ich stand nach wie vor zu dem, was ich am Sonntag gesagt hatte. Julius sollte Amrei nicht hängen lassen.

„Das ist okay für mich, wirklich", sagte ich. „Es ist wichtig für euch."

„Vielleicht."

Ohne etwas gegessen zu haben, legte er die Gabel neben dem Teller ab und stand auf. Ich nahm ebenfalls mein Tablett und folgte ihm zur Geschirrrückgabe, meine Mahlzeit unangetastet. Ich war überhaupt nicht hungrig gewesen, sondern war nur zur Mensa gegangen, weil ich es gewohnt war. Ein Hauch von Normalität in dem Chaos.

Draußen schlug mir der kalte Wind unbarmherzig ins Gesicht und ich erinnerte mich an den zweiten Grund, warum ich mir etwas zu essen bestellt hatte. Aber die Wärme, nach der ich mich sehnte, hätte das Curry mir nicht geben können. Julius stand mit gesenktem Kopf neben mir und schwieg. Nur ungefähr dreißig Zentimeter trennten uns, es hätten auch Welten sein können. Ich wollte in seine Augen sehen, in die dunkelbraune leuchtende Wärme, die mir sagte, dass alles gut werden würde. Dass ich geborgen war. Aber Julius hielt den Blick abgewandt, und selbst wenn nicht: Das, was ich suchte, war dort nicht zu finden. Diese Vermutung trieb einen weiteren Keil in die Stelle, an der mein Herz am Sonntag zerbrochen war.

„Ich muss." Ein Ruck ging durch seinen Körper.

„Warte."

Kurz sah er mich aus müden Augen an, als ich ihn am Handgelenk festhielt. Keine Wärme, kein Leuchten … kein Leben. Wie war er überhaupt hierhergekommen? Bekam Julius auch nur irgendetwas von dem mit, was um ihn herum passierte?

Ich strich mit dem Daumen über seinen Handrücken,

„Julius … Das ist alles gerade neu und ich wünschte, ich hätte einen Plan, was jetzt zu tun ist. Aber den hab ich nicht."

Seine Lider flackerten.

„Wenn du es möchtest, bin ich noch immer für dich da. Du musst nicht allein da durch."

Eine Art Lächeln huschte über sein Gesicht. Er nickte und löste seine Hand aus meiner. „Danke."

Nicht mehr. Zu leise und zu kurz, um den Tonfall zu deuten. Kaum hatte er die Silben geformt, waren sie schon verflogen und Julius drehte sich auf dem Absatz um und ging davon. Ich blieb zurück mit jenem uneindeutigen *Danke* und einer Kälte, gegen die anzukämpfen mir die Kraft fehlte.

Die Stille zwischen Julius und mir dehnte sich aus und ergriff auch von der WG Besitz. Ich hielt mich hauptsächlich in meinem Zimmer auf und achtete darauf, nur dann in die Küche oder den Flur zu gehen, wenn ich allein war. Als ich mich am nächsten Tag auf den Weg zur Arbeit machen wollte, trat mir jedoch Wilma in den Weg. Mit vor der Brust verschränkten Armen sah sie zu, wie ich mir die Schuhe zuband.

„Was macht dein Nichts?"

Irritiert sah ich zu ihr auf. „Was?"

„Du igelst dich seit drei Tagen in deinem Zimmer ein. Fällt mir irgendwie schwer zu glauben, dass da wirklich nichts dahintersteckt."

Ich zuckte mit den Schultern und widmete mich dem Schnürsenkel des zweiten Schuhs. Wilma konnte ich nichts vormachen, sie würde sofort durchschauen, dass es ein Ablenkungsmanöver war. Aber ich wusste nicht, wie ich ihr von Julius erzählen sollte, jetzt, zwanzig Minuten vor Dienstbeginn schon einmal gar nicht. Wenn ich ihr jetzt sagte, was passiert war, würde ich nur heulen müssen. Also biss ich die Zähne zusammen, wickelte mir den Schal um den Hals und griff nach meinem Schlüssel.

„Mach dir keine Sorgen. Ich komm klar."

„Kommst du nur klar oder geht es dir auch gut?“

Die Tränen schossen mir so plötzlich in die Augen, dass ich schnell die Tür hinter mir zuzog und über die Treppen hinunter in den Hof eilte. Ich hätte mich Wilma anvertrauen sollen. Warum hatte ich es nicht längst getan?

Nachdem ich den ganzen Weg über kräftig geschluckt und tief durchgeatmet hatte, waren die Tränen zum Glück versiegt, als ich im *Ring* ankam, und dank verschiedener Weihnachtstreffen von Fachschaften hatten Jessy und ich auch gut zu tun. Friedhelm bot seit Beginn der Adventszeit seinen selbstkreierten Punsch an, dessen Duft nach Zimt, Nelken und Apfel mich benebelte, während ich ihn literweise an die Gäste verteilte.

Ich atmete auf, als ich nach Dienstschluss in die kalte Dezemberluft hinaustrat. Jessy folgte mir auf den Hof und sah sich um.

„Wo ist denn Julius? Er holt dich doch sonst immer ab.“

Bämm! In den letzten drei Stunden hatte mich die Arbeit gut von meinen Sorgen abgelenkt. Jessys harmlose Frage holte sie mit einem Schlag zurück. Julius war nicht hier. Er war nicht gekommen. Seine Begleitung war in den letzten Wochen und Monaten so selbstverständlich für mich geworden, dass ich gar nicht auf die Idee gekommen war, es könnte sich etwas daran ändern. Aber es hatte sich geändert. Alles hatte sich geändert.

„Heute wohl nicht“, brachte ich mühsam hervor und beugte mich hastig über mein Fahrrad. Meine zitternde Stimme konnte ich jedoch nicht verbergen.

„Oh, schlechtes Thema? Tut mir leid.“

Ich richtete mich seufzend auf und wischte mir mit dem Handschuh übers Gesicht. Die raue Wolle kratzte an meiner Haut.

„Schon okay, du kannst ja nichts dafür.“

„Kann ich dir etwas Gutes tun?“

Ich schüttelte den Kopf. „Danke, das ist lieb …“ Der Rest dessen, was ich noch hatte sagen wollen, ging in dem Schmerz unter, der durch meine Brust und meinen Hals schoss.

Jessy legte ihre Hand auf meine. „Du kannst dich jederzeit melden. Auch wenn du eine Pause brauchst und nicht arbeiten kannst, sag einfach Bescheid.“

„Danke“, krächzte ich. Daran, dass ich Jessys Angebot in Anspruch nehmen müsste, wollte ich lieber nicht denken. Julius und ich mussten das hinkriegen. Wahrscheinlich gab es einen ganz einfachen Grund, warum er heute Abend nicht gekommen war. Das versuchte ich mir während der Fahrt zur WG jedenfalls einzureden. Als ich im Hof ankam und auf mein Handy sah, wusste ich, dass ich mir etwas vormachte. Julius hätte geschrieben und abgesagt, wenn ihm etwas dazwischengekommen wäre. Auf meinem Display herrschte in puncto Nachrichten allerdings gähnende Leere. Mutlos schleppte ich mich die Treppen hoch, zog die Schuhe aus und steuerte direkt auf mein Zimmer zu.

„Na, wieder zurück?"

Ich machte einen Satz. Aus der Dunkelheit der Küche trat Wilma in den Flur.

„Hast du auf mich gewartet?"

„Sieht so aus. Ich wollte nur wissen, ob du okay bist."

Langsam gewöhnten meine Augen sich an das Dunkel und ich konnte ihre Konturen erkennen, kurz darauf spürte ich ihre Hand an meiner. Ihre sanfte Stimme streifte mich wie schon so viele Male zuvor, bis die dünne Mauer, die ich zu bauen versucht hatte, in sich zusammenstürzte. Ich war nicht okay.

Wilma zog mich in ihre Arme und ich ließ den Tränen freien Lauf, bis keine mehr übrig waren.

Obwohl ich damit gerechnet hatte, traf es mich, als Julius mich am Donnerstag vor der Mensa wieder nur einsilbig begrüßte und mich weder umarmte, noch küsste. Seine Augen waren dunkler als sonst, die Haut bleich. Er sah aus, als hätte er seit wenigstens zwei Tagen nicht mehr geschlafen. Es war nur ein schwacher Trost, dass er zumindest nicht getrunken zu haben schien. Am liebsten hätte ich ihn geschüttelt, um ihn aus seiner Lethargie zu wecken, ihn in den Arm genommen und versprochen, dass alles gut werden würde. Stattdessen saß ich ihm gegenüber und beobachtete den Studenten, der äußerlich irgendwie Ähnlichkeit mit Julius hatte, an dem sonst aber kaum noch etwas an ihn erinnerte.

Wo war er nur? Wie viel Zeit musste ich ihm geben? Was konnte ich ihm geben?

Ich streckte meine Hand nach seiner aus. Er zuckte so heftig zusammen, als habe er einen Stromschlag bekommen, und ich zog meine Hand hastig wieder zurück.

„Entschuldige."

„Schon gut. Tut mir leid."

Was genau ihm leidtat, war mir nicht klar. Meine Kehle brannte. Schon wieder diese verdammten Tränen! Ich dachte, ich hätte sie alle in der vergangenen

Nacht an Wilmas Schulter vergossen. Sie hatten ihren Pullover getränkt und ich war dankbar dafür, dass meine beste Freundin dagewesen war. Aber im Grunde waren die Tränen für Julius bestimmt. Nicht, weil ich ihn quälen wollte, sondern weil es mich quälte, zu sehen, wie er sich zurückzog. Er fehlte mir.

„Ich weiß", erwiderte er leise.

Offenbar hatte ich meinen letzten Gedanken laut formuliert. Für den Bruchteil einer Sekunde sah er mich an und nahm meine Hand, doch noch ehe in mir die Hoffnung auf Nähe keimen konnte, schüttelte er stumm den Kopf und versank wieder in der Unnahbarkeit.

Wie schon in den vergangenen Tagen rief er an diesem Abend nicht an und beantwortete meine Nachricht nur einsilbig. Auch am nächsten Tag holte er mich nicht vom *Ring* ab. Fast eine Woche war seit Amreis Hiobsbotschaft vergangen. Die Sätze, die Julius und ich in dieser Zeit ausgetauscht hatten, konnte ich an einer Hand abzählen, wohingegen die innere Kälte kein Limit mehr zu kennen schien. Auf dem Rückweg nach der Schicht hatte es geregnet und ich fror trotz meiner dicken Wollsocken erbärmlich, als ich hundemüde im Bett lag und dennoch keinen Schlaf finden konnte.

Julius ließ sich nicht aus meinen Gedanken verdrängen. Das wollte ich auch gar nicht, wenn die Gedanken nur nicht so schwer gewesen wären und mir immer neue Tränen in die Augen getrieben hätten. Wie schwer es Julius fiel, über seine Gefühle zu sprechen, wusste ich mittlerweile. Ich hätte damit leben können und wollte ihm gern die Zeit geben, die er brauchte. Als es um Jakob gegangen war, hatte ich immerhin noch eine Spur von Julius' Selbst erkennen können. Er hatte mich angesehen. Nach Rikas Zusammenbruch war es ihm wichtig gewesen, mit mir darüber zu sprechen. Jetzt war ich mir dessen nicht mehr sicher. Ich wusste nicht einmal, ob er wollte, dass ich für ihn da war. Sein Schweigen war schwer, aber nicht unmöglich zu ertragen. Aber das völlige Abkapseln und in sich Versinken raubte mir die Luft. Ich brauchte ihn. Ein Lächeln, eine Berührung – irgendein Zeichen, dass er mich wahrnahm.

War das egoistisch? Konnte ich Aufmerksamkeit einfordern, wenn sich sein Leben gerade um hundertachtzig Grad gedreht hatte? Liebeskummer würde vergehen. Aber das Kind, Amreis und seins, würde bleiben.

Mir schoss die Erinnerung an jenen Tag vor der Bibliothek in den Kopf, als Julius mir von Rikas Herzstillstand erzählt hatte. Ihr Schicksal werte meine Gefühle nicht ab, hatte er mir gesagt. Sah er das immer noch so?

Tausendmal hatte ich diese Frage in der Nacht zu beantworten versucht und auch am nächsten Morgen lenkte sie mich von meinem späten Frühstück ab, ohne dass ich der Lösung näherkam. Das heißt, im Grunde war mir klar, was zu tun war.

Doch allein der Gedanke daran trieb mir kalten Schweiß auf die Stirn. Ich wollte Julius nicht unter Druck setzen, aber wenn ich nicht durchdrehen wollte, brauchte ich klare Verhältnisse. Dafür mussten wir miteinander reden.

Hast du Zeit? Ich würde dich gern sehen, textete ich und drückte auf Senden, ehe ich es mir anders überlegen konnte. Erstaunlicherweise ließ seine Antwort nicht lange auf sich warten, wenn auch der Inhalt alles andere als ermutigend war.

Ja. Ich bin zuhause.

Wollte er mich auch sehen, freute er sich? Oder war es ihm egal? Noch vor einer Woche hätte Julius eher überhaupt nicht geschrieben als so eine nichtssagende Nachricht zu schicken. Ärger stieg in mir auf und bahnte sich in scharfen Atemzügen seinen Weg an die Oberfläche. Ärger über Julius, dass er nicht in der Lage war zu reden. Ärger über Amrei, dass sie sich zwischen uns gedrängt hatte. Ärger über mich selbst, dass ich Julius auch noch gebeten hatte, sie nicht hängenzulassen.

Trotz Tannenduft, Tee und Kerzenschein hielt ich es in der Küche nicht mehr aus. Ich brauchte frische Luft. Warum das Gespräch mit Julius noch lange aufschieben? Es würde heute keinen besseren Zeitpunkt mehr geben.

Kaum hatte ich geklingelt, öffnete Julius die Tür. Hoffnung regte sich in mir. Hatte er mich erwartet? Eilig durchquerte ich den Flur und stieg die Treppe in den ersten Stock hinauf. Julius versteifte sich, als ich ihn umarmte, und wich meinem Begrüßungskuss aus. Meine Hoffnung zersplitterte und ich trat unwillkürlich einen Schritt zurück. Er sah müde und abgeschlagen aus. Der Hemdkragen, der sonst immer ordentlich über dem Pullover lag, saß etwas schief.

„Hallo."

Er nannte mich nicht beim Namen wie sonst. Ein weiterer Teil dessen, was uns verband, brach weg.

„Wie geht es dir?"

Angesichts der ausgebliebenen Begrüßung und seiner Haltung hätte ich mir die Frage auch sparen können, aber ich brauchte sie als Einstieg, und völlig hatte ich die Hoffnung noch nicht aufgegeben, dass er doch seine Gefühle mit mir teilen würde.

„Passt schon."

Er ließ mich eintreten, wandte sich zur Küchenzeile um und griff nach einer der Schranktüren.

„Magst du einen Tee?"

„Danke." Ich schüttelte den Kopf. Es reichte, dass wir über Amrei sprechen mussten. Ich musste die Erinnerungen an das vergangene Wochenende nicht auch noch durch den Geruch von Kräutertee verstärken. Vermutlich würde ich nie diesen Tee trinken können, ohne an Amrei denken zu müssen.

Nun saßen wir uns gegenüber, Julius auf seinem Schreibtischstuhl, ich auf seinem Klavierhocker, und sahen uns schweigend an. Das heißt, ich sah ihn an, er hatte den Kopf gesenkt und schob mit der rechten Hand den linken Pulloverärmel übers Handgelenk und wieder zurück.

Ich schwitzte. Hatte Julius es immer schon so warm im Zimmer gehabt? Unser Schweigen materialisierte sich beinahe als glasige Mauer zwischen uns. Ein leises Brummen klang in meinen Ohren. Seine Finger fuhren unablässig über sein Handgelenk. Ich streckte die Hand aus und hielt ihn sanft fest.

„Bitte, Julius, du machst mich ganz nervös." Nicht, dass ich das nicht ohnehin schon war. Er hob den Blick.

„Entschuldige." Seine Pupillen waren geweitet, starrten auf einen Punkt hinter mir. Unwillkürlich sah ich mich um. Natürlich war da nichts, was diesen angsterfüllten Blick begründet hätte. Obwohl ich eben noch geschwitzt hatte, rann mir nun ein kalter Schauer über den Rücken. Seine Angst raubte mir die Luft.

Ich schloss die Augen, während meine Fingerspitzen weiter auf seinem Handrücken ruhten, und lenkte meine Konzentration auf mein Zwerchfell. Heben, senken. Einatmen, ausatmen. Als ich mir halbwegs sicher war, dass mir nicht schwindelig werden würde, öffnete ich langsam wieder die Augen.

„Julius, ich mach mir Sorgen", sagte ich endlich. „Seit Amreis Nachricht hast du dich total zurückgezogen."

Er löste meine Finger vom Handgelenk, sodass meine Hand herunterrutschte, und vergrub die Fäuste zwischen seinen Knien.

„Es ist alles neu für mich", flüsterte er, ohne mich anzusehen.

„Ich weiß, das verstehe ich auch. Aber es macht mich fertig, dass du dich überhaupt nicht mitteilst. Ich habe keine Ahnung, was in dir vorgeht."

„Was möchtest du wissen? Dass ich mit Amrei gesprochen habe? Dass sie das Kind bekommen wird und ich im nächsten Semester Vater werde?"

Seine Stimme schmirgelte dunkel durch die Luft. Ich klemmte die Daumen zwischen Zeige- und Mittelfinger, bis ich den Druck nicht mehr aufrechthalten konnte. Den Druck, den ich gebraucht hatte, um nicht loszuheulen. Konnte Julius mich nicht verstehen oder wollte er es nicht?

„Es geht mir nicht um einzelne Informationen, Julius. Mich interessiert, wie es dir geht. Ich wäre gern weiterhin an deiner Seite."

„Bist du doch."

„Ich bin hier, das stimmt. Aber du fehlst, und du gibst mir kein Zeichen, ob du überhaupt Wert darauf legst, dass ich Anteil an deinem Leben habe."

Ein Seufzen entfuhr ihm, wobei sich seine Schultern hoben, um dann einige Zentimeter weit hinab zu sinken.

„Ich packe das nicht", sagte er schließlich, die Hände zwischen den Knien gefaltet. „Amrei, das Kind … du … Ich kann das nicht mehr."

Er hob den Kopf und sah mich mit flackernden Augen an. „Ich glaube, es ist besser, wenn wir uns vorerst nicht mehr sehen."

10.
Kapitel

Es ist besser, wenn wir uns vorerst nicht mehr sehen. Sobald ich am nächsten Morgen die Augen aufschlug, war dies der erste Satz, der mir einfiel. Er tat noch genauso weh wie am Tag zuvor. Und auch mit einigen Stunden Abstand war ich genauso ratlos. Schon gestern hatte ich Julius gefragt, wie er das meinte. Aber er hatte mich nur erschöpft und verzweifelt angesehen und wiederholt, dass er das alles nicht mehr aushielte.

Obwohl ich das Fenster noch nicht geöffnet hatte, fröstelte ich und zog meine Bettdecke enger um mich. Hatte Julius Schluss gemacht? Nein, das hätte er anders formuliert. Wir sollten uns *vorerst* nicht mehr sehen. Er brauchte eine Pause. Von mir? Und wie lange? Bis das Kind geboren wäre? Wie sollte es dann weitergehen? Er konnte doch nicht glauben, dass wir uns acht Monate nicht sahen und im Sommer dort weitermachten, wo wir jetzt aufgehört hatten. Während Amrei zusah und das Baby plärrte. Ich schlug mit der Faust auf die Bettdecke.

Pis! Ich war zu Julius gefahren, um endlich klare Verhältnisse zu haben. Das, was dabei herausgekommen war, war ein einziger Murks.

„Schaut, nun brennt schon die vierte Kerze", sagte Leonie und hielt sich das Streichholz vors Gesicht, ehe sie es auspustete. Wilma verteilte kleine Päckchen unseres Adventskalenders vor unseren Frühstückstellern und widmete sich mit seligem Lächeln einer extragroßen Tasse Kaffee.

„Bald ist Weihnachten", seufzte sie zufrieden.

Weihnachten. Die Lust auf das Fest der Liebe war mir gehörig vergangen. Ich schluckte, als mir bei dem Gedanken an die Geschenke für Wilma und Leonie auch das Päckchen für Julius einfiel. Der Schal, den ich für ihn gekauft und schon in Geschenkpapier eingewickelt hatte, würde wohl in meinem Schrank liegenbleiben. Unsere Idee, uns nach Silvester wieder hier in Erlangen zu treffen, war ebenfalls obsolet. Er wollte mich nicht sehen. Er hielt es nicht mehr aus.

„Lene, was ist denn los?"

Auf einmal stand Wilma neben mir und schlang ihre Arme um mich. Mir war nicht aufgefallen, dass ich weinte.

„Er will mich nicht mehr sehen", flüsterte ich.

„Bitte, was?" Durch Wilmas Körper ging ein Ruck, während Leonies Messer scheppernd auf die Küchenfliesen fiel.

„Warum das?"

Das Licht der vier Kerzenflammen tanzte vor meinen Augen, bis es schließlich so still in unserer WG-Küche war, dass auch die Flammen sich nicht mehr regten. Ich atmete tief durch, schloss die Augen und erzählte Wilma und Leonie endlich, was seit letzter Woche passiert war. Warum hatte ich nicht längst darüber gesprochen? Es tat so gut, mir alles von der Seele zu reden.

Als ich endete, saßen Leonie und Wilma eng an meinen Seiten und hielten mich im Arm. Sie schwiegen, was hätten sie auch sagen sollen? Ihre Nähe war alles, was ich in diesem Moment brauchte. Der Schmerz über Julius' Worte blieb, aber mit meinen Freundinnen ließ er sich besser aushalten.

Trotzdem war ich froh, als ich zwei Tage später in den Zug stieg und auf dem langen Weg nach Aarhus Erlangen erst einmal hinter mir lassen konnte. Zuhause bei meiner Mutter und meinen Großeltern würde ich über die Feiertage schon genug Ablenkung finden. Obwohl ich vielleicht Erleichterung hätte spüren sollen, dass ich mich mit Julius' Problemen nun nicht mehr befassen musste, ging er mir nicht aus dem Kopf. Die Zweiflerstimme gab sich alle Mühe, Wut in mir zu schüren. *Er zieht Amrei dir vor. Du bist ihm egal,* flüsterte sie immer wieder. Aber ich wusste, dass es anders war, und machte mir eher Sorgen um ihn. Hätte Julius so verzweifelt ausgesehen, wenn er lieber mit Amrei als mit mir zusammen wäre?

Schluss! Es half nichts, mir darüber den Kopf zu zerbrechen. Ich wählte eine Playlist aus, steckte mir die Kopfhörer in die Ohren und lehnte mich in meinem Sitz zurück, während die wintergraue Landschaft Norddeutschlands und Süddänemarks am Zugfenster vorbeizog. Irgendwann döste ich weg und wachte erst wieder kurz vor Aarhus auf.

„Hvad er der i vejen?", fragte meine Mutter besorgt. Sah ich so schrecklich aus, dass sie direkt ein Problem vermutete, oder war das ihr natürlicher Mutterinstinkt? Aber ich hatte keine Lust, wieder über alles zu reden.

„Alles gut", flunkerte ich also. „Ich bin bloß eingeschlafen und noch nicht wieder richtig wach."

Mor sah mich skeptisch an, gab sich aber vorerst mit meiner Antwort zufrieden.

Sören ließ sich allerdings nicht abwimmeln. Er war mit Lara schon am Nachmittag in Dänemark eingetroffen und räkelte sich neben seiner Freundin auf dem Sofa. Ich kniff die Lippen zusammen. So sehr ich meinem Bruder sein Liebesglück gönnte, musste er es so demonstrativ zur Schau stellen? Sören sprang auf, nahm mich zur Begrüßung in den Arm und sah suchend den Flur hinter meiner Mutter und mir ab.

„Kommst du allein? Wo ist Julius?"

„Bei seinen Eltern, nehme ich an." Es war sowieso nicht geplant gewesen, dass Julius mich nach Dänemark begleiten würde. Was dachte mein Bruder eigentlich? Meine Antwort war wohl bissiger geraten, als ich beabsichtigt hatte. Sören verzog das Gesicht.

„Oh, das klingt nach Stress. Was ist los?"

„Nichts mehr, und jetzt halt die Klappe", fauchte ich unwirsch und verzog mich ins Gästezimmer.

Meine Familie warf mir auch den ganzen nächsten Tag über besorgte Blicke zu, und als ich am Spätnachmittag zum ersten Mal ernsthaft in den Spiegel sah, wurde mir klar, warum. Dunkle Ringe zeichneten sich unter meinen Augen ab und meine Haut wirkte blass und leblos. Ich sah so aus, wie ich mich fühlte. Am liebsten hätte ich mich unter der Bettdecke verkrochen. Aber das konnte ich natürlich nicht bringen. Stattdessen rückte ich beim Nachmittagskaffee ganz ans Ende vom Sofa, wohin der Kerzenschein nicht so stark reichte.

Lustlos mümmelte ich an meinem Zimtkuchen und nippte am Tee, während

Lara Sören einen Krümel von den Lippen küsste. Das war ja nicht auszuhalten!

Mormor rückte dicht an mich heran und legte mir ihren Arm um die Schultern. Es hatte sie ganze zwei Minuten gekostet, um herauszufinden, was mit mir los war. Seitdem war sie noch herzlicher zu mir als sonst.

„Ja, nun ist also wieder Weihnachten. Kann dich das nicht aufheitern?"

Ich bemühte mich um ein Lächeln. „Ein bisschen vielleicht", sagte ich ihr zuliebe. „Aber es tut trotzdem weh."

Mormor nickte und zog mich noch etwas enger an sich. „Ich weiß. Vielleicht ist etwas Abstand ganz gut. Komm nach Hause."

Die Tränen kitzelten in der Nasenspitze und ich vergrub sie rasch tief in der Teetasse. Mormor meinte es gut und ich fühlte mich wohl bei meiner Familie. Aber mein Zuhause war nicht nur hier. Ein nicht unwesentlicher Teil Heimat weilte gerade irgendwo in Unterfranken und weigerte sich, mich zu sehen oder gar mit mir zu sprechen.

Dass beim Abendessen ausgerechnet ich die Mandel in meinem Nachtisch fand, machte es nicht besser. Zumal ich es zu spät bemerkte und sie in zwei Teile zerbiss.

„Oh, das wird ein spannendes Jahr", prophezeite Morfar und überreichte mir ein in Folie gewickeltes Marzipanschwein. Ich nahm es entgegen, auch wenn es mir schwerfiel zu glauben, dass das Schweinchen, geschweige denn die zerbrochene Mandel, irgendeine verlässliche Aussage über meine Zukunft treffen konnte.

Die nächsten Tage wurden mir beinahe unerträglich. Als ich mit Sören, Lara und meiner Mutter an der Flusspromenade durch die Innenstadt flanierte, stach nicht nur der kalte Wind in mein Gesicht. Hier hatte ich im Sommer gestanden, als Julius mich angerufen hatte. Die Erinnerung an die Wärme in seiner Stimme und an sein Lachen war noch so präsent. Wann hatte ich es das letzte Mal gehört? Es erschien mir wie eine Ewigkeit. Meine Kehle schnürte sich zu. Ich umklammerte das Brückengeländer und sah auf den Fluss. Hatte Mormor recht? War es das Beste, wenn ich Erlangen und damit Julius hinter mir ließ?

Aber selbst im Gästezimmer meiner Mutter hielt ich es kaum noch aus. Wie viele Abende hatte ich im Sommer hier auf dem Bett gelegen und mit Julius telefoniert?

Ich schloss die Augen, um nicht auf den Kunstdruck sehen zu müssen, der an der Wand hing.

Es klopfte und Lara steckte ihren Kopf durch die Tür.

„Oh, entschuldige, ich wollte dich nicht wecken. Magst du essen kommen?"

Zwar hatte ich keinerlei Appetit, folgte der Freundin meines Bruders aber trotzdem ins Esszimmer, wo Mor schon Kartoffeln, Rote-Beete-Salat und Fisch bereitgestellt hatte.

„Das sieht so gut aus", schwärmte Lara, zog ihr Smartphone hervor und machte ein Foto. Sören trat von hinten an sie heran.

„Nicht so gut wie du."

Das gab mir den Rest. Ich machte auf dem Absatz kehrt und warf mich im Gästezimmer aufs Bett. Mir war klar, dass mein Bruder Lara nicht umgarnte, um mich zu ärgern. Trotzdem tat es so verdammt weh. Ich musste hier weg. Mit tränennassen Händen tastete ich nach meinem Handy und wählte Wilmas Nummer.

„Lene, hi! Ein Glück, dass du anrufst. Ich werde von meiner Tante gemästet!"

Ich musste lachen, obwohl mir noch immer Tränen übers Gesicht liefen. Wilma räusperte sich.

„Lene? Alles okay?"

„Nein. Ich halt das nicht mehr aus. Alles erinnert an ihn."

Wilma verstand sofort. „Komm her. Hier ist juliusfreie Zone. Guck, wann der nächste Zug fährt, ich hol dich ab."

Die gute Will! Ich hätte sie am liebsten jetzt schon gedrückt. Aber das musste noch warten. Stattdessen suchte ich mir direkt eine Verbindung nach Lüneburg und buchte die Tickets. Erst dann setzte ich meine Familie über meine Reisepläne in Kenntnis. Wie erwartet waren sie wenig begeistert.

Wilma war eine der wenigen Personen, die auf dem Bahnsteig standen, sodass ich sie sofort erblickte, als ich nach einer langen Odyssee aus dem Zug stieg. Sie lief mir entgegen und nahm mich fest in den Arm.

„Lene, da bist du ja endlich!", rief sie.

Ich sah sie gequält an. Vermutlich hatte Wilma sich ganz schön die Beine in den Bauch gestanden, während sie auf mich wartete. Mein letzter Zug hatte gut zwanzig Minuten Verspätung gehabt. Ich folgte Wilma auf den Parkplatz, wo sie mir meine Reisetasche abnahm und auf den Rücksitz des Autos warf.

„Ich musste mich erst einmal wieder an Mams Auto gewöhnen, ich bin so lange nicht mehr damit gefahren. Gerade an der Kreuzung habe ich erstmal abgewürgt und natürlich zig Leute hinter mir gehabt, die gleich angefangen haben, wie wild zu hupen“, plapperte sie unbeschwert drauflos.

Ich war unglaublich dankbar darüber, dass sie einfach belanglose Dinge erzählte, als würden wir uns ganz zufällig auf der Straße begegnen und nur ein wenig Smalltalk halten. Wilma schien das instinktiv zu wissen. Sie fragte noch nicht einmal, wie es meiner Familie ging.

„Ich hab von Mam ein neues Paar Chucks zu Weihnachten bekommen.“ Natürlich, wie hätte es anders sein können?

Wir kamen vor einer roten Ampel zum Stehen und Wilma deutete auf ihre Füße. „Wie findest du sie?“

Ich beugte mich zu ihr rüber, konnte jedoch nicht viel erkennen. Wilma hob kurzerhand ihren Fuß hoch und stellte ihn auf ihren Sitz. Leider hatte sie vergessen, dass ihr Fuß das Kupplungspedal hätte halten müssen. Das Auto tat einen kleinen Satz und der Motor erstarb.

„Ah, Will, was tust du?“, schrie ich erschrocken auf, bevor ich Wilma bestätigen konnte, dass die braunen Lederboots ihr wunderbar standen. Die Ampel war bereits auf grün gesprungen und hinter uns setzte ein wahres Hupkonzert ein, denn meiner besten Freundin gelang es nicht, den Wagen wieder so schnell zu starten, wie es den anderen Verkehrsteilnehmern wohl gepasst hätte.

„Oh Mann, ist ja gut“, schimpfte Wilma und drehte wie wild an der Kupplung, um den ersten Gang einzulegen. Während sie noch fluchte, fuhren bereits Autos an uns vorbei.

„Meine Güte. Kaum ist Weihnachten vorbei, vergessen alle wieder ihre Ruhe und Besinnlichkeit und machen einen auf Hektik …“ Sie grummelte vor sich hin und startete endlich das Auto.

Die Doppelhaushälfte von Wilma, ihrem Bruder und ihrer Mutter kannte ich mindestens so gut wie mein Elternhaus. Seit Wilma und ich uns angefreundet hatten, war ich hier regelmäßig ein- und ausgegangen. Im Erdgeschoss hatte Wilmas Mutter sich die Zimmer zu ihrer kleinen gynäkologischen Praxis eingerichtet, der Wohnbereich befand sich im ersten Stock und auf dem ausgebauten Dachboden. Ich ging neben Wilma die Treppe hoch in ihr Zimmer, wo meine Freundin bereits das Gästebett für mich aufgestellt hatte. Auf ihrem eigenen Bett stapelten sich Klamotten, Bücher und sonstiger Kram.

„Sorry, ich bin noch nicht zum Aufräumen gekommen", gab Wilma zerknirscht zu.

Als ob ich das von ihr erwartet hätte. Dafür kannte ich Wilma gut genug, um zu wissen, dass es bei ihr immer chaotisch war.

„Aber dein Fach im Schrank ist frei", beeilte sie sich, hinzuzufügen.

Ich lächelte gerührt. Früher hatte ich bei Wilma ein eigenes Fach in ihrem Kleiderschrank gehabt, wo ich immer ein oder zwei Garnituren Klamotten, inklusive Schlafanzug liegen hatte. Uns fiel damals immer wieder spontan ein, dass ja die eine bei der anderen übernachten könnte. Selbstverständlich konnten wir die zwei Straßen zwischen unseren Häusern auch schnell hinter uns bringen. Aber Wilma war immer schon bequem und dachte praktisch. Natürlich hatte auch sie in meinem Schrank ein Fach mit Kleidung. Auf diese Weise hatte ich immer ein Stück von Wilma in meinem Zimmer gehabt, selbst wenn sie nicht da war. Denn ihr Schrankfach sah selbstredend so aus wie ihr ganzes Zimmer: ein einziges Durcheinander.

„Will, du bist süß", sagte ich, „aber vielleicht räumst du lieber deinen Kram in den Schrank, damit du heute Nacht nicht auf dem Boden schlafen musst."

Wilma sank einige Zentimeter in sich zusammen. „Brauchst du das Fach wirklich nicht? – Ein Glück!"

Sie klaubte ihr Zeug zusammen und stopfte es in den Schrank, wobei ich geflissentlich wegschaute, weil ich sonst vermutlich die Krise bekommen hätte. Immerhin presste Wilma ihre Bücher nicht zwischen das Chaos, sondern stapelte sie auf ihrem Schreibtisch.

„So, das wär' geschafft."

„Was machen wir denn heute Abend?", fragte Wilma, während sie eine leere Schüssel, in der sie den Belag für Pizzabrötchen gemischt hatte, in die Spüle pfefferte. „Magst du einen Film schauen oder willst du lieber sofort schlafen? Oder wir spielen mit Mam ein paar Runden Karten …"

„Weißt du, worauf ich Lust hätte?", fragte ich. „Ich würde gern mal wieder alte *Disney*-Filme sehen."

Wilma sah mich mit einer Mischung aus Belustigung, Misstrauen und Entsetzen an. Vermutlich überlegte sie, ob ich das tatsächlich ernst meinte und ob sie sich deswegen um mich sorgen müsste. Aber dann huschte ein Lächeln über ihr Gesicht.

„*Schneewittchen*?", fragte sie.

Ich schüttelte heftig den Kopf. „Bloß nicht. Und kein *Dornröschen*. Nichts, wo ein Prinz drin vorkommt!"

„Hm … dann fällt *König der Löwen* auch weg", meinte Wilma.

„Nein, das ist okay. Da sind es ja Löwen und nicht Menschen. *Bambi, Pinocchio* und so … Egal …", sagte ich.

„*Dschungelbuch*", seufzte Wilma mit nostalgischem Blick.

Ich grinste. „Filmnacht?"

„Filmnacht", bestätigte meine Freundin, ebenfalls grinsend.

Wilmas Mutter hielt uns zunächst für verrückt, als wir ihr unsere Pläne für den Abend mitteilten. Sie fragte uns, wie alt wir denn eigentlich seien, aber Wilma ließ keinen Zweifel daran, dass man manchmal seine Kindheit wieder aufleben lassen müsse. Das habe Erich Kästner auch gesagt, zumindest so ähnlich.

Es war tatsächlich wieder so wie früher. Wilma und ich zuckten gleichzeitig zusammen, als Scar seine Pranke nach der kleinen Maus ausstreckte, die durch seine Höhle huschte. Wir sprachen die Dialoge zwischen Simba und Nala mit, verdrückten ein paar Tränchen, nachdem Mufasa in die Schlucht gestürzt war, und sangen natürlich auch lauthals *Hakuna Matata*. Verrückt, dass wir das nach all den Jahren noch immer auswendig konnten. Mir gefiel es, so entspannt mit Wilma auf dem Sofa zu sitzen und durch den Film in Erinnerungen zu schwelgen, die wir miteinander teilten, ohne dass wir sie aussprechen mussten.

Doch als Simba und Nala sich im Dschungel wiedertrafen und das kitschige *Kann es wirklich Liebe sein?* erklang, war ich nicht mehr so gelöst. Ich hatte gehofft, die Liebesgeschichte zweier Löwen würde mich nicht so berühren wie die von Dornröschen und Prinz Philip, aber da hatte ich mich wohl selbst überschätzt. Noch nie hatte mich dieses Lied so berührt wie an diesem Abend. Ich sah in allem eine Metapher und bezog es auf Julius und mich. Verbissen krallte ich meine Finger in ein Sofakissen. Ich sah sogar in dem verwegenen Lächeln, das Simba Nala zuwarf, gewisse Ähnlichkeiten zu Julius.

Ich schluckte, aber das half nichts. Die Tränen rollten mir schon wieder übers Gesicht und tropften aufs Sofakissen.

Wilma sang die letzten Zeilen, in denen Timon und Pumba den alten Zeiten hinterhertrauern, in dramatischem Tonfall mit.

Wie recht sie doch hatte! Es war eine verdammt gute Zeit mit Julius gewesen.

Vermutlich einfach nur zu schön, um dauerhaft wahr zu sein. Es tröstete mich keinesfalls, dass auch Simba und Nala sich erst einmal zerstritten. Mich beschäftigte allein die Frage, warum Julius sich von mir getrennt hatte. Allerdings drehte sich mein Denken immer im Kreis. Egal, wie lang ich auch nachdachte, letztendlich kam immer Amrei als Antwort dabei heraus.

Wilma riss betroffen die Augen auf, rutschte auf dem Sofa ein Stück näher an mich heran und legte ihren Arm um mich.

„Mensch, Lene, ich dachte, Löwen wären okay?"

„Dachte ich auch", murmelte ich.

Wilma entschied wohl für sich, dass nun eher Seelsorge als Verdrängung gefragt war und stellte den Ton aus.

„Du vermisst ihn."

Ich nickte. „Ja, wenn ich nur wüsste, warum …"

„Das kann ich dir sagen", meinte Wilma. „Weil du ihn noch immer liebst."

„Aber er hat mich betrogen. Er bekommt mit Amrei ein Kind. Ich müsste doch sauer sein."

„Müsste, könnte, sollte … Das ändert nichts", widersprach Wilma.

Es war nicht zu leugnen, meine beste Freundin hatte absolut recht. Ich liebte Julius noch immer und war gerade deshalb so enttäuscht, dass er sich gegen mich und für Amrei entschieden hatte.

„Es tut so unglaublich weh", gestand ich Wilma. „Hättest du das von ihm geglaubt? Dass er im Rausch mit Amrei schläft und mich jetzt hängenlässt?"

Wilma seufzte. „Ganz ehrlich? Nein. Ich kann das auch immer noch nicht glauben, wenn du mich fragst. Ich mein', er war wirklich der perfekte Mann für dich …"

Na toll, das brachte mich jetzt total weit!

„Allerdings", fügte Wilma einschränkend hinzu, „hätte ich das von meinem Vater damals auch behauptet. Wenn mir jemand gesagt hätte, dass er Mam, Isak und mich für eine andere verlassen würde, hätte ich denjenigen vermutlich ausgelacht."

„Ich bin auch selbst schuld. Schließlich hab ich Julius gesagt, dass er Amrei nicht allein lassen soll", murmelte ich.

Will strich mir über den Oberarm und drückte mich gleichzeitig an sich. „Das war sehr mutig von dir. Wenn Julius daran nicht erkennt, wie großartig du bist, hat er dich auch nicht verdient."

„Vielleicht. Ich habe mir so sehr gewünscht, dass es diesmal klappt", sagte ich und schniefte, weil mir die Tränen schon wieder die Nase verstopften.

„Ach, Lene … Weißt du, manchmal muss man seinen Hintern in die Vergangenheit bringen."

Ich musste unweigerlich lachen. „Das heißt, man muss seine Vergangenheit hinter sich bringen", zitierte ich. „Aber ich glaube, das kann ich noch nicht!"

„Ich hab ja nicht gesagt, dass es sofort sein muss", sagte Wilma beruhigend und breitete wie früher die Sofadecke über uns aus.

11.
Kapitel

„Nur noch drei Wochen,** dann sind schon wieder Klausuren", rief Wilma gestresst, als sie am zweiten Januar nur eine Stunde nach unserer Ankunft durch die WG raste, immer mit einem Teil aus ihrem Koffer in der Hand. „Und fürs Praktikum muss ich auch noch etwas tun!"

Sie ließ ihr neues Paar Schuhe achtlos neben den Garderobenständer fallen und verzog sich in ihr Zimmer, wo ich sie weiter rumoren hörte. Eine Weile blieb ich planlos im Flur stehen. Eigentlich hätte ich diesen Tag mit Julius verbringen wollen. Ob er in den letzten Tagen überhaupt an mich gedacht hatte? Ich atmete tief durch, bückte mich nach Wilmas Schuhen und stellte sie ordentlich hin, nur um etwas zu tun zu haben, das mich von den Gedanken an Julius ablenkte. Theoretisch hätte ich schon für meine anstehende Hausarbeit recherchieren können, aber dazu fehlte mir der Elan. Stattdessen fiel mir der Kleiderstapel aus meinem Koffer ins Auge, als ich mein Zimmer betrat. Ich legte eine alte CD mit Märchen von Andersen ein, die ich als Kind gern gehört hatte, und öffnete meinen Kleiderschrank. Ich nahm alle Klamotten heraus, legte sie auf mein Bett und sortierte sie in aller Ruhe wieder neu ein, während mir der dänische Erzähler von dem hässlichen Entlein und später von der kleinen Meerjungfrau erzählte. Als mein Schrank in neuer Ordnung erstrahlte, ließ ich dem Bücherregal die gleiche Behandlung angedeihen und setzte mich schließlich erschöpft, aber zufrieden auf mein Bett. Eigentlich hatte ich nicht großartig etwas im Zimmer verändert, aber für mich war die Neuordnung gerade Veränderung genug. Ich nahm ein Buch zur Hand, das Mormor mir zu Weihnachten geschenkt hatte, und legte mich damit auf mein Bett.

Die Normalität kehrte rasch wieder in unsere WG ein. An dem Sonntagabend, als Leonie von ihren Eltern aus Stuttgart zurückkam, setzten wir uns zum gemeinsamen Essen zusammen und vernichteten zum Nachtisch eine Dose Lebkuchen, die Leos Oma gebacken hatte. Meine Mitbewohnerin lehnte sich mit geschlossenen Augen auf ihrem Stuhl zurück und balancierte einen schokoladenüberzogenen Lebkuchen zwischen ihren Lippen.

„Endlich in Ruhe essen", sagte sie und seufzte. „In den Tagen zwischen Weihnachten und Silvester hab ich meinen Eltern in der Buchhandlung geholfen. Ihr glaubt nicht, was da los war. Tausend Leute wollten Gutscheine einlösen oder Bücher umtauschen. Ich bin zu nichts anderem mehr gekommen. Aber dafür habe ich die Leiterin der *Amnesty*-Gruppe in unserer Stadt kennengelernt."

Wilma und ich seufzten beinahe synchron auf. Leonie ließ sich davon allerdings nicht beeindrucken, sondern sprach weiter.

„Sie hat mich eingeladen, in den Semesterferien zu den Treffen zu kommen. Die haben auch total spannende Veranstaltungen geplant. Mal sehen, wie ich das mit meinem Praktikum koordiniert bekomme."

Leonie war unverbesserlich. Immer in Aktion und auf Weltrettungskurs. Ihr Engagement grenzte fast schon an Aktionismus. Ob sie sich mit ihrem Einsatz von Tamara ablenken wollte? Sie erwähnte unsere Dozentin mit keiner Silbe und ich hielt mich mit Fragen zurück, so wie auch Leonie nicht nach Julius fragte. Es gab nur unser Dreiergestirn, so wie früher, und das war gut so. Jedenfalls gab ich mir große Mühe, mich davon zu überzeugen.

In der Uni ließen unsere Profs am nächsten Tag keinen Zweifel daran, dass das Semester noch im vollen Gange war und meine uneingeschränkte Konzentration erforderte. Nach einer Soziologievorlesung, in der alle gegen einen Rest Feiertagsträgheit ankämpften und versuchten, den Bezug zum Thema von vor den Ferien zu finden, traf ich mich mit Leonie im Hauptgebäude der PhilFak, wo ein Seminar mit unserer *Lieblingsdozentin* anstand. Sie hatte uns für die Ferien eine Lektüre an die Hand gegeben, die sich gewaschen hatte. 300 Seiten voller Theorien. Als ob ich nicht genug Sorgen gehabt hätte! Ich hatte mich durch die Kapitel gekämpft, konnte aber nicht behaupten, dass allzu viel des

Inhalts zu mir vorgedrungen war. Als ich nun mit Leo den Flur vor unserem Seminarraum betrat, wusste ich sofort, dass es meinen Kommilitonen nicht anders gegangen war. In jedem Gespräch war unsere Lektüre das Thema.

„Habt ihr irgendetwas verstanden?", fragten sich alle gegenseitig.

„Am Anfang habe ich gedacht, ich würde es kapieren, aber dann …", lautete die gängige Antwort.

„Ich hab nach zwei Kapiteln aufgegeben."

Nach einem schnellen Neujahrsgruß erkundigte Frau Dr. Grass sich, wie wir mit der Lektüre klargekommen wären, und erntete verhaltenes Schweigen.

„Wie soll ich das jetzt deuten? Haben Sie Klärungsbedarf oder haben Sie das Buch nicht gelesen?"

„Klärungsbedarf", murmelten einige aus dem Kurs.

Unsere Dozentin lächelte zufrieden. „Wunderbar. Wo sind noch Fragen offengeblieben? Dann gehen wir das nacheinander durch."

„Ah toll, wir machen also eine Buchbesprechung", murmelte Leonie neben mir.

Als unserer Dozentin aufging, dass kaum jemand von uns auch nur irgendetwas von den Theorien im Buch verstanden hatte, verschwand ihre anfängliche gute Laune ziemlich schnell.

„Sind Sie sicher, dass Sie das Buch gelesen haben, oder haben Sie nur bei Wikipedia die Zusammenfassung überflogen? Dann ist mir klar, warum das niemand verstanden hat. Diese Zusammenfassung ist nämlich eine Katastrophe. Genau wie Ihre Arbeitsmoral. Wenn Sie etwas nicht verstanden haben, müssen Sie ein Kapitel halt ein zweites oder sogar drittes Mal lesen. Meine Damen und Herren, Sie studieren! Früher war das mal eine Lebensaufgabe, heute ist das nur noch so eine Wischiwaschi-Aktion. Sie müssen sich mit dem Lektürestoff schon aktiv auseinandersetzen. Das ist doch keine Schundlektüre, die man zum Zeitvertreib liest …"

Da war sie wieder: die immer wiederkehrende Litanei über den Studentenstatus, über das Arbeiten, die Universität, Bildung im Allgemeinen, und sicherlich würde sie auch noch auf die Verschlechterung der universitären Ausbildung durch die Einführung des Bachelor- und Mastersystems zu sprechen kommen. Ich schaltete auf Durchzug und kritzelte auf meinem Collegeblock herum. Immerhin war dieses Mal nicht ich Auslöserin dieser Predigt gewesen.

„Vier Mal noch!", triumphierte Leonie, als wir den Seminarraum nach ein-einhalb Stunden verließen.

Verwirrt sah ich sie an. „Was?"

„Vier Mal haben wir noch dieses Seminar, dann die Hausarbeit und dann haben wir nichts mehr mit dieser Frau zu tun!"

„Ach so", gab ich gedehnt von mir. Das meinte sie! „Das lässt doch hoffen. Jetzt müssen wir nur noch eine einigermaßen gute Hausarbeit schreiben", gab ich zu bedenken. Wobei Frau Dr. Grass die Hausarbeiten in der Regel recht gut bewertete.

Vor der Mensa wartete Wilma ungeduldig auf uns. War sie vorher von einem Fuß auf den anderen gewippt, warf sie nun die Arme in die Luft, als wir auf sie zugingen.

„Da seid ihr ja endlich. Kommt, beeilt euch, ich hab Hunger."

Mich überkam ein seltsames Gefühl, als ich meiner besten Freundin folgte. Ob es eine gute Idee war, in die Mensa zu gehen? Was, wenn ich Julius über den Weg liefe? Was sollte ich dann sagen? Ihm ein gutes neues Jahr wünschen? Was, wenn er mich ignorierte?

Mit eingezogenem Kopf sah ich mich immer wieder nach allen Richtungen um, während ich hinter Wilma und Leonie an der Essensausgabe stand. Das nervöse Kribbeln legte sich, als ich Julius nirgendwo erblickte – zurück blieb fade Enttäuschung, dass er nicht da war. Vielleicht hätte es ja doch eine Chance gegeben …

Hör auf, Malene. Neues Jahr, neues Glück. Denk nicht mehr darüber nach!, mahnte ich mich. Ich kniff die Lippen fest über der Gabel zusammen, um mir diese Formel wie ein Mantra ins Hirn zu drücken. Ich warf einen Blick über unseren Tisch. Wilma hatte einen Hefter neben sich aufgeschlagen. Ich machte mir gar nicht erst die Mühe, etwas davon zu verstehen. Allein die Zeichnungen, die ich mit einem Seitenblick erkannte, waren mir schon zu hoch. Leonies Handy klingelte und in den folgenden Minuten kam sie kaum zum Essen. Während sie in geschäftlichem Ton antwortete, versuchte ich, die Gesprächslücken mit eigenen Inhalten zu füllen.

„Hi …, ja in der Mensa …"

Super, dann bist du ja ganz in der Nähe.

„… heute Abend? Ja klar …"

Klasse, wir brauchen noch Unterstützung bei der Plakataktion für die Rettung der Koalas.

„… tatsächlich? Ist ja verrückt! …"

Vielleicht. Aber nur so können wir die Leute catchen und begeistern.

„Muss ich mal gucken, ich glaube, ich hab das noch, bring ich dann mit …"

Danke, Leonie, wenn wir dich nicht hätten!

„… alles klar …, okay, ja, bis dann … Ich meld mich!"

Na ja, so ganz hatten meine ausgedachten Lückenfüller nicht gepasst. War ich zynisch? Böse gemeint hatte ich es nicht. Trotzdem lächelte ich Leonie zu, als sie ihr Handy neben ihr Tablett legte. Wilma sah von ihrem Hefter auf.

„Oh Mann, Leo, wie kann man nur schon am ersten Unitag wieder so busy sein?"

„Das musst du gerade sagen", erwiderte Leonie und fuchtelte vielsagend mit ihrer Gabel Richtung Wilmas Hefter. Die Katastrophe war vorprogrammiert.

„Aargh, jetzt hast du meine Azidose mit Reis beworfen." Hektisch wedelte Wilma mit dem Hefter und schüttelte den klebrigen Reis von ihren Aufzeichnungen.

„Sieh's positiv. Bei Hochzeitspaaren bringt das Glück."

„Ich bin aber nicht mit der Azidose verheiratet!"

„Nicht? Ich dachte …"

„Hört auf, euch zu streiten", rief ich dazwischen und reichte meiner besten Freundin eine Serviette. Der Schaden an Wilmas Hefter war schnell behoben. Mir allerdings ging Leos lässiger Spruch durch Mark und Bein. Ganz plötzlich schoss mir ein Gedanke durch den Kopf. Würde Julius Amrei heiraten, damit das Kind in einer klassischen Familie aufwuchs? Nein, das war zu abgedreht. Doch einmal gedacht, ließ sich der Gedanke nicht mehr so schnell aus meinem Kopf vertreiben. Er verfolgte mich auch noch am Abend im Bett, als mich keine Streitereien von Leo und Wilma oder komplizierte Unilektüren mehr ablenken konnten. Ob Julius auch nicht einschlafen konnte? Hatte er während der Ferien an mich gedacht? Oder gelang es ihm, mich zu vergessen? Verzweifelt suchte ich nach dem Gefühl von Sicherheit und Geborgenheit, das ich in jener Nacht empfunden hatte, nachdem Julius mir von Jakob erzählt hatte. Es war nicht alles in Ordnung gewesen, aber wir hatten einander gehabt. Jetzt fühlte ich mich verloren.

Als ich am nächsten Morgen aufwachte, war mein Kissen feucht.

Die Nächte, die ich mir auf diese deprimierende Weise um die Ohren schlug, hinterließen ihre Spuren. Ich war nicht nur unausgeschlafen, sondern obendrein schlecht gelaunt. Nach zwei Wochen konnte ich das niemandem mehr verheimlichen.

Auch Friedhelm musterte mich besorgt, als ich mal wieder kurz vor knapp zu meinem Dienst erschien. Die schlaflosen Nächte rächten sich und ich war nach der Uni am Schreibtisch eingedöst. Gerade noch rechtzeitig hatte mich mein Wecker aus dem Schlaf gerissen. Ziemlich gerädert schlurfte ich durch das *Ring* und sehnte den Feierabend gleichsam herbei, wie ich mich davor fürchtete. Sobald ich im Bett lag, würde das Gedankenkarussell nur wieder von vorn beginnen.

Als ich mit meinem Tunnelblick beinahe Jessy umrannte, nahm Friedhelm mich beiseite.

„Lene, wenn es dir nicht gut geht, melde dich krank", sagte er zu mir, „das ist total okay. Aber wenn du kommst, dann mach bitte auch deine Arbeit anständig und lauf nicht so ferngesteuert durch die Gegend."

Ich nickte zerknirscht. Friedhelm hatte eine angenehme Art, Standpauken zu halten. Aber es traf mich trotzdem. Er hatte ja recht. Ich nahm Bestellungen auf und verteilte Bier und Salate, schaffte es jedoch nicht, so unbeschwert durch die Kneipe zu laufen, wie ich es sonst getan hatte. Die Gäste bemerkten das natürlich und gaben weniger Trinkgeld als sonst. Zwar war ich nie unhöflich zu irgendjemandem, aber das Trinkgeld hing auch mit dem Lächeln zusammen, und das fiel mir in letzter Zeit schwer. Mir war es egal. Ich bekam meinen Lohn und das reichte mir für den Moment.

Vermutlich hing es mit dem Instantkaffee und löffelweise Zucker zusammen, den Wilma mir einflößte, dass ich mich trotz der unruhigen Nächte auf meine Klausuren vorbereiten konnte. So weit war es also schon gekommen. Ich war von einer Tee- zur Kaffeetrinkerin mutiert. Auch wenn sämtliche Baristas dieser Welt mir entschieden entgegnet hätten, dass Instantkaffee ja wohl kein richtiger Kaffee sei. Egal – es reichte, um mich wachzuhalten. Für alles andere konnte ich auf meine Mitbewohnerinnen zählen. Leonie präsentierte mir einen getakteten Plan mit Lern- und Rechercheeinheiten, unterbrochen von Filmabenden und Sportnachmittagen, die sie neuerdings mit Annika und mir beim Klettern verbrachte. Wilma sorgte neben ausreichend Koffein für gute

Laune beim Chor und für noch mehr Chaos in der WG, bei dessen Beseitigung sie unbedingt meiner Hilfe bedurfte. Ich nahm die Ablenkung gern an. Nur um die Mensa machte ich lieber einen Bogen. Zwar versicherten mir Leo und Will, dass sie einen gewissen Prinzen dort in diesem Jahr noch nicht gesehen hätten, aber das Risiko einer unvorbereiteten Begegnung wollte ich dennoch nicht eingehen. Der akute Schmerz in meiner Brust ließ langsam nach und in der Nacht vor dem letzten Vorlesungstag konnte ich endlich wieder gut schlafen.

Motiviert fragte ich nach dem Seminar meinen Dozenten, ob er noch freie Kapazitäten für die Betreuung meiner Bachelorarbeit habe, und Dr. Hofmeyer lud mich zu seiner nächsten Sprechstunde ein.

Zurück in der WG packte mich die Arbeitswut und ich schrieb alle Ideen nieder, die mir zu meiner Bachelorarbeit durch den Kopf gingen. Ich hörte erst auf, als Wilma an meine Tür klopfte und mich zum Semesterabschluss des Unichors abholte. Auch während unserer Fahrt zum Probensaal konnte ich nicht aufhören über meine Ideen zu reden.

„Oh Mann, wenn du so schnell schreibst, wie du redest, dann bist du nächste Woche schon fertig mit deiner Arbeit", prophezeite sie lachend. Als wir unsere Räder parkten, wurde sie jedoch schlagartig ernst.

„Was ist los?"

„Wir haben nur noch ein halbes Jahr zusammen", murmelte Wilma. „Nach deinem Bachelor gehst du weg."

Ich zuckte zusammen und ließ das Fahrradschloss fallen. Trotz Mormors Wunsch an Weihnachten, ich solle nach Hause kommen, hatte ich in den letzten Wochen nicht mehr an meine Unibewerbung in Aarhus gedacht. Leos Lernplan hatte auch in dieser Hinsicht für ausreichend Ablenkung gesorgt. Widersprüchliche Gefühle regten sich in mir. Neugier verbunden mit der Hoffnung, mehr Zeit mit meiner Familie verbringen zu können, ein neues Zuhause zu finden – und gleichzeitig Furcht und schlechtes Gewissen, mich von Wilma verabschieden zu müssen.

„Das steht doch noch gar nicht fest. Ich habe noch keine Antwort auf meine Bewerbung erhalten", versuchte ich Wilma aufzumuntern. Aber ich merkte selbst, wie halbherzig es klang.

Meine beste Freundin sah mich zweifelnd an. „Du wirst gehen. So oder so. Es ist wichtig für dich."

Sie stopfte ihren Fahrradschlüssel in die Jackentasche und ging auf den

Hauseingang zu. Ich beeilte mich nicht, ihr hinterherzukommen. Hätte ich sie jetzt zu trösten versucht, wäre sie in Tränen ausgebrochen, und Wilma heulte nicht gern in der Öffentlichkeit. Also ließ ich ihr den Moment und klammerte mich an den Gedanken, dass wir auf jeden Fall noch ein halbes Jahr hatten.

12.
Kapitel

Mein Dozent zeigte sich begeistert von meinen Ideen für die Bachelor-arbeit. Angeregt durch die Themen aus dem vergangenen Semester über Kulturschocks, Integration und Assimilation wollte ich mein Referat über Kompromisse in multikulturellen Partnerschaften ausweiten und dar-über schreiben. Ich präsentierte Dr. Hofmeyer die Ausarbeitung und er zog überrascht die buschigen Augenbrauen in die Nähe seines schwindenden Haaransatzes.

„Donnerwetter, Sie sind schon weiter, als Sie streng genommen sein dürften. Das ist ja fast das komplette Inhaltsverzeichnis."

Ich senkte den Blick. Natürlich wusste ich, dass in die Bearbeitungszeit von drei Monaten auch die Ausarbeitung der Thesis eingerechnet wurde. So gesehen hätte ich schon vor geraumer Zeit meine Arbeit anmelden müssen. Aber die Ideen waren einfach aus mir herausgesprudelt und hatten sich sinnvoll zusammengefügt. Ich musste eigentlich nur noch schreiben. Und natürlich ein bisschen recherchieren, um meine Vermutungen mit Literatur zu unterfüttern. Dr. Hofmeyer lächelte milde.

„Ich drehe Ihnen daraus keinen Strick, Frau Nielsen. Melden Sie einfach bald ihre Arbeit an und geben mir dann Bescheid."

Die Freude über seine Zusage kribbelte dermaßen in mir, dass ich, als ich sein Büro und das Gebäude verlassen hatte, erst einmal in die Luft springen musste.

„Huuuu", machte ich. Meine Bachelorarbeit stand in den Startlöchern, war das cool!

Derartig motiviert war die Kletterwand am späten Nachmittag kein Problem für mich. Ich war so energiegeladen, dass ich die fünfzehn Meter im Rekordtempo erklomm. Der Weg nach oben erschien mir so klar und die Griffe meiner Route fügten sich wie von selbst in meine ausgestreckten Hände. Durchgeschwitzt, aber glücklich winkte ich, oben angekommen, zu Annika und Leonie hinunter. Kam es mir nur von oben so vor oder standen sie wirklich enger beieinander, als nötig gewesen wäre?

„Wow, kannst du mir mal verraten, wo man diese Motivationsbooster bekommt? Ich will auch einen", sagte Leonie, als ich wieder unten bei den beiden ankam.

Ich zuckte mit den Schultern, lachte und hakte mich aus, während Annika Leonie neugierig ansah.

„Hast du noch kein Thema für deine Bachelorarbeit?"

„Noch nichts richtig Greifbares."

Annika lachte. „Du findest schon was. Bis dahin kannst du dich an der Wand ausprobieren, da gibt's genug Greifbares."

Leonie legte den Kopf in den Nacken und sah an der Wand hinauf, die ich gerade zurückgelegt hatte.

„Meinst du, ich schaff das? Ich hab nicht so viel Übung wie ihr."

„Nicht so viel nachdenken. Versuch's einfach", entgegnete Annika leichthin und hakte kurzerhand das Seil in Leonies Gurt ein.

Zögernd trat Leonie auf die Wand zu, streckte die Hand nach einem roten Griff aus und sah sich noch einmal zu uns um.

„Aber du hältst mich?"

Annika nickte und hob die zu Fäusten um das Seil geschlossenen Hände. „Ich hab dich. Wie immer."

Leonie wandte sich der Wand zu und setzte einen Fuß auf einen der unteren Griffe. Zuerst sah sie sich noch häufig um, woraufhin Annika ihr jedes Mal aufmunternd zunickte, bis meine Mitbewohnerin schließlich ausreichend Vertrauen zu fassen schien und sich konzentriert die Wand hocharbeitete.

„Sie macht das gut", sagte Annika, ohne den Blick von Leonie abzuwenden. „Ist sie echt erst das dritte Mal klettern?"

„Ja, zuhause reitet sie nur hin und wieder." Zumindest hatte Leonie davon erzählt. Ob sie in den letzten Semesterferien dazu Zeit gefunden hatte, wusste ich nicht.

Annika schien sich jedoch auch nicht weiter darum zu kümmern. „An der Wand macht sie jedenfalls eine ganz gute Figur. – Klasse, Leonie, noch zwei Meter, die schaffst du!“

Leonie strahlte noch über das ganze Gesicht, als wir später zurück zur WG fuhren.

„Was ist los? Du hörst ja gar nicht mehr auf zu grinsen.“

„Ich freu mich halt, dass ich die Kletterwand geschafft habe“, erwiderte Leonie in einem ausgelassenen Singsang. „Außerdem hatte ich da oben eine Idee für meine Arbeit.“

Das klang zwar plausibel, dennoch konnte ich nicht glauben, dass dies die einzigen Gründe für Leos gute Laune waren. Dafür hatte sie Annika zu intensiv angesehen.

Meine beiden Klausuren lagen hinter mir und es stand noch eine Hausarbeit an, ehe ich mich an die Bachelorarbeit begeben wollte, obwohl mich letztere mehr reizte. Aber die zehn Creditpoints für das Seminar brauchte ich, um auf die notwendige Gesamtpunktzahl zu kommen und das Modul vollzumachen. Allerdings wartete ich noch auf einen Aufsatz, den meine Dozentin mir für die Hausarbeit als Hintergrundlektüre zur Verfügung stellen wollte.

Als ich verfroren vom Einkaufen zurück zur WG kam, machte ich es mir mit einer Tasse heißem Tee vor meinem Laptop gemütlich. In meinen Unimails fand ich eine Nachricht von meiner Dozentin mit dem versprochenen Aufsatz, außerdem die automatische Infomail mit der Erinnerung daran, den Beitrag für das nächste Semester zu überweisen.

Die dritte neue Mail ließ mein Herz allerdings von einer Sekunde zur nächsten schneller schlagen. *Universitet Aarhus* lautete der Absender. Das war sie, die Antwort auf meine Bewerbung. Mein Finger zitterte, als ich ihn über das Touchpad bewegte und den Cursor auf die Mail zubewegte. Ob ich angenommen war? Was, wenn ja? Und wenn nicht?

Ich schloss die Augen und atmete tief ein und aus. Es half nicht gegen mein Herzklopfen. Schließlich siegte meine Neugier und ich öffnete die Mail. Noch einmal beschleunigte mein Puls, und Adrenalin schoss durch jede Faser meines Körpers. *Angenommen.*

„Krass", entfuhr es mir. Das konnte doch nicht wahr sein. Natürlich war die Zusage aus Dänemark nicht völlig abwegig. Aber bislang war sie nur theoretisch gewesen. Jetzt war sie Fakt. Wenn ich akzeptierte, würde ich in wenigen Monaten mein Studium in Aarhus beginnen. Das Adrenalin hielt mich nicht länger auf meinem Schreibtischstuhl. Ich sprang auf und hüpfte ausgelassen durch mein Zimmer, wobei ich ein aufgeregtes Quietschen nicht unterdrücken konnte. Nach wenigen Sekunden wurde meine Zimmertür aufgerissen und Wilma steckte ihren Kopf herein.

„Was, zur Hölle, wird das?"

Abrupt beendete ich meinen Freudentanz und blieb mitten im Zimmer stehen.

„Ich hab einen Studienplatz in Aarhus."

Nun war es Wilma, die laut quietschte und mir mit einem Satz um den Hals fiel.

„Oh Mann, das ist ja toll. Ich freu mich so für dich!"

Gemeinsam hüpften wir im Kreis. „Das müssen wir feiern", japste Wilma schließlich und zog mich noch einmal in eine feste Umarmung. „Wann kommt Leo nach Hause?"

„Keine Ahnung, hat sie nicht heute ein Treffen von der Austauschorganisation?"

Wilma pustete sich eine Locke aus der Stirn und rollte mit den Augen. „Egal, die müssen ohne sie auskommen."

„Und was ist mit deiner Klausur übermorgen?"

Meine beste Freundin sah mich aus schmalen Augen an. „Hallo? Es ist jetzt offiziell, dass unsere gemeinsamen Tage hier gezählt sind. Wir müssen die Feste feiern, wie sie kommen."

Sie zog ihr Smartphone aus der Hosentasche und schickte unserer Mitbewohnerin eine Sprachnachricht.

„Leo, egal, was du für heute Abend in deinem Kalender stehen hast, du bist mit uns verabredet. WG-Abend. Keine Widerrede."

Mit zufriedener Miene steckte sie das Handy zurück und rieb sich die Hände. „So, das wäre geklärt."

Eine Stunde später betrat Leonie mit gerunzelter Stirn die WG. „Wilma, ich hoffe du hast einen wirklich guten Grund, mich vom *Werwolf*-Abend abzuhalten."

Will schwenkte die Dänemarkflagge, die sie in aller Eile gebastelt hatte, vor Leos Gesicht hin und her. Leonies Augen weiteten sich und sie sah mich mit offenem Mund an.

„Echt jetzt? Du hast den Platz?"

Noch während ich nickte, stieß Leonie einen spitzen Schrei aus und flog mir um den Hals.

„Ist der Grund gut genug?", fragte ich.

„Aber so was von."

Kurz darauf saßen wir bei vegetarischen Hotdogs mit Röstzwiebeln und Gurkensalat und einer Flasche Wein in unserer Küche zusammen. Freude, Rührung, Neugier und ein Hauch Wehmut überfielen mich abwechselnd und ließen mich mal in das aufgeregte Pläneschmieden meiner Freundinnen einstimmen, mal verdrückte ich mir ein paar Tränchen.

„Dann kommen wir dich in einem Jahr besuchen und verbringen unsere Semesterferien in Aarhus", sagte Wilma.

„Unbedingt, meine Mutter wird sich freuen."

„Wirst du etwa bei deiner Mutter einziehen?", fragte Leonie überrascht.

„Höchstens übergangsweise. Ich hoffe, dass ich schnell etwas Eigenes finde." Gedanklich machte ich mir eine Notiz, dass ich mich möglichst schnell nach einer Wohnung umsehen sollte. Wenn der Immobilienmarkt in Aarhus ähnlich angespannt war wie in den meisten deutschen Unistädten, dann würde dieses Unternehmen kein Spaziergang werden. Aber darum würde ich mich später kümmern. Jetzt wollte ich den Abend mit Will und Leo genießen.

Will leckte sich die Fingerspitzen, nachdem sie den letzten Hotdog verspeist hatte. „Vermutlich werde ich schon früher kommen müssen. Ich möchte kein Jahr auf dänische Hotdogs verzichten."

„Ach so, ich dachte, ich könnte dir fehlen", entgegnete ich gespielt gekränkt.

Wilma lachte und umarmte mich von der Seite. „Ja, das ist der wahre Grund. Aber das klingt so dramatisch."

Ich hätte ewig so mit den beiden hier sitzen können. Doch das Wechselbad der Gefühle und vermutlich auch der Wein machten mich müde. Als ich zur Küchenuhr sah, relativierte sich meine Einschätzung. Es war bereits kurz vor eins, und angesichts der Tatsache, dass ich seit halb sieben auf den Beinen war, hatte ich allen Grund müde zu sein.

Als ich wenig später im Bett lag, war von der Schwere meiner Augenlider allerdings nichts mehr zu spüren. Tausend Gedanken und Bilder schossen mir durch den Kopf und ließen mich nicht zur Ruhe kommen. Gedanken, die ich im Freudentaumel mit Wilma und Leonie hatte verdrängen können, die sich aber nun umso energischer an meine Bewusstseinsoberfläche schoben.

Ob ich in Aarhus schnell Anschluss finden würde? Ganz allein hatte ich bislang noch nie einen Neuanfang wagen müssen. Grundschule, Gymnasium, das Studium hier in Erlangen – stets war Wilma an meiner Seite gewesen. Würden meine zukünftigen Kommilitoninnen und Kommilitonen mich als Dänin sehen oder als Deutsche? War ich dänisch genug, um klarzukommen?

Ich würde es herausfinden. Alle glaubten an mich und hatten mich ermutigt. Wilma, Leonie … und Julius. Er, der so ruhig und vertrauensvoll reagiert hatte, als ich ihm nach dem Sommer von meinen Plänen berichtet hatte. Noch vor ein paar Wochen hatte er mich gefragt, ob ich auf meine Bewerbung schon eine Antwort erhalten habe. Der Julius von damals wäre jetzt traurig gewesen, dass diese Zusage erst einmal eine Trennung für uns bedeuten würde. Aber er hätte sich hauptsächlich mit mir gefreut und mit Wilma, Leonie und mir gefeiert. Aber der neue Julius? Interessierte es ihn überhaupt noch, was sich bei mir tat? Sollte ich ihm schreiben, einfach nur, damit er Bescheid wusste?

Ich tastete nach meinem Handy und scrollte durch die Chatverläufe. Wie weit Julius in den vergangenen Wochen nach unten gerutscht war. Vor Weihnachten war unser Chat immer an einer der obersten Stellen gewesen. Jetzt lagen neben unserer WG-Gruppe Chats mit Fabi, Annika und meinem Bruder weiter oben. Julius lächelte mir aus seinem Profilbild entgegen, er hatte das Bild nicht ausgetauscht. Tausendmal hatte ich es schon angesehen. Jetzt tat es weh. Trotzdem öffnete ich unseren Chat. Ich konnte nicht sehen, wann Julius das letzte Mal online gewesen war, er hatte die Funktion ausgestellt – immer schon. Unser letzter Chat baute mich auch nicht gerade auf. Es war meine Nachricht vom vierten Adventswochenende und seine kurze Antwort. *Hast du Zeit? Ich würde dich gern sehen. – Ja, ich bin zuhause.*

Mein Finger schwebte über dem Display. Sollte ich ihm von der Zusage aus Aarhus erzählen? Aber was sollte ich schreiben? *Hej, lange nichts gehört, frohes neues Jahr und übrigens, ich hab einen Studienplatz in Dänemark.*

Das musste ich nicht einmal tippen, um zu merken, wie daneben das klang. Und wahrscheinlich juckte es ihn sowieso nicht. Er wollte mich nicht sehen und sein Schweigen in den letzten Wochen hatte überdeutlich gezeigt, wie ernst er das meinte. Ich schaltete das Display aus und legte das Smartphone weg. Es hatte keinen Sinn, der Vergangenheit hinterherzutrauern. Ich hatte eine Zusage aus Aarhus, ich sollte nach vorn schauen. Ein Neuanfang würde mir guttun.

Meine Mutter wäre vermutlich am liebsten durchs Telefon gesprungen, als ich ihr von der Mail aus Aarhus erzählte. Sie versprach sofort, sich im Bekanntenkreis nach Wohnungen umzuhören. Mormor ging sogar so weit, mir anzubieten, gleich bei ihr und Morfar einzuziehen. Die Freude meiner Familie linderte meine Nervosität etwas. Mit ihrer Unterstützung würde mir der Neustart sicher gelingen. Ich war nicht allein.

Als ich am Freitag zum Dienst ins *Ring* kam, erzählte ich auch Fabi von den Neuigkeiten.

„Cool. Ich hoffe, du hast eine Schlafcouch, auf der ich mich einmieten kann.“

Ich musste lachen. „Wie es aussieht, muss ich wohl ein Airbnb eröffnen und keine Studiwohnung.“

„Wenn du das in den Semesterferien gut vermarktest, könntest du damit locker die Monatsmieten für ein halbes Jahr eintreiben,“ überlegte Fabi.

„Und wo bleibe ich dann in der Zeit?“

„Ich würde dir mein Wohnheimzimmer zur Verfügung stellen. Erlangen ist immer eine Reise wert.“

„Spinner.“

Ich band mir meine Schürze um, steckte einen neuen Block fürs Bierkniffel ein und machte mich an die Arbeit. Heute ging mir das Lächeln leichter über die Lippen und der Dienst machte mir wieder mehr Spaß als in den vergangenen Wochen. Zwischenzeitlich war ich sogar überzeugt, Fabi beim Bierkniffel an diesem Abend schlagen zu können.

Gegen halb zehn kam eine Gruppe vertrauter Leute in die Kneipe. Friedhelm grinste breit und winkte.

„Hallo zusammen“, begrüßte er die kostümierten jungen Männer.

Mir gefror das Blut in den Adern. Ich erkannte Basti auf den ersten Blick unter seinem merkwürdigen Filzhut. Panisch suchte ich zwischen den Rollenspielern nach Julius. Aber nachdem ich mir einen Überblick über die Gruppe verschafft hatte, atmete ich einigermaßen erleichtert auf. Von Julius fehlte jede Spur. Glücklicherweise fanden Basti und die anderen Rollenspieler ihre Plätze

in Fabis Hälfte. So kam ich gar nicht erst in Verlegenheit, einem von ihnen
unter die Augen treten zu müssen. Das dachte ich zumindest.

Als ich hinter dem Tresen stand und in einer kurzen Pause ein Glas Tee
trank, stand plötzlich Basti vor mir und sah mich durchdringend an. Ich versuchte, seinem Blick standzuhalten, musste jedoch aufgeben. Genervt stellte
ich mein Glas ab.

„Was willst du?“, fragte ich.

„Bloß *Hallo* sagen.“

„Hallo.“

„Wie geht's?“

Das ging jetzt schon weiter als das, was er angekündigt hatte.

„Gut.“

Mir war klar, wie unhöflich diese Einsilbigkeit war. Es war ungerecht, dass
ich Basti so begegnete, er konnte schließlich nichts für das, was zwischen Julius
und mir war. Oder besser nicht mehr war. Aber er war nun einmal Julius' bester
Freund. Er erinnerte mich zu sehr an ihn. Wenn Basti seinen Geburtstag nicht
hier im *Ring* gefeiert hätte, wären Julius und ich uns womöglich nie begegnet.
Es war beinahe ein Jahr her.

„Wenn ich deine Augen ignoriere, würde ich dir das glauben“, sagte Basti und
rückte den Hut auf seinem Kopf hin und her.

Dann guck halt nicht hin, dachte ich. Stattdessen fragte ich: „Was ist mit
meinen Augen?“

„Sie lachen nicht mit, wenn du lächelst. Wie bei Julius.“

Ich sog scharf die Luft ein und krallte meine Hände um das Teeglas. Ich hätte
mich gar nicht erst auf dieses Gespräch einlassen sollen. War doch klar, dass er
von Julius anfangen würde. Julius, den ich mir vorgenommen hatte, hinter mir
zu lassen. Weil alles andere zu weh tat.

„Warum erzählst du mir das? Julius und ich sind nicht mehr zusammen.“

Er nickte seufzend. „Ich weiß, eben darum. Gibst du mir noch ein Bier?“

Verwirrt lief ich zum Zapfhahn und füllte ein Glas, das ich Basti auf den
Tresen stellte. Er trank einen Schluck und stellte das Glas dann vor sich ab.

„Du behauptest, es ginge dir gut, Julius behauptet, er müsse arbeiten.“

Basti hob sein Glas wieder und ließ durch rasche Bewegungen des Handgelenks das Bier darin kreisen.

„Und? Ist doch möglich“, entgegnete ich, um Gleichgültigkeit in meiner

Stimme bemüht. Aber das Herzklopfen in meiner Brust und das Brennen in meinem Hals und meinen Nasenflügeln strafte mich Lügen. Es war mir nicht egal, wenn es Julius nicht gutging.

Basti schnaubte verächtlich. „Als ob! Wenn du mich fragst, ist der seit Wochen mit seiner Doktorarbeit keinen Schritt weitergekommen."

Er leerte sein Bierglas und reichte es mir. Wortlos nahm ich es entgegen.

Wie viel hatte Basti eigentlich schon getrunken? So langsam wurde er echt niedlich. Ich kannte es von anderen Gästen, dass sie mit steigendem Pegel seltsame Geschichten erzählten. Aber normalerweise war ich nicht Bestandteil dieser mitleidsheischenden Episoden.

„Basti, warum erzählst du mir das?", fragte ich noch einmal.

„Weil ich es, verdammt nochmal, nicht verstehe. Du siehst traurig aus, Julius leidet wie ein Hund – warum seid ihr nicht mehr zusammen?"

Ich zuckte mit den Schultern. „Das musst du Julius fragen. Er hat Schluss gemacht."

Basti schüttelte den Kopf. „Wenn du dich da mal nicht täuschst", sagte er.

Was wollte er damit nun wieder sagen? Ich hatte jedoch keine Gelegenheit, ihn zu fragen, denn ich sah, wie einige Gäste sich suchend nach mir umsahen und dezent winkten.

„Sorry, ich muss", sagte ich und strich meine Schürze glatt.

Während meiner restlichen Arbeitszeit vermied ich es, in Bastis Nähe zu kommen oder auch nur den Anschein zu erwecken, unbeschäftigt zu sein. Erleichtert atmete ich aus, als die Rollenspieler schließlich gemeinsam die Kneipe wieder verließen.

Umso erschrockener fuhr ich zusammen, als ich nach meinem Dienst im Hinterhof in Julius' Freund hineinlief.

„Was zur Hölle …"

Sobald ich den Schrecken halbwegs überwunden hatte, ließ ich genervt meine Hand mit dem Fahrradschlüssel sinken. „Mann, Basti, was willst du denn noch?"

„Mit dir über Julius reden. Bitte hör mir zu."

„Ich hab keinen Bock mehr auf dieses Thema. Julius soll mit Amrei glücklich werden." Mit dieser aufgesetzten Gleichgültigkeit konnte ich den Schmerz für den Moment überspielen. Ich beugte mich wieder über mein Fahrrad und zog es aus dem Ständer. Als ich mich jedoch auf den Sattel schwingen und losfahren wollte, hielt Basti den Gepäckträger fest. Falls er betrunken war, hatte er trotzdem noch eine erstaunliche Körperkontrolle.

„Du hörst mir jetzt zu."

Wütend sah ich ihn an. „Lass los oder ich schreie!"

Basti seufzte, löste aber die Hände wieder vom Gepäckträger. Das Risiko, ich könnte tatsächlich schreien, wollte er wohl doch nicht eingehen.

„Sorry. Lene, bitte", sagte er in sanfterem Tonfall. „Du steigerst dich da in etwas rein. Mit Julius und Amrei ist nichts."

„Da hab ich etwas anderes gehört." *Und gesehen,* fügte ich in Gedanken hinzu. Wusste Basti von Amreis Schwangerschaft? Irgendwie klang es nicht so. Ein Kind war doch nicht nichts. Aber ich war definitiv nicht die richtige Person, um Basti davon zu erzählen.

„Lene, seit ihr euch getrennt habt, ist Julius total im Arsch. Mit dem ist nichts mehr anzufangen. Er meldet sich bei keinem mehr, igelt sich in seinem Zimmer ein, und wenn ich mal frage, ob er mit rauskommt, redet er sich mit irgendwas raus."

„Vielleicht hat er wirklich viel zu tun", erwiderte ich schwach. Wenn in ein paar Monaten das Baby kam, würde Julius für die Uni vermutlich nicht mehr so viel Zeit haben. So wie ich ihn kannte, würde er alles dafür geben, nun so viel wie möglich vorzuarbeiten. Ich verkniff mir ein spöttisches Seufzen. Es war so albern, wie Basti und ich hier voreinander standen und nicht über den Elefanten im Raum sprachen. Basti strich mit den Fingern über die Krempe seines Huts.

„Weißt du, Julius hatte schon mal so eine Phase. Damals, als sein Bruder gestorben ist, hat er auch ewig mit keinem geredet. Fast ein ganzes Jahr lang nicht. Und auch danach ist er ziemlich still geblieben. Erst seit er dich kennengelernt hat, ist er wieder richtig so wie früher."

Ich schloss die Augen und biss die Zähne aufeinander. Auch wenn ich Julius damals noch nicht gekannt hatte, wusste ich doch genau, was Basti meinte. Diese Leere in seinem Blick, das unerträgliche Schweigen. Ich kannte es, ich war daran verzweifelt. Schon allein die Erinnerung stach mir in die Brust. *Bitte, Basti, hör auf,* dachte ich, schaffte es jedoch nicht, es auszusprechen, weil mir die Tränen in der Kehle brannten.

„Wenn du mich fragst, bist du das Beste, was ihm passieren konnte. Aber jetzt sieht es so aus, als würde er wieder in so ein depressives Loch fallen. Und ich fürchte, es ist diesmal schlimmer als vor zwölf Jahren."

Beim Sprechen war Basti immer leiser geworden, jetzt verstummte er und stand mit seinem dunklen Umhang wie ein Schicksalsbote im dunklen Hof. Ich umklammerte die Lenkstange meines Rades und kämpfte gegen die Panik, die in mir aufstieg.

„Trinkt er wieder?"

Basti machte eine kreisende Kopfbewegung und verzog das Gesicht. Seine Augen lagen im Schatten der Hutkrempe und das Licht der Hoflaterne reichte nicht weit. Wie sollte ich Bastis Reaktion deuten? Wusste er es nicht? Oder wollte er nicht darüber sprechen? Ich wagte nicht, ihn erneut zu fragen. Die Erinnerung an jenen Nachmittag im letzten Jahr, als Basti und ich Julius gefunden hatten, war noch zu präsent. Noch einmal würde ich diesen Anblick nicht ertragen.

„Du hast ihm so gutgetan", murmelte Basti schließlich. Die Verzweiflung sprach aus jedem seiner Worte. Julius konnte sich glücklich schätzen, einen Freund wie ihn zu haben. Hoffentlich konnte Basti die Kraft aufbringen, weiterhin zu ihm zu halten.

„Er mir auch." Ich schluckte die Tränen weg und sah Basti fest an. „Aber er hat mir auch verdammt wehgetan und trotzdem wäre ich für ihn da gewesen. Aber er will mich nicht mehr sehen."

Basti machte Anstalten etwas zu erwidern, aber ich ließ ihn nicht zu Wort kommen.

„Basti, sieh es ein, zwischen Julius und mir ist es aus. Ich hätte es mir auch anders gewünscht, aber es sollte wohl nicht sein. Ich musste es auch lernen."

Mit diesen Worten schwang ich mich endgültig in den Sattel und fuhr um Basti herum Richtung Hofausfahrt. Mir fehlte die Kraft, noch länger über Julius zu reden, und ich wollte nur noch ins Bett. Basti machte einen Schritt zur Seite.

„Weißt du, ich frage mich, wie viele Menschen jemand verlieren kann, bevor er daran kaputt geht."

Ein eiskalter Schauer jagte mir über den Rücken und hätte mich beinahe aus dem Gleichgewicht gebracht. Glaubte Basti etwa, Julius könnte sich etwas antun? Oder war er wieder so weit, dass er seine Sorgen im Alkohol ertränkte? Nein, das war ein Ausrutscher gewesen, hatte Julius damals gesagt. Und das mit Jakobs Tabletten? Ein Kurzschluss? Basti hatte etwas von einem depressiven

Loch erzählt. War das nur so dahergesagt, von einem psychologischen Laien? Oder hatte ich Julius' Schweigen falsch eingeordnet? Vielleicht hatte ich ihn zu früh aufgegeben. Vielleicht hätte er mehr Zeit und Unterstützung gebraucht und ich hatte ihn hängen lassen. Ging es ihm wirklich beschissen oder hatte Basti in seiner Bierlaune übertrieben? Ich hätte mir gern eingeredet, dass mich das, was Basti mir erzählt hatte, eigentlich nichts mehr anging. Schließlich hatte Julius Schluss gemacht. Aber die Gleichgültigkeit, die ich mir vor ein paar Stunden noch versucht hatte einzureden, konnte ich nicht aufrechterhalten. Julius war mir nicht egal. Wenn er mich brauchte, konnte ich dann einfach gehen? War es womöglich besser, wenn ich nicht nach Aarhus ging?

13.
Kapitel

Das Gespräch mit Basti und seine merkwürdigen Andeutungen verfolgten mich auch noch in den nächsten Tagen und trübten meine Vorfreude auf Aarhus. Immer wieder geriet ich ins Zweifeln, ob es richtig war, den Platz anzunehmen. Julius und ich waren zwar nicht mehr zusammen, aber wir waren einander so vertraut gewesen. Hatte ich da nicht trotzdem noch irgendwie Verantwortung? Allerdings hatte Basti mit keinem Wort gesagt, dass es Julius meinetwegen schlecht ging. Vielleicht wuchs ihm auch Amreis Schwangerschaft über den Kopf. So abwegig war das schließlich nicht. Außerdem hatte Julius mich zur Bewerbung in Dänemark ermutigt. Aber das war vor dem Stipendiatentreffen in München und der darauffolgenden Hiobsbotschaft gewesen. Wenn in ein paar Monaten das Kind zur Welt kommen würde, würde Julius zusehen, dass er nicht irgendwo in Deutschland sein PJ machen müsste, sondern bei Mutter und Kind in der Nähe bliebe. Und ich hatte versprochen, ihm zur Seite zu stehen.

Vielleicht überschätzte Basti meine Rolle und ich nahm mich zu wichtig. Trotzdem hätte ich es mir nie verziehen, wenn Julius sich meinetwegen etwas antat. Ich versuchte, diesen Gedanken nicht zuzulassen, aber er schlich sich immer wieder in meine Träume und ließ mich schweißgebadet aufwachen.

Wie ich es auch drehte und wendete, es gab keine perfekte Lösung. Irgendeine Kröte würde ich schlucken müssen – und weder die eine noch die andere schmeckte. Ich kam mir vor wie eine tickende Zeitbombe, die bei jeder Gelegenheit explodieren könnte. Wie sich diese Explosion äußern würde, war mir selbst nicht klar, und das machte mich nur noch nervöser. Ich wusste einfach nichts mehr mit mir anzufangen und brachte es nicht einmal mehr fertig, mich auf die Recherche zu meiner Hausarbeit oder Bachelorthesis zu konzentrieren.

„Was machen wir nur mit dir?", fragte Wilma ein paar Tage nach dem Gespräch mit Basti. Sie klang einfühlsam und sah mich mitleidig an.

Das war genau das, was ich überhaupt nicht gebrauchen konnte. „Am besten lasst ihr mich einfach in Ruhe", gab ich bissig zur Antwort.

Wilma verzog pikiert das Gesicht. „Sorry, ich hab's ja nur gut gemeint."

Vermutlich hätten wir uns nun ziemlich in die Wolle gekriegt. Ich hatte die erste Hälfte des Satzes „Gut gemeint ist nicht gut gemacht" schon ausgesprochen, als ich plötzlich etwas hörte und erstaunt innehielt.

„Vergiss es", murmelte ich und verließ die Küche, wo wir uns über den Weg gelaufen waren.

Ich lief der Musik nach, die ich vernommen hatte. Sie kam aus Leonies Zimmer. Ruhig blieb ich am Türrahmen stehen und lauschte durch den Spalt der halb offenstehenden Tür den Klavierklängen, die aus Leonies PC-Lautsprechern drangen. Dieses Lied - es kam mir bekannt vor. Ich wusste nicht, wie es hieß, war mir aber sicher, dass ich es schon irgendwo gehört hatte. Wo bloß? Ich lehnte am weißen Holz des Türrahmens und ließ meine Gedanken wandern. Hohe Töne plätscherten wie sanfter Frühlingsregen, während tiefe Akkorde Dramatik oder sogar Bedrohung verhießen.

Als schließlich leise Töne immer langsamer werdend erklangen und darauf noch einmal ein kurzes Crescendo ertönte, fiel es mir wie Schuppen von den Augen.

Julius hatte dieses Lied gespielt. An Jakobs Todestag, nachdem wir von unserem Spaziergang zurückgekommen waren.

Warum hörte Leonie sich dieses Stück an? Besonders glücklich klang das Lied nicht und normalerweise orientierte Leonies Musikgeschmack sich an Singer/Songwriter oder Gute-Laune-Musik, wie sie es nannte. Mit guter Laune hatte dieses Klavierstück rein gar nichts zu tun. Ich schluckte schwer ob der sich wieder hervordrängenden Erinnerung an jenen Nachmittag bei Julius. Er hatte das Stück anders gespielt. Die sanften Töne waren sanfter, die dunklen Akkorde dramatischer gewesen. Obwohl ich es nur das eine Mal gehört hatte, war mir seine Interpretation wieder so präsent, jetzt, da ich erneut die Melodie hörte. Was hatte er noch gesagt, wer der Komponist war? Es wollte mir nicht einfallen, aber ich musste es nun wissen. Aus den Lautsprechern erklang die Musik ein zweites Mal. Ich klopfte an den Türrahmen und betrat Leonies Zimmer.

„Was ist das für ein Lied?"

Leonie zuckte erschrocken zusammen. Offenbar hatte sie nicht damit gerechnet, dass jemand reinkommen würde.

„Das ist *Liebestraum Nummer 3* von Franz Liszt."

Ein Liebeslied? Das hätte ich nicht für möglich gehalten. Für mich klang es nach Sehnsucht. Aber auch das hatte ja mit Liebe zu tun. Diese Erfahrung hatte ich in den letzten Wochen zu Genüge gemacht.

„Seit wann hörst du so traurige Musik?", fragte ich Leonie weiter.

„Das brauche ich für meine Bachelorarbeit."

„Sag bloß, du hast ein Thema."

Leonie strahlte über das ganze Gesicht. „Yes! Ich hab doch letztes Semester dieses Lyrik-Seminar belegt. Da haben wir unter anderem darüber gesprochen, wie Lyrik andere Kunstformen beeinflusst hat. Das fand ich eigentlich ganz spannend. Für eine Hausarbeit war das damals zu viel, aber für die Bachelorarbeit passt es. Ich habe als Beispiel diesen Liebestraum von Liszt ausgesucht. Der hat nämlich einen Text von Ferdinand Freiligrath zur Vorlage."

Das Vorhaben klang tatsächlich interessant. Aber warum Liszt einen Liebestraum so traurig komponiert hatte, war mir immer noch ein Rätsel.

„Besonders glücklich klingt dieser Liebestraum aber nicht", sagte ich.

„Das liegt daran, dass die Vorlage auch keine Liebesschnulze ist, sondern eher dramatische Züge hat."

Sie griff nach einem Buch, das neben ihr auf dem Schreibtisch lag, und reichte es mir. Ich sah auf die aufgeschlagenen Seiten und las das Gedicht. *O lieb, so lang du lieben kannst* hieß es. Allein der Titel jagte mir eine Gänsehaut über den Rücken. Mit jeder Strophe, die ich las, zog sich mein Herz mehr und mehr zusammen. Das, was da in schwarzer Schrift auf leicht vergilbtem Papier stand, beschrieb so vieles von dem, was zwischen Julius und mir schiefgelaufen war. Der Text war auf verstörende Weise wunderbar. Schon bei den ersten vier Zeilen stiegen Tränen in mir auf.

O lieb', so lang du lieben kannst!

O lieb', so lang du lieben magst!

Die Stunde kommt, die Stunde kommt,

Wo du an Gräbern stehst und klagst!

Wenn Julius dieses Gedicht kannte, hatte er es nicht ohne Grund am Todestag seines Bruders gespielt. Er wusste, wie es ist, am Grab zu stehen und keine Chance mehr zu haben, mit dem geliebten Menschen zu sprechen.

Mein Blick blieb an den letzten zwei Zeilen der siebten Strophe hängen.

Vergib, dass ich gekränkt dich hab

O Gott, es war nicht bös gemeint!

Ich konnte die Tränen nicht mehr zurückhalten. Wie oft hatte Julius sich nach der Sache in München bei mir entschuldigt. Immer wieder hatte er mir nicht nur gesagt, sondern auch gezeigt, wie ernst es ihm mit mir war und wie sehr er sich um mich sorgte. In der Musik hatte er all das so wundervoll zum Ausdruck gebracht. Allein ich hatte nicht so tief interpretiert.

Ich las noch einmal die zweite Strophe.

Und sorge, dass dein Herze glüht

Und Liebe hegt und Liebe trägt

Solang ihm noch ein ander Herz

In Liebe warm entgegenschlägt!

Die Zeilen drangen in mich ein wie Messerstiche und ich krümmte mich vor Schmerz an Leonies Türrahmen. Ich war mir nun fast sicher, dass Julius wusste, welches Gedicht hinter Liszts Komposition steckte. *Ich habe es für dich gespielt*, hatte er mir gesagt.

Meine Hand zitterte und die Strophen von Freiligrath verschwammen hinter meinen Tränen. Kraftlos ließ ich mich auf Leonies Bett fallen. Das war alles zu viel für mich. Diese schwere Musik, die mich doch berührte, die Zeilen, die dazu ihr Übriges gaben, die Erinnerung an Julius und das, was er mir kurz nach diesem Stück gesagt hatte. *Du bist wundervoll, Malene. Ich liebe dich.*

„Lene, was ist denn los mit dir?" Leonie betrachtete mich mit besorgter Miene und nahm mich in den Arm.

Ich reichte ihr das Buch zurück und knetete meine Hände. „Das Lied hat Julius gespielt. Als ich bei ihm war statt in Aarhus."

„Am Todestag von seinem Bruder? Krass!"

„Ja", sagte ich leise.

„Es tat ihm so leid, dass ich ihm zuliebe hiergeblieben bin und dann die Technik nicht funktioniert hat. Wir waren spazieren und nachdem er mir den Liebestraum vorgespielt hat, hat er mir zum ersten Mal gesagt, dass er mich liebt."

Leonie seufzte und drückte die Hände gegen die Brust. „Das ist schon ziemlich romantisch."

Ich sank noch mehr in mich zusammen und zuckte hilflos mit den Schultern. „Ich denke schon. Aber was hab ich denn jetzt davon? Er hat trotzdem Schluss gemacht …"

Dazu fiel Leonie auch nichts ein. Sie legte das Buch mit dem Gedicht auf den Boden, nahm mich erneut in den Arm und ließ mich weinen. Nun, da ich wusste, welche Worte hinter dem Liebestraum steckten, schmerzte der Verlust umso mehr. Aus den Lautsprechern klangen erneut die feinen Läufe von Liszts Komposition. Wie gern hätte ich es noch einmal von Julius gehört. Ich schluchzte auf. Leonie erhob sich und schaltete die Musik ab.

„Lene, du musst dich dringend entspannen", sagte sie. „Weißt du was? Ich lasse dir Badewasser einlaufen und mach dir einen Tee – und dann lässt du das alles mal sacken."

Ich nickte schwach. Leonie verschwand, kurz darauf hörte ich Wasser rauschen. Nach einer Weile kam Leonie zurück und bugsierte mich ins Badezimmer. Sie hatte etwas von ihrem Badesalz ins Wasser gegeben, das nun einen lieblichen Geruch nach Melisse verströmte. Auf der Badewannenkante lag ein flauschiges Badetuch und daneben stand eine Schale mit Schokoladenkeksen. Eine Armee von Kerzen vervollständigte das Bild.

„So, jetzt bringe ich dir noch den Tee", verkündete sie, verschwand und stand wenige Sekunden später mit einer dampfenden Tasse wieder neben mir. Entgeistert sah sie mich an.

„Du bist ja immer noch angezogen. Los, los, zieh dich aus, sonst wird das Wasser kalt", befahl sie mir, stellte die Teetasse neben die Schale mit den Keksen und verließ das Badezimmer.

Ich zog mich aus und glitt in das heiße Wasser. Die Wärme und der Geruch nach Melisse hatten tatsächlich eine beruhigende Wirkung. Aber die Gedanken, die mich aufgewühlt hatten, verschwanden deswegen nicht. Ich trank einen Schluck Tee und versank dann bis zum Kinn im Wasser.

Nachdenklich schloss ich die Augen. Julius hatte das Gedicht gekannt, als er den Liebestraum gespielt hatte, dessen war ich mir sicher. Nur, hatte er das Lied gespielt, um sich selbst zu mahnen, mich zu lieben, solange er konnte, oder war es ein versteckter Appell an mich gewesen, ihn zu lieben? Oder beides?

Und wieder gingen mir seine Worte durch den Kopf. *Ich habe es für dich gespielt. Ich liebe dich.*

Würde er das immer noch so sagen? Warum hatte er sich dann nicht mehr gemeldet? Wieso zog er es vor, mich nicht mehr zu sehen, keinen Kontakt mehr zu haben?

Weitere Zeilen des Gedichts kamen mir in den Sinn.

Und hüte deine Zunge wohl

Bald ist ein böses Wort gesagt!

O Gott, es war nicht bös gemeint,

Der andre aber geht und klagt.

Wenn ich mich recht erinnerte, hatte Julius mir gegenüber nie ein böses Wort gesagt. Selbst seine sarkastischen Kommentare waren immer absolut liebenswert gewesen. Hatte er es am Ende gar nicht so gemeint, als er sagte, es wäre besser, wenn wir uns nicht mehr sähen? Allerdings war an diesem Satz doch nichts falsch zu verstehen.

Vergib, dass ich gekränkt dich hab!

O Gott, es war nicht bös gemeint

Ich verschluckte mich am Badewasser, als ein weiterer Textschnipsel durch meinen Kopf geisterte und ich unwillkürlich erschrocken den Mund aufriss. Wie gern wollte ich Julius vergeben, keine Sekunde konnte ich mehr daran glauben, dass er mich aus bösem Willen von sich gestoßen hatte. Er war überfordert gewesen. Nun konnte ich Bastis Frage von voriger Woche gut verstehen. Warum waren Julius und ich nicht mehr zusammen, obwohl wir beide darunter litten? Weil wir beide nicht in der Lage gewesen waren, über unsere Gefühle zu reden und uns gegenseitig die Zeit zu geben, die wir brauchten, um heil zu werden.

Das Badewasser war inzwischen merklich abgekühlt und meine Haut faltig. Zitternd stieg ich aus der Wanne und hüllte mich in das große Handtuch, das Leonie mir hingelegt hatte. Darin eingewickelt blieb ich noch eine ganze Zeit auf dem Badewannenrand sitzen, umgeben vom Flackerschein der Kerzen, und starrte die weißen Kacheln an der gegenüberliegenden Wand an.

Sollte ich es wagen und noch einmal mit Julius reden? Nicht, um ihn um jeden Preis zurückzugewinnen, sondern um ... Ja, warum? Um einen ehrlichen Schlussstrich zu ziehen? Um ihm zu danken für all das Gute, das er mir getan hatte, und ihm zu sagen, dass ich ihm alles andere verzieh?

Oder war das egoistisch? Vielleicht würde er das gar nicht wollen. Vielleicht war es einfacher für ihn, mich zu vergessen, auch wenn es ihm wehtat? Dann würde ich nur wieder alte Wunden aufreißen und vielleicht alles noch viel schlimmer machte, als es ohnehin schon war. Aber andererseits war da auch noch Bastis Frage, die er mir zuletzt gestellt und die ich unbeantwortet gelassen hatte. Konnte ich zulassen, dass Julius an seinem Liebeskummer kaputt ging? Und ich an meinem? Wie schlimm stand es wirklich um ihn?

Ich erstickte einen Schrei, indem ich in die Ecke des Handtuchs biss.

Nachdem ich mich nachdenklich in mein Bett verzogen hatte, entschuldigte ich mich gleich am nächsten Morgen bei Wilma für meine schlechte Laune am Vortag. Meine beste Freundin spielte noch einen Moment beleidigt, aber dann breitete sich ein Grinsen auf ihrem Gesicht aus.

„Ach, Lene, dafür kenn ich dich schon viel zu lang, um zu wissen, dass du es nicht böse gemeint hast", sagte sie.

„Ich weiß. Umso mehr will ich mich nicht einfach darauf verlassen, dass du mir sowieso verzeihst."

Wilma zog die Nase kraus. „Stand das auch in eurem Kitschgedicht?"

„Das ist kein Kitschgedicht", widersprach Leonie und stemmte empört die Hande in die Hüften.

„Und nein, das steht nicht drin. Jedenfalls nicht so explizit. Aber es ist deswegen nicht weniger wahr."

Wilma hob abwehrend die Hände. „Schon gut, schon gut. Ich hab nichts gesagt."

Weil meine beste Freundin mal wieder spät dran war und auch Leonie einen Termin hatte, gab es keine Gelegenheit mehr für mich, den beiden von meinen Überlegungen zu berichten. Andererseits war mir das auch ganz lieb. Mehrmals spielte ich es im Kopf durch, wie es wäre, wenn Julius und ich uns wieder gegenüberstünden. Was sollte ich ihm als Erstes sagen? Allein daran scheiterte es in meinen Vorstellungen bereits.

Es dauerte drei Tage, bis mir aufging, dass die richtigen Worte überhaupt nicht mein Problem waren. Ich hatte schlicht und ergreifend Angst vor der

Begegnung. Was wäre, wenn Julius mich abwiese? Wenn er bei seiner Entscheidung bliebe, dass es besser wäre, wenn wir uns nicht mehr sehen? Doch auch das würde ich nur herauskriegen, wenn ich zu ihm fuhr und mit ihm sprach, oder es wenigstens versuchte.

Wann wäre wohl der beste Zeitpunkt, fragte ich mich, während ich vor dem Aufsatz für meine Hausarbeit saß. Allerdings saß ich schon seit gut einer Stunde davor, ohne etwas davon in mein Hirn aufzunehmen. Stattdessen hatte ich meinen Bleistift aufs Übelste zerkaut und war keinen Schritt weitergekommen.

Vermutlich gab es den besten Zeitpunkt überhaupt nicht. Ob Julius mir heute oder in drei Wochen verzeihen oder einen Korb geben würde, war egal. Wie es auch ausgehen würde, dann hätte ich wenigstens klare Verhältnisse und einen freieren Kopf, um zu lernen.

Hastig legte ich den kläglichen Rest meines Bleistifts zur Seite und stand entschlossen auf.

„Dann jetzt", sagte ich laut zu mir selbst. Bevor ich es mir noch anders überlegen konnte.

Ich zog mir Jacke und Stiefel über, schwang mich aufs Rad und fuhr Richtung Innenstadt. Mein Herz raste vor Aufregung. War es richtig, was ich tat? Handelte ich nicht zu überstürzt? Wie würde Julius reagieren, wenn ich plötzlich vor ihm stand? Zweimal war ich kurz davor wieder umzudrehen. Doch das Gedicht, das ich wie ein Mantra vor mich hin murmelte, hielt mich davon ab. *Die Stunde kommt, wo du an Gräbern stehst und klagst.* Darauf sollte ich es nicht ankommen lassen.

Kurz vor der Innenstadt kam Wilma mir entgegen. Ich bremste ab, als sie mir zuwinkte.

„Wo willst du denn hin?"

„In die Stadt", schwindelte ich. Vorerst hielt ich es für besser, wenn sie nichts von meinem Plan wusste. Vielleicht würde sie mich davon abhalten wollen.

Wilma schüttelte den Kopf. „Kannst du vergessen. Irgendwo am Hugenottenplatz ist eine Wasserleitung geplatzt. Die Innenstadt steht halb unter Wasser."

Das klang nicht gut, auch wenn Wilma sicher übertrieb. Allerdings war das wohl ein Zeichen, höhere Gewalt. Es war offenbar doch noch nicht der rechte Zeitpunkt, um mit Julius zu reden. Der Bruch dieser Wasserleitung war eindeutig Schicksal.

„Ich habe gerade Kakao gekauft", erzählte Wilma. „Trinkst du eine Tasse mit? In der Stadt erreichst du heute sowieso nichts mehr."

Ich nickte mechanisch, wendete mein Rad und folgte Wilma zurück zur WG.

Der heiße Kakao belebte meinen Geist ein wenig und es gelang mir, mich wenigstens für kurze Zeit aufs Recherchieren zu konzentrieren. Doch als ich am Abend meinen Ordner zuklappte und mich erschöpft ins Bett legte, ließ mich der Gedanke nicht los, was diese geplatzte Wasserleitung wohl bedeutete. Hatte ich es richtig interpretiert, dass ich nicht zu Julius hatte fahren sollen? Oder war es mir nicht vielmehr eine willkommene Ausrede gewesen? Doch welche Rolle spielte das noch? Der Mut hatte mich erneut verlassen.

Auch in den nächsten Tagen fand ich immer andere Gründe, um das Gespräch mit Julius aufzuschieben. Das erste Kapitel der Hausarbeit, zwei Wohnungsanzeigen, die meine Mutter mir weitergeleitet hatte, ein Sprachtest für akademisches Dänisch, mit dem ich mich sowohl von Julius als auch vom Hausarbeitschreiben ablenkte. Sollte ich wirklich zu Julius fahren?

Ich wollte Klarheit, ja, aber gleichzeitig fürchtete ich mich so sehr vor seiner möglichen Reaktion, dass ich auf die klaren Verhältnisse lieber noch ein Weilchen verzichtete. Dafür beschäftigte mich umso mehr, was könnte und was wäre, wenn …

Zum ersten Mal in meiner Kellnerinnen-Laufbahn ließ ich bei meinem Dienst Gläser fallen, doch das bekümmerte mich wenig. Konnte ja mal passieren. Mich trieb nur der Gedanke an Julius um. Sollte ich doch nochmal in der Mensa nach ihm Ausschau halten? Ich verwarf den Gedanken so schnell, wie er mir gekommen war. Die Mensa war wirklich nicht der richtige Ort für das Gespräch, das uns bevorstand. Wenn mir daran gelegen war, die Sache mit ihm zu klären, müsste ich es in Ruhe tun – und zwar bald.

Schließlich vertraute ich mich Wilma und Leonie an. Wir saßen gemeinsam beim Abendessen in unserer Küche, als ich damit herausrückte.

„Ich werde noch einmal mit Julius reden."

Ruckartig schauten mich beide an.

„Okay", sagte Wilma gedehnt, nachdem ich meine Beweggründe erläutert hatte.

Leonie verzog nachdenklich das Gesicht, sagte aber nichts.

„Ich hatte es mir eigentlich schon lange vorgenommen, aber irgendwie habe ich mich nicht getraut. Letzte Woche, als ich dich getroffen habe, wollte ich eigentlich schon zu ihm. Und dann hast du mir von dem Wasserrohrbruch erzählt und ich hab mir eingeredet, dass das Schicksal sei, und dass der richtige Zeitpunkt noch nicht gekommen wäre."

„Oh Mann", stöhnte Wilma gequält auf. „Das kann doch nicht wahr sein!"

Ich senkte beschämt den Kopf. „Doch", gab ich zerknirscht zu. „Deshalb sag ich es euch ja jetzt. Ich werde am Sonntag zu ihm fahren und mit ihm reden."

„Sehr gut. Das wird dir helfen. Egal wie es ausgeht", sagte Leonie.

„Ihr werdet euch das merken und mich im Zweifelsfall zu seinem Wohnheim hinprügeln, sollte ich mir irgendwelche Ausreden einfallen lassen. Egal, ob es regnet, stürmt, schneit oder die Welt untergeht, ich werde Sonntag zu Julius fahren."

Wilma rieb sich mit sadistischem Grinsen die Hände. „Mach dir mal keine Sorgen, dafür werden wir schon sorgen. Nicht wahr, Leo?"

„Darauf kannst du dich verlassen", bestätigte Leonie und schlug in Wilmas offene Hand ein.

Das Wetter war mehr als dürftig. Es war Mitte Februar noch einmal richtig kalt geworden. Ekliger Nieselregen fiel aus den Wolken, die tief zwischen den Häusern hingen. Immer wieder kam es zu Blitzeis, das das Laufen oder Fahrradfahren zu einem gefährlichen Abenteuer machte. Ständig kamen Leute ins Rutschen, doch meistens konnten sie sich gerade noch fangen. Mir ging es nicht anders, als ich am Samstag ein paar bestellte Bücher aus der Bib abholte. Wie war ich nur auf die bescheuerte Idee gekommen, bei diesem Wetter vor die Tür zu gehen? Die Bücher hätte ich auch am Montag holen können. Nur weil wir neues Spülmittel brauchten und sich bei der Gelegenheit auch noch ein Glas Erdnussbutter und ein paar Kekse erstehen ließen, hatte ich diesen Ausflug gewagt. Als ich aus der Drogerie auf die Straße trat, kam es mir vor, als sei es draußen dunkler geworden. Oder waren einfach nur die Wolken dichter? Ich kniff die Augen fest zusammen und als ich sie wieder öffnete, hatte ich das Gefühl, wieder besser sehen zu können. Ich bog um die Ecke des Einkaufszentrums.

Und da sah ich ihn!

Aus einem Laden mir schräg gegenüber trat Julius hinaus auf die Fußgängerzone. Ich erstarrte mitten in der Bewegung und sah ihn an. Auch er war stehengeblieben und heftete seinen Blick auf mich.

So standen wir da, zehn, fünfzehn Meter voneinander entfernt, und sahen uns an, während die Passanten vorbeiliefen. Ich blendete deren Existenz beinahe völlig aus, nahm nur eine graubunte bewegte Masse wahr. Es war, als stünde die Welt still. Dabei waren es Julius und ich, die bewegungslos dastanden, während die Welt sich unbeirrt weiterdrehte.

Ich konnte keinen klaren Gedanken fassen, in meinem Kopf war nur Platz für diesen einen Aspekt, der sich mit aller Kraft an die Oberfläche kämpfte. Julius war hier. Dort stand er. Nur wenige Meter von mir entfernt.

Sollte ich zu ihm gehen? Warten, dass er auf mich zukommt? Was sollte ich ihm sagen? Ich war noch gar nicht darauf eingestellt, ihm gegenüberzutreten. Diese Begegnung brachte mein Konzept ins Wanken. Ich wollte doch morgen in aller Ruhe zu ihm fahren!

Aber hätte ich morgen ein Konzept gehabt? Ich hatte doch bislang noch keinen einzigen gescheiten Gedanken gefasst, wie ich mit Julius reden sollte. Was ich sagen wollte, war mir klar. Doch das Wie fehlte mir. Und mit jeder vergehenden Sekunde wurde dieses Rätsel größer.

Julius' Blick war noch immer starr auf mich gerichtet. Ich hielt seinem Blick stand und versuchte, in seinen Augen zu lesen. War das Erschrecken, Freude, Sehnsucht, Angst oder doch eher Abneigung, die sich da spiegelte?

Seine Gesichtszüge waren kantiger, als ich sie in Erinnerung hatte, doch sie waren mir immer noch so vertraut. Trotzdem war ich nicht imstande, das zu deuten, was seine Augen sprachen.

Erneut überkamen mich Zweifel, wie so oft in den letzten Tagen. War es richtig, mit Julius zu reden? Wollte er das? War es das, was er mir zu sagen versuchte, während er hier stand und mich ansah? Wie lange würde er warten?

Panik ergriff mich. Was, wenn er sich umdrehte und ginge? Oder nur einfach stumm meinem Blick ausweichen würde wie an jenem Tag vor Weihnachten. Dann wäre es vorbei. *Die Stunde kommt/Wo du an Gräbern stehst und klagst!*

Ich musste es ihm endlich sagen. Sonst würden sich die Zeilen des Gedichts eines Tages auch für Julius und mich bewahrheiten. Hatte ich nicht schon längst entschieden, dass es so nicht enden sollte? Dann müsste ich mich jetzt endlich bewegen. Es waren doch nur wenige Schritte, die uns trennten.

Ein kalter Schauer fuhr mir über den Rücken und meine Füße setzten sich in Bewegung. Allerdings nicht auf Julius zu, sondern in die entgegengesetzte Richtung. Was tat ich da? Ich musste zu ihm. *Dreht um,* brüllte eine Stimme in meinem Kopf, doch der Appell erreichte meine Füße nicht. Sie liefen weiter, trugen mich von ihm fort, während ich den Blick nicht von ihm abwenden konnte. Er sah mir hinterher. Nun erkannte ich es ganz deutlich. Julius sah traurig aus. Warum nur gehorchten mir meine Füße nicht mehr?

Plötzlich ging ein Ruck durch seinen Körper. Seine Augen weiteten sich und er rannte hinter mir her. Seine Lippen formten meinen Namen. Ob er ihn wirklich rief? An meine Ohren drang kein Laut. Alles um mich herum war still. Julius kam schnell näher. Nur noch wenige Schritte trennten uns voneinander.

Und auf einmal nahm ich auch wieder Geräusche um mich herum wahr. Ein Rauschen, ein ohrenbetäubendes, langgezogenes Hupen, aufgeregtes Stimmengewirr.

Julius hatte mich erreicht. Er packte meinen rechten Arm. Im gleichen Moment prallte meine linke Hand gegen etwas und ich wurde herumgewirbelt. Ein stechender Schmerz durchfuhr mich. Ich verlor das Gleichgewicht und einen Augenblick später fand ich mich in Julius' Armen auf dem Boden wieder. Sein erschrockenes Gesicht dicht neben mir. Warum sah er mich so an?

Ein zerreißender, heftig pochender Schmerz schoss von meiner Hand bis in meine Schulter. Ich suchte Julius mit meinem Blick. Da, dicht über mir, war er und sah mich unverwandt an. Sagte er auch etwas? Ich war mir nicht sicher. Es war wieder still um mich herum. Dann wurde es dunkel.

Rauschen, Quietschen, Klappern. Dumpf drangen Geräusche an mein Ohr, als ob sie weit weg wären. Stimmengewirr. Sprach jemand mit mir? Ich konnte keine Worte unterscheiden.

Irgendetwas ruckelte unter mir. Alles drehte sich, obwohl ich nichts sah, mir wurde schwindelig.

„Malene."

Eine Stimme, die ich kannte. Woher kam sie? Ich versuchte, die Augen zu öffnen, wurde aber von grellem Licht geblendet. Flimmern. Noch mehr Stimmengewirr.

„So gefallen Sie mir viel besser als komatös."

Wo war ich hier? Warum drehte sich alles? Wieso hörte dieser Schmerz nicht auf?

„Frau Nielsen, können Sie …"

14.
Kapitel

Mein ganzer Körper fühlte sich an, als schwebte ich oder wäre komplett in Watte gehüllt. Alles um mich herum war unglaublich weich. Langsam öffnete ich die Augen. Ich befand mich in einem Zimmer, das ich nie zuvor gesehen hatte. Hohe Decken, ein großes Fenster rechts neben mir und gelbe Wände. Ich selbst lag in einem Bett. Neben dem Bett stand ein Stuhl, auf dem jemand saß.

Julius? Was machte er hier? Wo war ich überhaupt? Ich versuchte mich zu erinnern. Julius und ich waren uns auf der Straße begegnet und hatten uns angestarrt. Was für ein seltsamer Traum! Aber warum saß er dann jetzt hier neben mir? Wie war ich hierhergekommen? Oder träumte ich etwa jetzt gerade in diesem Moment? Aber wenn das ein Traum war, woher kam dann dieser stechende Schmerz in meinem Arm? Warum spürte ich Julius' warme Hände an meinen Fingern? So realistisch träumte ich sonst nie.

Ich blinzelte. Dunkel, hell. Julius saß noch immer da. Ich träumte nicht.

Er hob den Kopf und sah mich an. Ein merkwürdiges Lächeln huschte über sein Gesicht.

„Malene, ein Glück", sagte er leise.

Wieso sprach er von Glück? Ich kapierte nicht, was los war, warum er hier bei mir saß, an diesem fremden Ort.

„Ich habe mir solche Sorgen um dich gemacht."

Krampfhaft versuchte ich ihn anzusehen. Mein Kopf war so schwer, ebenso meine Augenlider.

„Warum?", brachte ich mühsam hervor.

Julius senkte den Blick und schüttelte den Kopf. Als er wieder aufsah, umspielte ein beinahe amüsiertes Lächeln seine Lippen.

„Warum?", wiederholte er. „Erst lässt du dich halb vom Bus überrollen und dann fragst du mich, warum ich mir Sorgen gemacht habe?"

„Bus?", fragte ich ungläubig. Was redete er da für einen Mist?

Julius lächelte sanft. Ich konnte es kaum glauben. Er saß mir hier gegenüber und lächelte mir zu. Trotz allem, was er vor Weihnachten gesagt hatte. Aber dann wurde seine Miene wieder ernst.

„Ich habe nach dir gerufen, aber du bist immer weitergelaufen, auf die Straße zu. Und dann sah ich den Bus um die Ecke biegen. Du hast ihn offenbar nicht bemerkt. Was hast du dir nur dabei gedacht?"

Das, was Julius da erzählte, klang ziemlich abgedreht. Wovor war ich denn weggelaufen? Und wie hatte ich einen Bus nicht bemerken können? Andererseits konnte ich schlecht dagegen argumentieren. Mir fehlte jedwede Erinnerung an das, was passiert war.

„Aber es ist nichts passiert?", fragte ich matt.

Er lachte kurz auf. „Na ja, es ist verhältnismäßig glimpflich ausgegangen", erwiderte er und ließ seinen Blick an mir herabwandern. Müde folgte ich seinem Blick.

Mein linker Arm war bis zum Ellbogen dick bandagiert. Daher kam also dieser verfluchte Schmerz. In meiner rechten Hand steckte eine Nadel, durch die langsam eine Infusion tröpfelte.

„Pis", murmelte ich. Dann konnte ich meine Augen nicht mehr länger offenhalten, und sobald ich sie geschlossen hatte, war ich weg.

Als ich wieder erwachte, saß Julius noch immer neben mir. Draußen vor dem Fenster war es stockfinster. Über meinem Bett brannte eine Neonröhre, die gelbes Licht ausstrahlte. Es dauerte einige Sekunden, bis ich meine Gedanken sortiert hatte. Aber endlich gelang es mir, die Ereignisse zu rekonstruieren. In der Stadt war ich Julius begegnet und anstatt auf ihn zuzugehen, war ich weggelaufen. Wenn er mich nicht im letzten Augenblick zurückgezogen hätte, wäre ich unter die Räder eines Linienbusses geraten. Jetzt lag ich hier in einem Krankenhausbett und Julius wachte neben mir. Er sah ziemlich erschöpft aus. Ich hingegen war nun halbwegs wach. Wie lange hatte ich wohl geschlafen?

Unter Julius' Pullover lugte seine Armbanduhr hervor, doch das Ziffernblatt war nicht ganz zu erkennen. Bevor ich mich Julius mitteilen konnte, der ruhig auf meine Hand sah, öffnete sich die Zimmertür und eine Krankenpflegerin trat herein.

„Nanu, Sie sind immer noch hier?", fragte sie Julius verdutzt. „Möchten Sie nicht langsam nach Hause gehen?"

„Ich kann sie doch nicht allein lassen", widersprach er.

Ich biss mir auf die Lippe. Diese Besorgnis hatte ich schon einmal in seiner Stimme gehört.

„Julius", sagte ich leise.

Sein Kopf flog hoch. Erleichterung machte sich in seinem Gesicht breit. Die Krankenpflegerin trat an mein Bett und sah ebenfalls zufrieden aus.

„Wie schön, Sie sind aufgewacht. Wie geht es Ihnen?"

„Gut, glaube ich."

Mir war nicht mehr so schrecklich schwindelig und ich wusste, wo ich war. Jedenfalls so ungefähr. Und Julius war hier – eine Tatsache, die ich in den letzten Wochen niemals für möglich gehalten hätte.

„Und Ihr Handgelenk? Keine Schmerzen?", fragte die Krankenpflegerin.

Nun, da sie danach fragte, tat es natürlich weh.

„Geht", sagte ich tapfer, während ein neuer Schmerzimpuls meinen Arm heraufschoss. Ich verzog gequält das Gesicht und hielt die Luft an.

Julius und die Krankenpflegerin sahen sich an. „Für uns müssen Sie nicht die Heldin spielen", erklärte sie. „Wenn Sie Schmerzen haben, kann ich Ihnen etwas dagegen geben."

Ich schüttelte den Kopf. „Geht schon", versicherte ich.

Die Krankenpflegerin zuckte mit den Schultern. „Na schön. Wenn Sie mich brauchen, drücken Sie einfach den Knopf über Ihrem Bett."

Sie warf Julius einen Blick zu und lächelte. „Aber ich glaube, Sie sind gerade in guten Händen …"

„Sieht wohl so aus", meinte ich, als sie gegangen war, woraufhin Julius rasch seine Hand von meiner zurückzog und etwas verlegen lächelte. „Immerhin hast du mir das Leben gerettet. Wieso eigentlich?"

Julius lachte spöttisch. „In meiner Ausbildung als Schutzengel fehlte mir noch die praktische Prüfung. Die Gelegenheit war also günstig."

Ich lachte. Keine gute Idee. Durch die plötzliche Kopfbewegung schwankte es wieder. Aber es beruhigte mich, dass Julius seinen sarkastischen Humor wiedergefunden hatte.

„Im Ernst, hätte ich dich vor den Bus laufen lassen sollen? Das hättest du sicher nicht gewollt. Außerdem ist es kein schöner Anblick, wenn man Leichen von der Straße kratzen muss …", fügte er hinzu.

Natürlich war es nicht meine Absicht gewesen, gegen den Bus zu laufen. So lebensmüde war ich trotz meines Liebeskummers nicht.

„Es war ganz seltsam. Eigentlich wollte ich zu dir gehen, aber meine Füße haben mir nicht gehorcht und sind einfach in die andere Richtung gelaufen."

Julius runzelte verwundert die Stirn, aber er sagte nichts.

„Wann war der Unfall?"

„So gegen zwei."

„Heute?"

„Ja, natürlich."

„Ich habe nicht im Koma gelegen?"

Eine tiefe Falte grub sich in Julius' Stirn. „Wie kommst du darauf?"

Ich schloss die Augen und kramte in meinem Gedächtnis. Da war diese fremde Stimme gewesen. „Ich dachte, irgendjemand hätte so etwas gesagt. Aber vielleicht habe ich das geträumt."

Julius schaute auf den Boden vor meinem Bett. „Schon möglich."

„Wie spät ist es?", fragte ich weiter. Scheinbar irritiert über den plötzlichen Themenwechsel schenkte Julius mir einen verwunderten Blick, sah dann aber auf seine Uhr und antwortete: „Kurz vor neun."

„Du warst die ganze Zeit hier?", fragte ich erstaunt.

Julius nickte.

„Was hast du denn die ganze Zeit gemacht?"

„Gebangt, gehofft, gebetet, mich von meinem Schrecken erholt, Wilma angerufen", zählte Julius auf.

Erschrocken wollte ich mich aufsetzen, doch ein stechender Kopfschmerz und erneuter Schwindel ließen mich kraftlos aufs Kissen sinken. Ich keuchte auf, schloss die Augen und wartete, bis es in meinem Kopf aufhörte, sich zu drehen.

„Du hast sie angerufen?", fragte ich schließlich.

Für einen Moment sah es so aus, als hätte Julius deswegen ein schlechtes Gewissen. Betreten senkte er den Blick.

„Ich gebe zu, ich habe mich deines Handys bemächtigt, um die Nummer herauszufinden", sagte er, „aber Wilma und Leonie hätten sich bestimmt Sorgen gemacht, wenn du nicht nach Hause gekommen wärst. Wilma hat versprochen, deine Eltern zu informieren."

Das alles hatte er für mich geregelt? Wärme und Dankbarkeit erfüllten mich. Ich war zu gerührt, um ihm diesen Dank aussprechen zu können.

„Wilma war schon kurz hier und hat dir etwas zum Anziehen vorbeigebracht", erzählte Julius weiter.

Überwältigt schloss ich die Augen. Während ich hier gelegen und geschlafen hatte, hatte Julius sich wie selbstverständlich um meine Dinge gekümmert. Dabei hätte er doch nichts davon tun müssen. Ob Wilma meine Eltern schon erreicht hatte? Hoffentlich machten sie sich nicht zu viele Sorgen.

Die Tür öffnete sich und die Krankenpflegerin betrat erneut das Zimmer. Auf ihrem Gesicht lag ein gütiges Lächeln, aber ihre Augen spiegelten Unerbittlichkeit.

„So, meine Hübschen", sagte sie, „ich unterbreche Sie wirklich ungern, aber wir sind hier schließlich kein Hotel."

Sie wandte sich mir zu. „Sie liegen hier nicht zum Spaß und werden sich daher gut ausschlafen und erholen. Und Sie, mein Guter, machen sich auf den Weg in Ihr Bett. Auch Sie haben den Schlaf sicher nötig."

Die Augen der Krankenpflegerin funkelten uns hinter den goldumrandeten Brillengläsern ungeduldig an. Julius schenkte mir einen bedauernden Blick, sah dann zu der Pflegerin und hob ergeben die Hände.

„Schlaf gut", sagte er und lächelte noch einmal sanft.

Die Krankenpflegerin machte eine auffordernde Geste Richtung Tür und Julius blieb nichts anderes übrig, als sich ihrer Strenge zu beugen und ihr voran aus dem Zimmer zu gehen.

„Julius?" Mein Rufen war nicht mehr als ein Flüstern. Trotzdem blieb er stehen und drehte sich zu mir um.

„Kommst du morgen wieder?"

Er lächelte. „Wenn du das möchtest."

Ich erwiderte sein Lächeln, schloss die Augen und war eingeschlafen, noch ehe sich die Zimmertür hinter Julius und der Krankenpflegerin schloss.

Am nächsten Vormittag hatte ich sowohl das Frühstück als auch einen abenteuerlichen Gang zur Toilette hinter mir. Bei Letzterem war mir so dermaßen schwindelig geworden, dass ich an der Wand in mich zusammengesackt war. Glücklicherweise war genau in diesem Moment die Krankenpflegerin ins Zimmer gekommen. Sie hatte mir aufgeholfen, mich dabei ziemlich zusammengestaucht, dass ich doch gar nicht allein hätte aufstehen sollen, und mich letztlich ins Bad begleitet. Dummerweise hatte mir gestern niemand gesagt, dass ich bei dem Unfall neben meiner Handgelenksfraktur auch ein leichtes Schädel-Hirn-Trauma davongetragen hatte. Das erklärte den Schwindel und den Kopfschmerz, der noch immer dumpf gegen meine Schläfen drückte. Gerade beantwortete ich eine Nachricht von Wilma, die mir neue Klamotten und mein Kuschelkissen vorbeibringen wollte, als die Zimmertür aufging.

„Mor!"

Meine Mutter eilte auf mein Bett zu und ließ im Vorbeigehen ihre Handtasche auf einen Stuhl fallen.

„Skat", rief sie, für meine Kopfschmerzen eine Spur zu laut. Sie setzte sich auf meine Bettkante und fuhr mir sanft über die Stirn, so wie früher, wenn ich Fieber gehabt hatte. „Wie geht's dir? Du hast mir einen ganz schönen Schrecken eingejagt", fuhr sie leiser fort.

„Tut mir leid. Aber du hättest doch nicht extra kommen brauchen. Das sind doch 1000 Kilometer."

„Nur 930, 11.500 Kilometer weniger als dein Vater momentan vor sich hätte."

Tief in meinem Gedächtnis klingelte etwas. Mein Vater war dienstlich irgendwo in Asien unterwegs. Hoffentlich brach er meinetwegen seine Reise nicht ab. So schlimm stand es um mich schließlich nicht. Und obwohl ich mir lieber nicht ausmalen wollte, wie lang meine Mutter ohne Pause hinterm Steuer gesessen hatte, um den weiten Weg von Aarhus zu kommen, war ich froh, dass sie hier war.

„Was hast du dir nur dabei gedacht, einfach auf die Straße zu laufen?"

Aus Mors Stimme sprach mehr Sorge als Vorwurf, aber ihre Frage konnte ich ihr dennoch nicht beantworten.

„Zum Glück hat Julius aufgepasst", sagte ich. Genau in diesem Moment klopfte es. Mein Herz machte einen Satz, als Julius seinen Kopf durch die Tür steckte.

„Oh, Entschuldigung, ich wollte nicht stören", sagte er, als meine Mutter sich zu ihm umsah.

„Schon okay, komm rein."

Mor stand auf und ging mit ausgestreckter Hand auf ihn zu. „Der Schutzengel, nehme ich an?"

Julius lächelte etwas gequält. „Julius", stellte er sich dann vor.

„Stine. Vielen Dank, dass du meine Tochter von der Straße geholt hast."

Ich unterdrückte ein Lachen. Es war deutlich zu hören, dass meine Mutter in den letzten zwei Jahren beinahe ausschließlich Dänisch gesprochen hatte. Früher hätte sie das noch anders ausgedrückt. Aber wir wussten alle, was sie meinte, und Julius war anständig genug, sich nicht sichtbar über die Formulierung meiner Mutter zu amüsieren.

„Wie geht es dir, Malene?"

„Okay. Wenn ich nicht aufstehe oder den Kopf schnell bewege, geht's."

Er sah mich prüfend an. Ob er ahnte, dass ich genau beides heute schon gemacht und bereut hatte? Er sagte jedenfalls nichts und es entstand eine etwas peinliche Stille. Bemüht, meinen Kopf ruhig auf dem Kissen liegen zu lassen, sah ich zwischen Julius und meiner Mutter hin und her. Es gab so viel, was ich Julius sagen wollte. Er wusste offenbar nicht, wie er sich verhalten sollte, und Mor sah ihrerseits zwischen Julius und mir hin und her.

„Ja, also … gibt's hier irgendwo Kaffee?", fragte sie schließlich.

Vor Erleichterung darüber, sie nicht rauskomplimentieren zu müssen, fiel mir keine Antwort ein. Zum Glück konnte Julius ihr den Weg zur Cafeteria erklären. Als Mor gegangen war, klopfte ich sacht auf meine Bettdecke. Er setzte sich nach kurzem Zögern und sah etwas verlegen aus. Augenblicklich durchströmte mich Wärme und es kribbelte angenehm auf meiner Haut. Nach all den Wochen ohne Kontakt war es beinahe zu schön, um wahr zu sein, dass er nun hier bei mir saß. Stundenlang hätte ich ihn ansehen können. Aber all die Gedanken, die ich seit Tagen mit mir herumtrug, drängten nach draußen. Ich musste jetzt mit ihm sprechen.

„Ich habe mich auch noch nicht richtig bei dir bedankt", fing ich an.

Julius verzog kaum eine Miene. „Vergiss' es. Schon okay", sagte er und schob den Ärmel seines Hemds über das Handgelenk.

„Ich will es aber nicht vergessen", widersprach ich. „Ich bin dir wirklich sehr dankbar, dass du mich davor bewahrt hast, vor einem Bus zu enden."

Er lächelte leicht. „Gern geschehen." Er sah aus dem Fenster, als wäre die Sache für ihn damit nun wirklich erledigt. Für einen Moment verlor ich wieder den Mut, aber ich riss mich zusammen. Ich musste das jetzt zu Ende bringen. Egal, wie es ausgehen würde.

„Julius?"

Langsam wandte er sich mir zu und sah mich ruhig an.

„Wie geht es dir?"

„Passt schon. Ich habe nicht so gut geschlafen."

Ich schloss für einen Moment die Augen. Er hatte mit Sicherheit nicht gelogen, aber seine Stimme klang ausweichend. Das, was er sagte, stimmte nur für den Moment.

„Und eigentlich?"

Er seufzte, sah wieder zum Fenster. Es kam mir wie eine Ewigkeit vor.

„Entschuldige, ich wollte dich nicht schon wieder unter Druck setzen", sagte ich leise.

„Wieso schon wieder?"

„Ich hätte dich vor Weihnachten nicht drängen dürfen, mit mir zu reden. Mir hätte klar sein müssen, dass du noch Zeit brauchst."

Julius verengte die Augen, streckte seine Hand nach meiner aus, hielt aber kurz davor an und legte seine Finger zwei Zentimeter von meinen entfernt auf das Laken.

„Malene, du hast keinen Grund, dich bei mir zu entschuldigen. Du hattest recht. Du hast recht. Jetzt kann ich dich verstehen."

„Wirklich?"

„Ich hätte dir zeigen müssen, wie viel …" Er schluckte, senkte den Kopf, atmete tief durch. „Wie viel du mir bedeutest."

Sein Blick ruhte traurig auf mir, die Augen dunkel vor Schmerz und Verzweiflung. Basti hatte recht gehabt, Julius ging es genauso beschissen wie mir. Vermutlich noch schlimmer.

„Warum wolltest du mich dann nicht mehr sehen?"

Julius stieß einen weiteren Seufzer aus. „Ich hatte Angst, dass du es nicht mehr aushalten würdest mit mir, dass du Schluss machen würdest. Ich habe gedacht, wenn ich selber auf Abstand gehe, tut es nicht so weh, wie wenn du diesen Schritt gehst."

Ich schluckte. In seinem Augenwinkel glitzerte eine Träne. „Es tut mir leid, dass ich dich verletzt habe. Ich habe dich schon vermisst, als du die Tür hinter dir zugezogen hast. Und mit jedem Tag mehr", gestand er mir.

„Basti hat mir davon erzählt.“

Julius sah mich überrascht an und ich erzählte ihm kurz von dem Gespräch, das Basti vor knapp zwei Wochen mit mir geführt hatte.

„Ich hab Angst bekommen, als er mir erzählt hat, wie scheiße es dir ging“, sagte ich. Es tat mir in der Seele weh, dass er so gelitten hatte. Wie viel Schmerz hätten wir uns beiden ersparen können, wenn er ehrlich über seine Gefühle geredet und ich die Verzweiflung hinter seinen Worten erkannt hätte.

Seine Gesichtszüge verhärteten sich, aber seine Stimme war ruhig, als er mir antwortete. „Zum Glück gibt es zweite Chancen. Ich weiß, ich wiederhole mich, aber kannst du mir verzeihen?“

„Vergib‘, dass ich gekränkt dich hab?“, fiel mir Freiligraths Gedicht wieder ein.

Anerkennend hob Julius die Augenbrauen. *„O Gott, es war nicht bös‘ gemeint“*, zitierte er den Anschlussvers.

„Ich vergab dir längst“, führte ich ein weiteres Zitat an und streckte lächelnd meine Hand aus, obwohl die Infusionsnadel dabei unangenehm stach. Julius berührte meine Fingerspitzen mit seinen.

„Wie gut, dass wir die Chance haben, uns das zu sagen.“ Er strich mir zärtlich mit dem Finger über meine Hand, behutsam an der Infusionsnadel vorbei. Trotzdem prickelte es ein wenig.

15.
Kapitel

M*eine Mutter quartierte sich für eine Woche* in unserer WG ein, als ich zwei Tage später aus dem Krankenhaus entlassen wurde. Neben meiner Krankenpflege übernahm sie zu Wilmas und Leonies großer Freude auch die Küche und sorgte dafür, dass wir jeden Tag eine warme Mahlzeit bekamen. Nach ein paar Tagen hatte ich jedoch den Dreh raus, wie ich mit geschienter Hand duschen und ein Butterbrot schmieren konnte. Mor war dennoch skeptisch, als ich ihr sagte, dass sie meinetwegen nicht länger ihre Urlaubstage aufbrauchen müsse.

„Bist du sicher? Du kannst auch direkt mitkommen nach Aarhus, du hast doch Semesterferien."

„Das geht nicht, ich muss noch meine Hausarbeit fertig schreiben." Durch meinen Unfall konnte ich zwar etwas Verlängerung beantragen, aber wenn ich erst einmal bei meiner Familie in Dänemark wäre, würde Mormor sich um mich kümmern und mir keine Zeit mehr für die Uni lassen.

„Vielleicht kann Sören kommen und dich unterstützen", schlug meine Mutter vor.

„Oh ja, er wird begeistert sein", erwiderte ich augenrollend. „Wirklich, Mor, ich komm schon klar. Außerdem sind Will und Leo auch noch hier."

Erst nachdem ich ihr hoch und heilig versprochen hatte, dass ich mich auf jeden Fall melden würde, sollte ich Hilfe brauchen, und nachdem ich in ihrer Gegenwart ein Zugticket für die Wochen kurz vor Ostern gebucht hatte, packte sie ihre Reisetasche.

Ich setzte mich an den Schreibtisch und schaute zum ersten Mal seit Tagen in meine Notizen für meine Hausarbeit. Nachdenklich blätterte ich durch die Bücher, die ich mir vor einer Woche aus der Bibliothek ausgeliehen hatte. Kurz danach hatte ich Julius wiedergesehen. Ob ich ihm die Buchecken bei meinem Sturz wieder in den Bauch gerammt hatte, so wie damals, als wir uns in der Bib über den Weg gelaufen waren? Ich fuhr mit den Fingerspitzen über die Seiten, spürte das raue Papier. Julius' Fingerkuppen waren weicher. Wenn ich die Augen schloss, sah ich ihn wieder vor mir, wie er auf meiner Bettkante saß, mit dem Finger sanft meinen Handrücken streichelte. Es war nur eine kurze Berührung gewesen, aber sie wirkte noch immer nach. Trotzdem hätte ich nichts gegen eine Auffrischung einzuwenden gehabt.

Ich griff nach meinem Handy. Seit seinem letzten Besuch im Krankenhaus hatten wir ein paarmal geschrieben, aber es war über kurze *Wie geht's dir* Fragen kaum hinausgegangen. Auch jetzt tippte ich nicht mehr als diese kurze Frage. Aber als er zwei Stunden später antwortete, entspann sich mehr daraus. Ich erzählte von Mors Abreise und er erkundigte sich sogleich, ob ich zurechtkäme.

Ich schickte ein mit den Augen rollendes Emoji. *Aber ich müsste mal raus. Der Weg zwischen Bad, Küche und Zimmer ist zu kurz,* tippte ich dann.

Du willst allein auf die Straße?, antwortete er, verbunden mit einem entsetzten Emoji.

Warum nicht?

Als du das letzte Mal allein unterwegs warst, bist du vor einen Bus gelaufen.

Du kannst ja mitkommen und auf mich aufpassen.

Die Nachricht war schneller getippt und versendet, als ich darüber nachdenken konnte. Als ich den geschriebenen Text vor mir sah, zuckte ich zusammen. War das nicht zu überstürzt? Julius und ich hatten uns so lange nicht gesehen, und auch wenn wir uns einigermaßen ausgesprochen hatten, hieß das noch lange nicht, dass wir ab sofort wieder …

Besser ist das.

Ich machte auf meinem Schreibtischstuhl einen Satz. War das jetzt eine Zusage seinerseits?

Wenn es dir passt, hole ich dich morgen ab. Es soll recht schönes Wetter werden, dann ist die Sicht auch besser.

Okay, das war eine deutliche Zusage. Kurz überlegte ich, ob ich auf seine

Stichelei eingehen sollte, ließ es aber bleiben. Ich musste das Glück ja nicht zu sehr herausfordern.

Mein Herz klopfte wie nach einem Marathon, als Julius mich am nächsten Nachmittag abholte. Trotz unseres letzten Chats war ich unsicher, ob wir an unsere früheren Gespräche würden anknüpfen können. Mussten wir das überhaupt? Es würde nicht mehr wie vor Weihnachten sein. Meine Beine zitterten leicht, während ich die Treppen nach unten nahm, und vorsichtshalber hielt ich mich am Geländer fest. *Das wird schon. Und wenn nicht, dann ist auch das eine Erkenntnis. Aber das wird schon.* Auf jeder Stufe wechselten sich diese Gedanken ab. Die letzte Stufe war zum Glück mit *Das wird schon* verbunden und Julius' Lächeln bestätigte mein abergläubisches Mantra. Trotzdem hielt ich mich zurück, ihn zur Begrüßung zu umarmen.

„Hej.“

„Hallo Malene.“

Jede Nervosität fiel von mir ab, als er mich beim Namen nannte und dabei die gleiche Wärme in seiner Stimme lag wie früher. Es war schon gut. Keine Umarmung hätte mir deutlicher zeigen können, dass er mich noch immer gern hatte. Wir gingen die Straßen bis zur Innenstadt entlang, ohne viel zu reden. Aber ich brauchte kein Thema, stattdessen horchte ich auf seine Atemzüge, beobachtete aus den Augenwinkeln sein Mienenspiel und hielt kurz die Luft an, wenn der Wind seinen Duft zu mir trug.

„Woher kennst du das Gedicht von Freiligrath?“, fragte Julius unvermittelt.

„Durch Leonie … und durch dich.“ Ruhig hörte er mir zu, wie ich berichtete, was passiert war. „Hattest du den Text im Kopf, als du das Stück von Liszt für mich gespielt hast? Oder hast du an Jakob gedacht?“

Julius schloss die Augen und nickte. „An euch beide. Jakobs Tod hat mich gelehrt, wie schnell das Leben enden kann. Das Gedicht erinnert mich daran.“

Der letzte Satz ging beinahe im Glockenschlag der nahen Kirchturmuhr unter, sein Blick war in weite Ferne gerichtet. Wie immer, wenn es um Jakob ging. Beinahe bereute ich es, ihn nach seinem Bruder gefragt zu haben. Den Ausbuchtungen seiner Jackentaschen nach konnte ich erahnen, dass er seine Hände darin zu Fäusten geballt hatte. Über seinen Schläfen pochte es.

„Du kannst nicht immer daran denken. Das macht auf Dauer irre.“

Er lachte auf, aber es klang ein wenig bitter. „Vielleicht bin ich das.“

„So habe ich das nicht gemeint", sagte ich, um einen lockeren Tonfall bemüht. „Du bist …"

Julius blieb urplötzlich stehen und versteifte sich. Angestrengt, als ob ihm jemand etwas aufs Gesicht drücken würde, atmete er aus. Was hatte er nur? Wollte er lieber nicht wissen, was ich sagen wollte? Verwundert sah ich mich um. Und erstarrte ebenfalls. Wir waren genau auf eine Apotheke zugelaufen, in deren Schaufenster mit einem lachenden Säugling großflächig für ein Babymassageöl geworben wurde.

Na prima, auf dieses Thema hätte ich jetzt auch gut verzichten können. Ein Stimmungskiller am Tag war vollkommen ausreichend. Aber jetzt war das Kind in den Brunnen gefallen. Ich sah Julius an, konnte von der Seite aber in seinem Blick nicht lesen. Langsam, wie von Fäden gelenkt, ging er weiter.

„Habt ihr euch nochmal gesehen?", fragte ich leise.

Verwundert sah er mich an. „Ich dachte, du hast mit Basti gesprochen?"

„Schon, aber es ging nicht um … das Baby." Es fiel mir noch immer schwer, es auszusprechen, doch das unwohle Gefühl, das sich nun in mir ausbreitete, rührte nicht daher. Eine diffuse Unruhe packte mich. Ich streckte meine Hand nach ihm aus, auch wenn mich der Gips daran hinderte, seinen Arm festhalten zu können.

„Julius, was ist los?"

Er schloss die Augen, senkte den Kopf und biss sich auf die Lippen. Ich lotste ihn sanft an dem strahlenden Werbesäugling vorbei in eine Nebenstraße. Fragend deutete ich auf eine Bank, die im Sonnenlicht lag, aber Julius schüttelte den Kopf und ging weiter.

„Vor ein paar Wochen war Amrei bei mir", sagte er nach einigen Metern. „Sie stand plötzlich vor der Tür, nachdem ich lange nichts von ihr gehört hatte."

Er verfiel wieder in Schweigen, starrte vor sich hin, während wir weiter die Straße entlanggingen und meine Unruhe zunahm. Ich fühlte mich nicht bereit für das, was kommen würde, auch wenn ich es nicht benennen konnte. Julius' Verhalten verhieß nichts Gutes.

„Amrei hatte eine Fehlgeburt."

„Was? Das ist ja schrecklich! Das tut mir leid." Es war kein Reflex, keine Floskel, ich meinte es ehrlich. Ich wollte mir gar nicht vorstellen, wie sich das anfühlte. Bei allem, was passiert war, hätte ich Amrei dieses Schicksal nicht gewünscht.

„Mir auch. Es war aber leider nur ein Teil der Wahrheit", sagte Julius seufzend. „Amrei hat mich die ganze Zeit hintergangen und benutzt."

Er schob die Hände noch tiefer in die Jackentaschen und streckte den Rücken durch. Es schien, als müsse er sich zur Beherrschung zwingen.

„Ich hatte recht. Zwischen uns war nichts als dieser verdammte Kuss, auch wenn sie sich das anders gewünscht hätte. Sie hat an dem Abend nach dem Stipendiatentreffen Trost bei einem Mitbewohner aus dem Wohnheim gesucht. Als Amrei gemerkt hat, dass sie schwanger ist, hat sie Panik bekommen und behauptet, ich sei der Vater."

Ich konnte nur fassungslos den Kopf schütteln. Bei allem Mitleid für Amrei und jedem Verständnis für ihre Situation – es rechtfertigte in keiner Weise, wie sie auf Julius' Gefühlen herumgetrampelt war. Und auf meinen.

„Ich hätte auf mein Bauchgefühl hören sollen", sagte Julius bitter. „Stattdessen habe ich dich verletzt und beinahe alle verloren, die mir etwas bedeuten."

Nun streckte ich meinen Arm so weit aus, dass er mich hätte wegschieben müssen, um weiterzugehen. Er blieb stehen und ich sah ihn so lang an, bis er meinen Blick erwiderte.

„Bitte mach dir darüber keine Gedanken mehr. Ja, du hast mir wehgetan. Aber ich habe dir verziehen. Ich werde heilen."

Er lächelte, sah mich aber nicht mehr an, sondern senkte die Lider. Irgendetwas bedrückte ihn. Etwas, das er noch nicht ausgesprochen hatte. Ich kämpfte gegen das Verlangen, ihn an mich zu ziehen, und gegen die Angst vor dem, was er vielleicht noch sagen würde. Je länger er schweigend und mit sich ringend vor mir stand, desto besser konnte ich Bastis Besorgnis von neulich nachvollziehen. Die vergangenen Wochen hatten ihn gezeichnet. Nicht nur die kantigeren Gesichtszüge, auch der traurige Ausdruck in seinen Augen, der gar nicht mehr verschwinden wollte, zeugten davon, dass Basti recht gehabt hatte. Es ging Julius noch immer nicht gut. Vielleicht hatte er schon zu viele Menschen verloren und war zerbrochen. Hatte er nicht eben so etwas angedeutet?

„Was ist mit dir passiert?"

„Du hast doch gehört, was die Ärztin in der Notaufnahme gesagt hat", antwortete er mit rauer Stimme. Ich runzelte die Stirn. Was meinte er? Ich versuchte mich zu erinnern. Bilder konnte ich nicht hervorrufen und nur diffus tauchten Erinnerungsfetzen an Stimmen, Geräusche und einzelne Wörter in meinem Gedächtnis auf.

Irgendetwas rührte sich weit hinten, doch ehe ich genauer danach forschen konnte, sprach Julius weiter.

„Der Satz galt bloß nicht dir. Die Ärztin hat mich wiedererkannt." Er sah noch immer zur Seite, seine Kiefer mahlten aufeinander, sodass die Wangenknochen spitz hervortraten. Mir schwante Schreckliches. Eine eiserne Hand schien auf meine Kehle zu drücken, eine andere zog unerbittlich an meinem Herzen. *Bitte nicht*, dachte ich, obwohl ich wusste, wie albern dieser Gedanke war.

„Offenbar war sie es, die sich an dem Tag, an dem Amrei mir alles erzählt hat, um mich gekümmert hat." Julius lehnte sich an die Hausfassade, an der wir gerade vorbeikamen, und richtete seinen Blick gedankenverloren auf die gegenüberliegende Straßenseite.

„Ist es das, was ich denke?", fragte ich.

Er nickte leicht, öffnete den Mund, schloss ihn wieder und fuhr sich mit der Hand übers Gesicht. „Es klingt alles nach Rechtfertigung, als ob es irgendetwas entschuldigen würde …"

„Was?"

„Ich habe Amrei rausgeschmissen, nachdem sie mir alles erzählt hatte. Für einen Moment tat das gut, aber dann hat mich alles überrollt. Ich war nicht glücklich über ihre Schwangerschaft, geschweige denn darüber, dass ich der Vater ihres Kindes sein sollte, aber ich hatte in den Wochen vorher alle Kräfte mobilisiert, um mich damit abzufinden und mich darauf einzustellen. Mit einem Mal war das weg. Ich hatte mich umsonst abgemüht, dich verloren. Diese plötzliche Leere tat so unfassbar weh. Und dann war da die Rumflasche …"

Die eiserne Hand schloss sich als Faust um mein Herz, diesen Teil des Schmerzes konnte ich nachempfinden. Mein schlechtes Gewissen tat das Übrige dazu. Wenn ich damals hartnäckiger gewesen wäre, hätte ich Julius vielleicht beistehen können. Eine leise Stimme sagte mir, dass das Quatsch war. Ich hätte nichts tun können.

„Dieser Schmerz und die Leere sind das Letzte, an das ich mich erinnern kann. Danach … Ich bin erst drei Tage später auf der Intensivstation wieder aufgewacht. Wenn Basti mich an dem Abend nur eine halbe Stunde später vermisst hätte, hätte dich letzte Woche jemand anders retten müssen."

„Dann wäre ich vermutlich nicht auf die Straße gelaufen", erwiderte ich in dem kläglichen Versuch, meine Panik zu besänftigen. Die Vorstellung, dass Julius vor Kurzem beinahe an einer Alkoholvergiftung gestorben wäre, raubte mir den Atem. Nie hätte ich die Wahrheit über Amrei erfahren, nie erfahren, wie wichtig ich ihm war und wie leid ihm alles tat. Er wäre einfach so verschwunden und womöglich hätte ich es nicht einmal mitbekommen. Oder hätte Basti mit Umhang und Filzhut wie der Schicksalsbote vor mir gestanden und mir die Todesnachricht überbracht? Mir schossen die Tränen in die Augen.

„Darf ich dich in den Arm nehmen?", wisperte ich.

Er löste sich von der Fassade und machte einen Schritt auf mich zu, öffnete seine Arme. Ich zog ihn an mich und vergrub mein Gesicht in seinem Mantel. Die Wollfasern rieben an meiner Haut und verströmten seinen Geruch, den ich so lang vermisst hatte. Sein Herz schlug laut und kräftig in seiner Brust. Das Wummern trieb mir erneut die Tränen in die Augen. Noch nie hatte sein Herzschlag so gut, so beruhigend geklungen. Julius war noch hier. Er lebte, er atmete. Hier in meinen Armen.

Die Bilder, die Julius' Geständnis in mir hervorgerufen hatte, verselbständigten sich und rissen mich in den nächsten Tagen dauernd aus meinem Rhythmus aus Recherche, Schreiben und Alltag. Dass Leonie den Liebestraum von Liszt zu inhalieren schien und nicht nur hörte, sondern auch ständig vor sich hin summte, machte das Ganze nicht besser. *Oh lieb, solang du lieben kannst … Die Stunde kommt, da du an Gräbern stehst und klagst.* Julius und ich hatten beide unverschämtes Glück gehabt. Er noch mehr als ich. Mein Handgelenk würde schneller wieder zusammenwachsen als seine Wunden. Ich hatte unterschätzt, wie fragil seine Psyche war. Dass die Stärke und Ruhe, die er mir so oft vermittelt hatte, weniger brauchte, um in sich zusammenzustürzen, als er sich selbst eingestehen wollte.

„Es ist klar, dass du dir Sorgen machst, Lene. Aber das muss Julius selbst in den Griff bekommen, am besten mit professioneller Hilfe", sagte Wilma, als ich mich ihr anvertraute. Sie zog an ihren Locken und sah mich eindringlich an. Ich wusste genau, was das bedeutete. Egal wie sehr ich ihm helfen und für ihn da sein wollte, dieses Projekt würde mich überfordern.

„Aber …", fing ich an, ohne eine Ahnung zu haben, was ich sagen wollte. Es war wohl der Versuch, meiner Hilflosigkeit Luft zu machen.

Wilma durchbohrte mich beinahe mit ihrem Blick. „Kein Aber. Julius muss selbst erkennen, dass er Hilfe braucht, und er muss diese Hilfe wollen. Du kannst ihn nicht therapieren, das würde dich über kurz oder lang kaputtmachen. Und sorry, was das angeht, fühle ich mich für dich verantwortlicher als für Julius."

„Ich weiß." Ich sank auf dem Küchenstuhl in mich zusammen. In der Tischplatte war eine Kerbe, deren Konturen ich mit meinem Blick wieder und wieder nachmalte, bis mir die Augen wehtaten. „Es macht mich irre."

„Das glaub ich dir. Aber Julius schleppt dieses Alkoholproblem schon länger mit sich herum. Das ist nicht mit zwei Wochen Händchenhalten und gutem Zureden gelöst. Das braucht Zeit." Wilma kratzte sich an der Nase und verzog den Mund. „Mehr Zeit als bis Juli", fügte sie schließlich noch hinzu.

Bis Juli. Wilmas Worte trafen mich wie ein Hieb. Ich freute mich auf Aarhus, meinen Studienplatz hatte ich zugesagt. Aber das war vor dem Unfall gewesen, vor meiner Aussprache mit Julius. Ich hatte ihm noch nichts davon erzählt, dass ich nicht nur die Stadt, sondern auch das Land verlassen würde. Das sollte ich bald tun. Es fühlte sich nicht richtig an, es ihm vorzuenthalten, auch wenn ich ihm diese Information nicht schuldig war. Doch ich schreckte noch davor zurück. Gerade nach dem, was er mir erzählt hatte, und nach Bastis Andeutungen neulich, fürchtete ich mich vor seiner Reaktion. Auf keinen Fall wollte ich einen weiteren Absturz provozieren.

Fluchend sah ich auf den Bildschirm meines Laptops, wo sich seit gefühlt zehn Minuten ein blauer Kreis unablässig drehte. Als ob es nicht schon genug war, dass ich mit meiner gebrochenen Hand langsamer tippte als normal, jetzt musste sich dieses verdammte Programm auch noch aufhängen. Ausgerechnet auf den letzten Metern.

„Jetzt mach schon", fauchte ich und trommelte mit den Fingern auf dem Tisch. Natürlich tat mir mein Laptop diesen Gefallen nicht, sondern rödelte in aller Seelenruhe vor sich hin.

Mein Smartphone vibrierte. Julius' Nachricht ließ mich meinen Unmut etwas vergessen.

Wie geht es dir? Was machst du?

Ich schickte ihm ein Foto von meinem Bildschirm und malte einen Pfeil auf den drehenden Kreis.

Oh, das nervt, schrieb er wenige Sekunden später. *Da hilft nur ausschalten und neu starten.*

Vermutlich hatte er recht. Trotzdem zögerte ich. Wann hatte ich das letzte Mal zwischengespeichert? Hatte das Programm automatisch gespeichert? Normalerweise war das so. Mir stand nicht der Sinn danach, mein Literaturverzeichnis noch einmal zu schreiben. Schließlich drückte ich dennoch den Knopf und sah hinter halb geschlossenen Lidern, wie der Bildschirm schwarz wurde.

Was machst du?, schrieb ich.

Er schickte ein Bild von seinem Schreibtisch. Fachbücher, Akten, eingeschaltetes Notebook.

Auch wieder fleißig?

Ja, ich muss ein bisschen aufholen.

Es stach in meiner Brust, aber nicht mehr so schlimm wie noch vor ein paar Tagen. Ich hatte den ersten Schock überwunden und wollte vorerst nicht länger darüber nachdenken. Ablenkung war hier das Mittel der Wahl.

Und, wie läuft's?

Geht so.

Was hältst du von einer gemeinsamen Schreibsession morgen?

Ich wartete. Von Julius kam keine Reaktion. War das Angebot übereilt gewesen? Ich schaltete den Laptop wieder ein – immerhin funktionierte meine Datei noch und das Literaturverzeichnis war so vollständig, wie ich es zwangsläufig hatte hinterlassen müssen. Ein Glück! Ehe mich noch einmal das technische Glück verlassen konnte, machte ich eine Sicherheitskopie. Morgen würde ich die Arbeit ein letztes Mal Korrektur lesen und dann hoffentlich drucken und abgeben.

Das Vibrieren des Handys ließ mich zusammenfahren, dabei hatte ich doch in den letzten Minuten eigentlich auf nichts anderes als auf eine Nachricht von Julius gewartet.

Meinst du in der Bib? Da ist es mir meist zu voll.

War das der Ansatz eines diplomatischen Versuchs, abzusagen? Dass er in der Bib nicht gern lernte, wusste ich. Aber ob er sich auf einen Vorschlag einlassen würde? Ich beschloss, es auf einen Versuch ankommen zu lassen.

Wir können das Schreibcamp in der WG aufschlagen. Wilma hat den ganzen Tag Praktikum und Leonie ist auch unterwegs.

Diesmal musste ich nicht lange auf seine Antwort warten. Sie kam beinahe direkt.

Das klingt gut. Vielleicht ist ein Ortswechsel gar nicht so verkehrt.

Erleichtert schloss ich die Augen und ließ mich in meinem Schreibtischstuhl zurückfallen.

Die Umarmung zur Begrüßung war beinahe flüchtig, aber herzlich und liebevoll. Im Strahlen seiner Augen hätte ich mich verlieren können. Julius breitete seine Bücher und sein Notebook auf unserem Küchentisch aus, ich setzte mich mit dem Laptop ihm gegenüber. Anstatt mich jedoch auf meine Hausarbeit zu konzentrieren, sah ich immer wieder zu ihm. Er blätterte zwischen Seiten hin und her, nickte, tippte. Seine gestrige Prognose stimmte; ihm tat der Ortswechsel offenbar gut. Ich hingegen brauchte drei Stunden für meine Arbeit, schlug dafür aber umso zufriedener den Laptop zu, als ich endlich fertig war.

„Hast du Hunger?"

Die erste Frage, seit er gekommen war. Die ganze Zeit über hatten wir stillschweigend vor uns hin gearbeitet, etwas, das ich mit Leonie nie schaffte. Mit meiner Mitbewohnerin tauschte ich mich zwischendurch über einzelne Textabschnitte oder Thesen aus.

Julius sah auf seine Uhr. „Oh, schon Mittag. Sollen wir zur Mensa?"

„Julius, wir sitzen in der Küche. Wie unlogisch wäre es bitte, jetzt zum Essen wegzufahren?"

Er zuckte mit den Schultern. „In meinem Zimmer sitze ich auch praktisch in der Küche, aber ich habe selten etwas zum Kochen da."

„Zum Glück bist du hier in einem halbwegs vernünftigen Haushalt mit funktionierender Küche", neckte ich ihn, stand auf und ließ meinen Blick über unser Vorratsregal wandern.

„Was hältst du von Kartoffeln, Spinat und …" Ich lugte in den Kühlschrank, wann war ich das letzte Mal einkaufen gewesen? „… und Ei?", führte ich den Satz erleichtert zu Ende.

„Klingt gut. Kann ich dir helfen?"

Ich reichte ihm den Sack Kartoffeln und drückte ihm ein Schälmesser in die Hand. Julius machte sich auch sogleich ans Werk, während ich den Tiefkühlspinat in einen Topf gab. Zuerst verkniff ich mir ein Seufzen, als ich aus den Augenwinkeln sah, wie er mit dem Messer hantierte. Wie konnte man denn selbst mit Schälmesser so enormen Verschnitt haben?

„So wie du Kartoffeln schälst, brauchst du zwei Kilo, damit wir beide satt werden“, sagte ich.

Julius hatte Kartoffel und Messer gerade wieder angehoben, ließ auf meinen Kommentar hin jedoch beides wieder sinken und hielt es mir auffordernd entgegen.

„Willst du es selbst machen?“, schoss er zurück.

Ich hob abwehrend die Hände und hielt ihm dabei meine eingegipste Hand demonstrativ unter die Nase.

„Na also. Lass mich nur machen.“

Einen kurzen Moment überlegte ich, dann nahm ich ihm das Messer ab. „Planänderung, wir machen Spaltenkartoffeln, die müssen wir nicht schälen, sondern nur vierteln.“

Beinahe hätte ich über die beleidigte Schnute, die er zog, gelacht. Das übernahm er allerdings selbst und gab sich geschlagen.

Während die Kartoffeln im Ofen garten und ich den Spinat beaufsichtigte, setzte Julius sich zurück an den Tisch.

„Wie sieht es eigentlich mit deiner Bewerbung in Aarhus aus?“

Der Kochlöffel fiel mir aus der Hand und versank im Spinat. Mit rasendem Herzen wandte ich mich zu Julius um, der die von Wilma gebastelte Dänemarkflagge in der Hand hielt. Verflucht, die hatten wir seit unserer Feier über die Zusage nicht weggeräumt. Für mich war sie mittlerweile ein selbstverständlicher Teil des Tisches, aber Julius musste sie natürlich auffallen.

„Ich …“

… war echt nicht auf dieses Gespräch vorbereitet. Mir musste irgendetwas einfallen, wie ich es Julius schonend beibringen konnte.

„… habe eine Zusage.“

Damit hatte sich der Schongang erledigt. Großartig!

Julius stellte die Flagge wieder auf den Tisch und lächelte. „Das ist doch super. Herzlichen Glückwunsch! Ich freue mich für dich.“

Das nahm ich ihm sogar ab, aber ich sah auch dieses kurze Aufglimmen von Schmerz in seinen Augen. Dieser Schmerz, der mir so bekannt vorkam. Er mischte sich seit Tagen unerbittlich in meine Vorfreude.

„Wirklich?“

„Ja“, antwortete er mit größter Selbstverständlichkeit. „Du hast so begeistert von der Uni dort erzählt. Es ist schön, dass es für dich jetzt dort klappt.“

„Und du?", fragte ich und meinte eigentlich *und wir*. Doch ich wagte nicht, es auszusprechen. Gab es dieses Wir noch? Ja, wir hatten uns versöhnt, sprachen seit zwei Wochen wieder miteinander. Ich sah es in seinen Gesten, spürte es, wenn er mich ansah; die Vertrautheit war noch da. Aber was war mit dem Vertrauen? Julius war noch zurückhaltender als bei unserem Kennenlernen, sein Lächeln war scheu und hielt nicht so lang wie früher. Konnte es sein, dass er sich nach der Enttäuschung mit Amrei und seinem Absturz selbst nicht mehr traute? Wie sollte ich ihm glauben, wenn er selbst das Vertrauen in sich verloren hatte? Ich sehnte mich so sehr nach ihm, dass es wehtat, aber ich konnte ihn nicht nach einem Wir fragen, wenn ich die Erste war, die ging.

Julius klappte eines der Fachbücher zu und schob es an den Rand des Tisches. „Ich komme schon klar."

„Kommst du nur klar oder geht es dir auch gut?"

Er biss sich auf die Lippen und schloss für einen Moment die Augen, was mir Antwort genug war. Im Gegensatz zu mir, die Wilma einfach stehengelassen hatte, als sie mich gefragt hatte, blieb Julius jedoch sitzen und sah mich aus dunklen Augen an.

„Das werde ich herausfinden. Aber ich stehe dazu, was ich dir im Sommer gesagt habe. Du musst dich meinetwegen nicht entscheiden. Erst recht nicht nach ..."

Er rümpfte die Nase und kräuselte die Stirn. „Irgendetwas riecht komisch."

„Pis! Der Spinat!" Ich stürzte zum Herd, aus dem es verräterisch qualmte. Ich fuhr mit dem Löffel durch das Grün und stieß am Topfboden auf Widerstand. Fluchend goss ich die Überreste in eine Schüssel und probierte.

„Keine kulinarische Offenbarung, aber noch genießbar", murmelte ich und füllte heißes Wasser in den angesengten Topf. Das Spülen würde nachher eine Freude werden.

„Vielleicht sollten wir die schweren Themen beiseitelegen, bis wir mit dem Essen fertig sind", sagte Julius. Er stand auf, nahm die Bratpfanne aus dem Regal und übernahm das Braten der Spiegeleier. So hatten wir schließlich doch noch eine halbwegs anständige Mittagsmahlzeit.

Als Julius am späten Nachmittag ging, umarmte er mich etwas länger. Seine Handflächen ruhten warm auf meinen Schulterblättern und seine Fingerspitzen berührten meine Wirbelsäule, auf der ein angenehmer Schauer rauf und runter wanderte.

„Danke für diesen Tag.“

„Danke dir. Schön, dass du hier warst.“

Er lächelte und sah gelöster aus als noch vor ein paar Stunden. Es waren nur wenige Zentimeter zwischen uns und ich roch den so vertrauten Zitrusduft. *Hilfe, wenn er jetzt nicht geht, kann ich für nichts garantieren.* Ich trat ein winziges Stück näher.

Da ging ein Ruck durch seinen Körper, er schulterte seinen Rucksack und streckte die Hand nach der Türklinke aus.

„Bis bald.“

Ich nickte, vielleicht eine Spur zu hastig, und sah ihm nach, wie er die Treppe hinunterging, vielleicht eine Spur zu langsam.

16.
Kapitel

Während der drei Wochen, die ich vor Ostern bei meiner Mutter in Aarhus verbrachte, sah ich mir mehrere Wohnungen an, von denen mir allerdings keine zusagte. Manche waren zu groß und zu teuer, andere zwar kleiner, aber trotzdem teuer. Wenn ich die staatliche Studienunterstützung nicht überstrapazieren und neben dem Studium nicht noch Vollzeit arbeiten wollte, musste etwas anderes her. Ein Blick in die verschiedenen Foren und Websites, in denen Wohngemeinschaften Zimmer vermieteten, waren wenig erfolgversprechend, da der Andrang riesengroß war. Außerdem sperrte ich mich gegen den Gedanken, mir eine neue WG zu suchen. Wenn ich mit Leuten zusammenlebte, wollte ich etwas Vertrautes. So viel Zeit würde ich vor Beginn meines Masters nicht haben, um andere Studierende so gut kennenzulernen.

Zwei Tage vor Ostern strich ich die letzte Wohnung von meiner Liste. Die mir präsentierte Unterkunft hatte außer dem Grundriss nichts mit den Bildern zu tun gehabt, die ich zuvor im Internet gesehen hatte. Durch die Fensterritzen hatte der Wind geheult und die Wohnzimmerwand war verdächtig feucht gewesen. Für die sanierungsbedürftigen 35 Quadratmeter verlangte der Vermieter umgerechnet 600 Euro, was bei Mor Schnappatmung ausgelöst und mich mutlos zurückgelassen hatte. Vielleicht sollte ich meinen Studienplatz besser an jemand anderen abtreten und lieber in Erlangen bleiben.

„Na, na, skat, mach dir keine Sorgen. Das findet sich", sagte Mor und legte mir tröstend den Arm um die Schultern.

„Zur Not bleibst du erst einmal bei uns", sagte Mormor und Morfar nickte dazu.

Trotzdem fuhr ich mit gemischten Gefühlen zurück nach Deutschland.

Etwas Positives gab es immerhin; mein Handgelenk war verheilt und der Gips konnte endlich weg. In den ersten Tagen war es noch merkwürdig, nicht mehr das zusätzliche Gewicht am Arm zu spüren. Zudem war ich übervorsichtig, weil ich fürchtete, der Knochen könnte bei geringster Belastung wieder brechen. Aber Wilma, Julius und nicht zuletzt die Krankengymnastin versicherten mir, dass alles so war, wie es sein sollte, und so stand ich Mitte April wieder zur ersten Schicht im *Ring*.

„Schön, dass du wieder da bist", begrüßte Friedhelm mich freudestrahlend. Wehmut erfüllte mich, als er Jessy und mir wieder ein grandioses Semester prophezeite. Für mich würde es das letzte hier sein. Verrückt, die vergangenen zweieinhalb Jahre kamen mir wie eine Ewigkeit vor. Ich war so daran gewöhnt, zweimal wöchentlich meine Schicht zu machen, dass ich es mir gar nicht mehr anders vorstellen konnte. Aber nun lief unaufhaltsam der Countdown. Mein letztes Bachelorsemester hatte begonnen und jeder Tag, der verging, brachte mich dem Studium in Dänemark näher. Seufzend steckte ich Notizblock und Portemonnaie in meine Schürzentasche und machte mich auf den Weg zu den ersten Gästen. Ich sollte nicht jetzt schon Trübsal blasen. Noch blieben mir ein paar Monate bis zum Abschied.

Ist es in Ordnung für dich, wenn ich dich nachher abhole?

Julius' Nachricht, die mich in der Pause erreichte, ließ mein Herz Purzelbäume schlagen. Wir hatten in den letzten Wochen häufiger geschrieben, hin und wieder telefoniert und waren spazieren gegangen. Unser Umgang wurde wieder vertrauter, wenngleich Julius insgesamt distanzierter war als früher. Regelmäßig fragte ich mich, ob es daran lag, was passiert war, oder daran, dass ich gehen würde. Jetzt suchte er offensiv meine Gesellschaft und ich hätte am liebsten sofort meine Schicht beendet, um ihn zu sehen. Stattdessen schickte ich meine begeisterte Antwort und übte mich in den nächsten drei Stunden in Geduld.

Julius erwartete mich nach Dienstende im Hof.

„Hej." Ich zögerte, alles in mir schrie danach, ihn fest in meine Arme zu schließen, während mein Verstand mich gleichzeitig zur Vorsicht mahnte. Unsicher trat ich von einem Fuß auf den anderen und legte erst einmal meine Tasche in den Fahrradkorb. Damit war der Moment vorbei. Julius nahm wie selbstverständlich mein Rad und schob es mit einer Hand aus der Einfahrt.

„Wie geht es deinem Arm? Ging es gut beim Arbeiten?"

„Keine Probleme. Und bei dir?"

„Mit meinem Arm ist auch alles in Ordnung."

Ich stieß ihm sanft meinen Ellenbogen in die Seite, wobei er mir geschickt auswich. Er grinste mich spöttisch an.

„Du weißt genau, was ich meine."

Schlagartig wurde er ernst. „Ich verbringe meine Tage mit Neurologie, Psychiatrie und Psychosomatischer Medizin, wie könnte es mir da nicht gut gehen?"

Jemand Fremdes hätte Julius völlig ernst genommen, aber ich kannte die feinen Schwingungen seines Sarkasmus. Das Pensum, das er in diesem Semester zu bewältigen hatte, konnte auch eingefleischte Medizinfans wie ihn an den Rand des Wahnsinns treiben.

„Hast du Angst, dass du es nicht schaffst?"

„Angst nicht. Aber ich habe Respekt vor dem, was ansteht."

Aufrecht und mit gespannter Haltung ging er neben mir her, den Blick konzentriert auf die Straße gerichtet. Ich beobachtete seine kontrollierten Bewegungen, wie er die Füße fest auf der Straße aufsetzte. Diese beherrschte Art hatte mich früher schon an ihm fasziniert, mittlerweile erkannte ich allerdings die feinen Unterschiede. Als wir uns kennenlernten, besonders bei unserem ersten Date, war mir diese Haltung aufgefallen, doch hatte er damals trotzdem lockerer gewirkt. Wenn ihn der Stress nur nicht auf dumme Gedanken kommen ließ …

Ich fuhr zusammen, als plötzlich seine Hand an meine stieß. Es dauerte nur den Bruchteil einer Sekunde, sodass ich mir nicht sicher sein konnte, ob die Berührung nur ein Zufall gewesen war. Wir liefen dicht nebeneinander und ich spürte die Nähe seiner Hand. Wenn ich meine Finger nur ein wenig ausstreckte, würde ich den Abstand überwinden können. Vorsichtig streckte ich meine Finger, wie von selbst fanden sie die Lücken zwischen seinen und nach einem kurzen Moment schoben sich unsere Hände ineinander. Zum ersten Mal seit Monaten. Es prickelte wie wild auf meiner Haut und in meinem Bauch flatterte es, aber mein Herz war ruhig, wie ein zufriedenes Kätzchen, das sich in einem Kissen zusammenrollt.

Die Bachelorarbeit nahm mich nun voll in Beschlag. In meiner Datenbank tummelten sich gefühlt Millionen gesammelter Zitate, hinzu kamen die Notizen, die ich während der Interviews mit meinen Eltern und anderen Leuten aus multikulturellen Partnerschaften geführt hatte. Jetzt musste ich mich nur noch hinsetzen und schreiben. *Nur noch*, dachte ich spöttisch während einer gemeinsamen Schreibsession mit Leonie. Meine Mitbewohnerin hackte wie wild auf ihrer Tastatur herum, ich hingegen klickte seit einer Ewigkeit zwischen meiner Gliederung und den Zitaten hin und her. So sehr, wie die Ideen für die Arbeit anfangs gesprudelt waren, so sehr verließ mich nun meine Kreativität.

„Was ist denn los?", fragte Leonie erstaunt, als sie sich ein Glas Wasser einschenkte. „Hänger?"

„Ja … nein. Eigentlich ist die Arbeit schon fertig. Hier drin." Ich tippte an meine Stirn. „Ich weiß genau, was da stehen soll, aber irgendwie finden die Wörter nicht den Weg aufs Blatt."

Leonie verzog das Gesicht zu einer kritischen Grimasse. „Kann es sein, dass du deine Motivation aus dem Blick verloren hast?"

„Was für eine Motivation?"

„Oha, so schlimm also." Leo stöhnte, schob ihren Laptop ein Stück zur Seite und sah mich an. „Warum hast du dir dein Thema ausgesucht?"

Eine leichte Frage.

„Weil es spannend ist, weil ich betroffen bin, weil mir so viel dazu eingefallen ist."

„Sehr gut. Und was ist dein Ziel?"

„Der Bachelorabschluss?"

„Ja, klar, natürlich. Aber was willst du damit? Der Bachelor of Arts ist ja erstmal nur eine Urkunde zum an die Wand nageln. Und dann?"

„Auf nach Dänemark."

„Na, wenn das kein Ziel ist." Leonie schnappte sich die Dänemarkflagge und baute sie auf meinen Notizen auf. „So, und nun, schreib."

Ich sah auf das rote Stück Stoff mit dem weißen Kreuz. Vier Monate noch bis zum Semesterstart in Aarhus. Neulich im *Ring* war es mir so nah vorgekommen. Jetzt klangen vier Monate plötzlich unheimlich weit weg.

Warum die Eile?

Leonie sah auf. „Du schreibst ja immer noch nicht."

„Aarhus ist noch so weit weg."

„Aha, ich sehe, wir haben so lang ein Motivationsproblem, bis wir ein Zeitproblem haben."

Frustriert stellte ich die Flagge zurück an die Tischkante zur Wand. „Was motiviert dich denn kurzfristig?"

Augenblicklich wurde Leonie rot bis an die Ohren. Überaus verdächtig. Ich verschränkte die Arme, lehnte mich auf dem Küchenstuhl zurück und sah sie herausfordernd an.

„Das muss ja eine sehr spezielle Motivation sein."

Leonie winkte ab, etwas zu aufgesetzt, als dass ich es ihr abnahm, und sie vertiefte sich demonstrativ hinter ihrem Bildschirm. „Ach, ich bin nachher nur mit Annika zum Klettern verabredet."

„Mit Annika? Zum Klettern?"

„Ja. Willst du mitkommen?", fragte sie, aber ich hörte die höfliche Floskel, die sich dahinter verbarg.

„Ne, geht ihr mal allein. Ich muss meine Hand noch etwas trainieren, bevor ich mich wieder an die Wand wage."

Leo strich sich lächelnd eine Strähne hinters Ohr und vertiefte sich wieder in ihre Arbeit. Aber sie hatte mich auf eine Idee gebracht. Wenn sie schon mit meiner Seilschaft klettern ging, musste ich ja nicht unsportlich bleiben. Ich griff nach meinem Handy und textete Julius an. Fünf Minuten später war ich für den Abend zum Joggen verabredet und hatte endlich die Motivation, die ich brauchte, um mich dem ersten Kapitel meiner Bachelorarbeit zu widmen.

Ich fiel in Julius' Umarmung, genoss die Berührung seiner Fingerspitzen auf meinen Schulterblättern. Erst als er mich losließ, fiel mir auf, wie müde er aussah. Sein Haar wirkte zerzaust, etwas, das ich von ihm nicht kannte.

„Bist du eben erst aufgestanden?", fragte ich mit schlechtem Gewissen.

Julius runzelte die Stirn. „Gott bewahre, nein. Wie kommst du darauf?"

„Offen gestanden sahst du auf dem Kopf schon einmal ordentlicher aus", sagte ich und unterdrückte den Impuls, durch seine dunklen Strähnen zu fahren und sie zusätzlich zu verwuscheln.

„Oh, ich wusste nicht, dass ich fürs Gutaussehen eingeplant war."

Er fuhr sich über den Kopf, wohl in dem Versuch, seine Frisur zu ordnen, was nur halbwegs gelang. Dann grinste er.

„Die Altklausur zu Neurologie war zum Haare raufen. Wenn du mich nicht zum Joggen überredet hättest, wäre ich mittlerweile wahnsinnig."

„Na dann, auf geht's", sagte ich und setzte mich in Bewegung. Wortlos trabten wir nebeneinander her, ohne großartig auf die Strecke zu achten. Daher fuhr ich überrascht zusammen, als wir uns auf dem Berg wiederfanden. Benommen blieb ich stehen und sah mich um, hier hatten wir schon einmal gestanden. Julius, der ein paar Schritte hinter mir zurückgefallen war, kam langsam, beinahe zögerlich, auf mich zu und strich sich über das verschwitzte Gesicht. Wie von selbst zuckte meine Hand vor, streckte sich nach ihm. Schweigend standen wir voreinander. Ich sah seinen Brustkorb über seinem Herzen wild beben, spürte meines unter meinen Rippen ebenso heftig schlagen. Lag es nur an der vorherigen Anstrengung? Er machte noch einen Schritt auf mich zu und legte sanft seine Wange auf meinem Kopf ab, während ich meine Arme um seinen Rücken schloss. Sein Atem strich über meine Kopfhaut, unsere Herzen schlugen wild und um uns herum wurde alles ganz still. Ich schloss die Augen und wollte mich gerade in seiner Nähe verlieren, als er mich unwillkürlich losließ und zurückwich.

Erschrocken sah ich ihn an. „Was ist los?"

Er schüttelte ausweichend den Kopf und sah auf die kleinen Äste, die zwischen dem Schotter auf dem Weg lagen. „Ich sollte nicht …" Er wandte sich um, fuhr sich durchs Haar.

Ich musste all meine Beherrschung zusammennehmen, um nicht wieder meine Hand nach ihm auszustrecken und sie ihm beruhigend auf die Schulter zu legen. Er umklammerte das rechte Handgelenk mit der linken Hand, fuhr den Unterarm auf und ab. „Das ist nicht fair, ich sollte dich nicht unter Druck setzen."

Ich hatte schon einen halben Schritt auf ihn zugemacht, jetzt zog ich meinen Fuß wieder zurück. „Das tust du nicht."

Ruckartig drehte Julius sich zu mir um. Wut blitzte in seinen Augen und eine tiefe Falte hatte sich in seine Stirn gegraben.

„Doch! Ich mache es dir nur schwerer, deinen Weg zu gehen."

Noch nie hatte ich diesen Ausdruck auf seinem Gesicht gesehen und verunsichert stolperte ich noch einen Schritt zurück.

Abwehrend hob er die Hände und sein Blick entspannte sich wieder.

„Entschuldige, ich wollte dich nicht erschrecken."

„Schon gut", flüsterte ich, nur teilweise erleichtert, dass sich seine Wut nicht gegen mich richtete, und gleichzeitig enttäuscht, dass er sich selbst und mir versagte, herauszufinden, ob wir nicht trotz allem wieder zueinanderfinden konnten. Wenn ich seine Geste vorhin richtig gedeutet hatte, war es doch genau das, wonach er sich sehnte. Das, wonach ich mich sehnte. Vorsichtig machte ich wieder einen Schritt auf ihn zu und sah ihn fragend an, während ich zaghaft meine Hand nach seinem Handgelenk ausstreckte. Erst, als er meinem Blick standhielt, keine Miene verzog und auch nicht zurückwich, umfasste ich die Knöchel. Julius drehte die Hand und legte seine Finger um meinen Arm.

„Ich fühle mich von dir nicht unter Druck gesetzt. Du darfst mich umarmen und ich nehme dich gern in den Arm, wenn du es möchtest."

Ein sanftes Lächeln huschte über sein Gesicht. „Danke."

Beinahe flüchtig strich sein Finger über die Innenseite meines Handgelenks, ehe er seine Finger löste, tief durchatmete und Richtung Stadt sah.

„Sollen wir langsam wieder zurück?"

Ich folgte ihm den Berg hinab und begleitete ihn bis vor die Tür des Wohnheims. Zögerlich schob er mir eine Strähne aus der Stirn und verharrte mit den Fingerspitzen an meinem Hals. Er sah mich scheu an, ich lächelte, um ihn zu ermutigen. Da ging die Tür auf und eine Studentin trat heraus. Julius zog seine Hand zurück, als ob er sich verbrannt hätte. Die Studentin schenkte uns nicht einmal einen Blick, aber Julius griff nach der Türklinke und machte einen Schritt ins Innere.

Ich winkte kurz zum Abschied, drehte mich um und lief nachdenklich zurück zur WG. Wilma hatte recht gehabt. Julius brauchte Zeit. Länger als bis Juli.

„Oh Mann, ich hab echt keine Lust mehr!"

Die Tür fiel ins Schloss und irgendetwas plumpste auf den Boden. Ich vermutete, dass es sich dabei um Wilmas Rucksack handelte. Kurz darauf polterte es. Wahrscheinlich ihre Schuhe, die meine beste Freundin in irgendeine Ecke pfefferte. Ich seufzte und musste gleichzeitig lächeln. Wilma war unverbesserlich, aber ich liebte ihre direkte Art, mit der sie buchstäblich mit der Tür ins Haus fiel und mich, so wie jetzt, aus meiner Arbeit riss. Andererseits war ich mit dem aktuellen Kapitel meiner Bachelorarbeit gut vorangekommen und eine Pause war mehr als angebracht.

Ich schob meine Notizen an den Rand des Schreibtischs und stand auf.

Wilma lehnte an der Wand und starrte gen Flurdecke. Ohne den Kopf zu drehen, schielte sie zu mir herüber, als ich aus meinem Zimmer kam.

„Warum genau wollte ich nochmal Medizin studieren?"

Ratlos zuckte ich die Schultern, ich hatte sie nie danach gefragt. „Keine Ahnung. Irgendwann in der Elften hast du mir gesagt, dass du Medizin studieren würdest."

„Du hättest mich daran hindern sollen", murmelte sie hinter vorgehaltener Hand.

„Was ist denn gerade so schlimm?"

Wilma winkte ab. „Frag nicht."

Ich schenkte meiner besten Freundin einen bedauernden Blick, war aber insgeheim erleichtert. Wenn sie so reagierte, konnte es sich schlimmstenfalls um eine komplexe Vorlesung oder einen abgehobenen Dozenten handeln, der sie genervt hatte. Morgen würde sie wieder voller Elan zur Uni hasten.

„Spieleabend und Pizza?"

Endlich wandte Wilma ihren Kopf und grinste breit. „Perfekt."

Sie stürmte an mir vorbei in die Küche, pflückte den Flyer vom Lieferdienst von der Kühlschranktür und reichte ihn mir, während sie gleichzeitig ihr Handy aus der Hosentasche zog.

„Leo, wir machen Spieleabend, was willst du für Pizza?"

Irgendwo zwischen Margherita und Funghi verrutschte ich in der Zeile und ließ mich kichernd auf den Stuhl fallen. Wilmas Sprachnachrichten waren urkomisch anzuhören, ihr beim Versenden eben dieser zuzusehen, übertraf hingegen alles.

„Du hättest wenigstens fragen können, ob sie überhaupt Lust auf einen Spieleabend hat", sagte ich gespielt vorwurfsvoll, sobald ich mich wieder gefangen hatte.

Meine beste Freundin nahm mir den Flyer ab und schüttelte verständnislos den Kopf.

„Was ist gegen Spieleabend und Pizza einzuwenden?"

In diesem Moment verkündete ihr Smartphone mit einem Pling den Eingang einer neuen Nachricht. Mit einem triumphierenden Grinsen hielt sie mir das Display entgegen, zog es jedoch wieder weg, ehe ich die Nachricht lesen konnte.

„Na bitte, sag ich doch … Oh, sie scheint Hunger zu haben. Eine Gemüsepizza und Spaghetti Carbonara." Wilma kräuselte die Stirn, zuckte dann aber mit den Schultern und machte sich an die Bestellung.

Die naheliegende Erklärung für Leonies doppelte Bestellung trat eine halbe Stunde später mit unserer Mitbewohnerin in die Küche.

„Oh, hej Annika."

Meine Kletterfreundin strahlte mich an und umarmte mich, während Wilma der Kiefer aufklappte.

„Du hast noch jemanden mitgebracht?"

Leonie rollte mit den Augen, legte Wilma die Hände auf die Schultern und lächelte Annika an.

„Das ist Wilma. Sie ist lieber, als sie auf den ersten Blick scheint."

„Ja, wenn sie vorgewarnt wird, dass sie nett sein muss", murmelte Wilma, schob Leonies Hände weg und zog einen Schmollmund.

Ehe sich die beiden ernsthaft in die Wolle kriegen und Annika die Flucht ergreifen konnte, wurde zum Glück unser Essen geliefert. Und als Annika die Dänemarkflagge auf dem Tisch entdeckte und sich davon begeistert zeigte, war Wilma mit dem unangekündigten Besuch versöhnt. Ob sie allerdings auch die Blicke bemerkte, die Annika und Leonie sich zwischendurch zuwarfen, konnte ich nicht mit Bestimmtheit sagen. Mich freute es ungemein, dass Leonie ihre unglückliche Liebe zu unserer Dozentin überwunden zu haben schien und Annika offenbar ihre Gefühle erwiderte. Ich gönnte den beiden das Glück von Herzen.

„Hast du eigentlich schon eine Wohnung in Dänemark gefunden?", erkundigte Annika sich nach dem Essen.

„Nein, ich fahre über Pfingsten noch einmal eine Woche zu meiner Mutter und hoffe sehr, dass ich dann etwas finde."

„Ich drück die Daumen …"

„So, *Trivial Pursuit* it is", verkündete Leonie und stellte den Spielkarton gefolgt von einer Tüte Kekse auf den Tisch. Ich verkniff mir einen Seufzer. Von allen Spielen, die sich in unserer WG befanden, musste es ausgerechnet dieses sein. Ich war bei Weitem nicht unwissend, aber Wilma gewann einfach immer, weshalb ich den Verdacht hegte, dass meine beste Freundin irgendwann einmal alle Fragekarten auswendig gelernt hatte. Aber um den anderen die Laune nicht zu verderben, ließ ich mich darauf ein. Nach mir würfelte Annika, zog ihren Spielstein vor und tippte auf eine der Karten, die ich ihr hinhielt.

„Krankenhäuser", las ich das Thema vor. Annika blies die Wangen auf und sah mich erwartungsvoll an. „In welcher Krankenhausserie wird das Spiel *Such den Cräcker* gespielt?"

Ich musste die Karte nicht wenden, um die Antwort zu erfahren, denn Wilma zappelte ungeduldig auf ihrem Stuhl herum.

„Scrubs", kam es wie aus der Pistole geschossen von Annika.

Wilma riss begeistert die Augen auf und klatschte in die Hände, ehe sie meiner Seilschaft die Hand zum High five entgegenstreckte.

„Yeah, du kennst das!"

Annika zauberte einen Keks hervor und hielt ihn Wilma hin. „Do you play?"

Wilma nahm den Keks und zwinkerte Leonie zu. „Du darfst sie häufiger mitbringen!"

Wir grinsten uns an. Allerdings entgleisten Wilma schon bei der nächsten Frage, die an Leonie ging, wieder die Gesichtszüge. Sie sollte beantworten, in welcher Stadt die Vereinbarung zur europaweiten Hochschulreform unterzeichnet worden war.

„Bologna", rief Leo prompt. „Frau Dr. Grass ist der größte Fan", fügte sie mit unüberhörbarer Ironie und vielsagendem Blick hinzu.

„Und ich der zweitgrößte", murmelte Wilma. „Durch diesen Bachelor-Master-Blödsinn sitz ich hier in ein paar Wochen allein in der Küche."

Leonie legte ihr Spielsteinchen ab, das sie soeben gewonnen hatte, und sah unsere Mitbewohnerin verständnislos an. „Hallo? Bin ich etwa niemand?"

Wilmas Kopf schoss in die Höhe. „Wie? Du bleibst?"

„Ich kann mich nicht erinnern, gekündigt zu haben. Wäre auch sinnfrei, wenn ich ab Oktober meinen Germanistikmaster mache."

Klappernd fiel Wilmas Stuhl um, als sie aufsprang und Leonie um den Hals fiel. „Leo, das sind die besten Nachrichten seit Ewigkeiten. Ich freu mich so. Dann können wir ja bald ein WG-Casting machen für Lenes Nachfolge."

Über Wilmas Schulter hinweg fing ich Leonies Blick, der in Annikas Richtung ging. Wenn es nach Leonie ging, würde es in diesem Casting nicht allzu viele Kandidaten geben.

17.
Kapitel

„**W**ow, geschafft", *sagte ich* zu mir selbst und atmete erst einmal tief durch, als ich ins Freie trat. Gerade hatte ich meine Bachelorarbeit abgegeben und war vorerst ein freier Mensch. Drei Monate Recherche, Schreiben und Überarbeiten lagen hinter mir. Jetzt blieb mir nichts als abzuwarten, bis mein Dozent die Arbeit gelesen hatte.

Ich schlenderte durch den Schlossgarten Richtung Bib und versuchte, mir alles genau einzuprägen: den Brunnen, die Orangerie, die Wiesen und Bäume, die Institutsgebäude.

All das würde ich bald auf unbestimmte Zeit hinter mir lassen. Vielleicht sogar für immer. Nostalgische Gefühle überrollten mich und trieben mir Tränen in die Augen, als ich über die Wiese ging, wo Julius und ich uns vor ziemlich genau einem Jahr über den Weg gelaufen waren und er mich um ein Date gebeten hatte. Wie viel seitdem passiert war. Wie viel konnte in den kommenden Wochen noch passieren? Und danach? Verdammt, ich wollte Julius nicht verlieren. Vielleicht war es naiv, sich an den Strohhalm zu klammern, dass alles wieder so werden konnte wie früher. Aber so sehr meine Vernunft mir auch zuredete, deshalb nicht meine Pläne über den Haufen zu werfen, so trotzig glomm die Hoffnung in mir, dass Julius und ich doch noch eine Chance hatten.

Energisch kämpfte ich gegen die Enge in meiner Brust an und wischte mir über die Augen, ehe ich die Straße zur Bib überquerte. Ich gab die Bücher ab, vielleicht auch zum letzten Mal, und setzte mich anschließend draußen auf die Bank in der Sonne und schloss für einen Moment die Augen.

Er setzte sich neben mich. Ich wusste es, ohne die Augen zu öffnen, erkannte die Art, wie er sich setzte, atmete.

„So sieht also Entspannung aus."

Ich blinzelte. „Tiefenentspannung", betonte ich.

Julius lachte. „Dann ist es wohl aussichtslos, dich hier weglocken zu wollen?"

„Das kommt darauf an, wofür."

„Hätte ich mit so etwas Profanem wie Eisessen eine Chance?"

Ich öffnete die Augen endgültig und setzte mich auf. „Eisessen vervollkommnet den Zustand der Tiefenentspannung und ist daher unbedingt zu empfehlen."

Julius erhob sich lächelnd, machte eine halbe Verbeugung und reichte mir galant die Hand. „In diesem Fall ist es mir eine Ehre, deine Tiefenentspannung zur Perfektion zu führen."

Fünfzehn Minuten später saßen wir vor unseren Eisbechern und die warme Sonne, das süße Eis und obendrein Julius' liebevoller Blick führten mich in eine Sphäre, die irgendwo zwischen absoluter Entspannung und Glückseligkeit pendelte. Genüsslich lutschte ich die gefrorene Sahne von meinem Eislöffel und betrachtete mein leicht verzerrtes Spiegelbild.

„So wie du aussiehst, erübrigt sich beinahe meine Frage, wie es dir jetzt nach der Abgabe geht." Er klang fast enttäuscht, aber seine Augen lachten.

„Für das Übrige kann ich dir versichern, dass es mir sehr gut geht", erwiderte ich grinsend. „Es ist fast perfekt."

Julius legte den Löffel neben seinem Eisbecher auf dem Tablett ab und musterte mich ernst. „Was fehlt noch?"

„Die Gewissheit, dass ich nächste Woche eine Wohnung in Aarhus finde." Mir lag noch mehr auf den Lippen, zögerte aber. Wie würde Julius reagieren, wenn ich es ausspräche? Ich hielt die Luft an und versuchte, in seinen Zügen, seiner Haltung zu lesen. Sein Blick war so zugewandt, so vertraut und sagte mir, dass es ihn ernsthaft interessierte. Sein leicht vorgebeugter Oberkörper und die offenen Arme unterstrichen das. Aber ich konnte die scheue Zurückhaltung seiner Gesten in den vergangenen Wochen nicht ignorieren, geschweige denn das, was er mir auf unserer Joggingrunde gesagt hatte. Mir wurde schwindelig und ich schnappte nach Luft.

So wie er mich nicht unter Druck setzen wollte, wollte ich ihn nicht stressen. Aber was war dann das hier?

Sollten wir die nächsten Wochen joggen gehen, Eis essen und telefonieren und dann in sechs Wochen abrupt damit aufhören? Konnten wir es dann nicht gleich lassen?

Julius' Blick ruhte geduldig auf mir, ich erwiderte ihn, nahm all meinen Mut zusammen und atmete zum zweiten Mal an diesem Tag tief durch.

„Ich würde dich auch gern zum Eis einladen, wenn du deine Doktorarbeit abgegeben hast.“

Ein schwaches Lächeln huschte über seine Lippen und verschwand, sobald er den Kopf senkte. „Das wäre schön.“

„Wäre? Julius, wie soll es weitergehen? Haben wir noch sechs Wochen miteinander und danach geht ein jeder seiner Wege?“

Er umklammerte seine Handgelenke und sah mich mit glänzenden Augen an, sagte aber nichts. Suchte er nur nach Worten oder wollte er mir eine Antwort schuldig bleiben? Nein, diesmal konnte ich ihn nicht davonkommen lassen. Um unser beider Willen mussten wir endlich darüber reden.

„Vermutlich klingt es komisch, wenn ich das sage, kurz bevor ich hier meine Zelte abbreche, aber ich will dich nicht verlieren.“

Wieder dieses schwache Lächeln, verbunden mit einem leichten Kopfschütteln. „Wie kannst du das immer noch sagen, nach allem, was ich verbockt habe?“ Unruhig fuhr er sich über die Unterarme.

Ich streckte meine Hand aus und hielt ihn sanft fest. „Du hast nicht alles verbockt.“

„Aber ziemlich viel.“

Dem konnte ich leider nicht widersprechen, aber wann würde er endlich aufhören, sich selbst dafür zu verurteilen? Konnte er sich jemals verzeihen, so wie ich ihm vergeben hatte?

„Willst du dich dein Leben lang dafür bestrafen? Du zeigst mir immer wieder, wie wichtig ich dir bin, du hast es mir gesagt. Warum kannst du nicht zulassen, dass ich deine Gefühle erwidere?“

Seine Hände zitterten, als seine Fingerspitzen meine berührten. Tausend Schauer jagten mir trotz Frühlingswärme über die Haut und Schmetterlinge tanzten in meinem Bauch.

„Ich möchte nicht, dass du meinetwegen deine Träume hintenanstellst. Du sollst dich nicht entscheiden müssen."

Genervt schüttelte ich den Kopf und konnte mir ein Seufzen nicht verkneifen. „Wir müssen uns immer entscheiden im Leben. Aber nicht jede Entscheidung muss eine andere ausschließen."

„Du würdest meinetwegen nicht darauf verzichten, nach Dänemark zu gehen?"

Ich sah ihm in die Augen und er hielt meinem Blick lange stand, ohne zu blinzeln. Unser Eis schmolz langsam in der Frühlingssonne, ich hätte in dem Braun seiner Augen zerfließen können. Es sprach so viel Liebe und gleichzeitig ein solcher Ernst daraus, dass ich es kaum ertragen konnte. Mir schien es, als sei Julius mein Masterstudium noch wichtiger als mir selbst. Was wusste er über mich, was ich nicht wusste?

„Ich werde gehen", sagte ich fest. „Außer wenn dein Leben davon abhängt, dass ich bleibe."

„Ich werde lernen, dass mein Leben nicht davon abhängt."

Resigniert sank ich auf meinem Stuhl zusammen. Das war nicht die Antwort, auf die ich gehofft hatte. Es klang noch so wenig hoffnungsvoll, für mich nicht, aber noch viel weniger für ihn.

„Entschuldige, das hätte ich anders formulieren sollen. Ich meine, ich werde klarkommen, du musst dir keine Sorgen um mich machen."

Auch das beruhigte mich noch nicht vollständig. Wir hatten schon darüber gesprochen, dass er klarkommen würde, und wussten doch beide, auf welch unsicheren Beinen dieses Versprechen stand. Oft genug war es in den letzten Monaten gekippt.

„Ich kann in der nächsten Woche üben, wie es ist, wenn wir uns nicht sehen können", sagte er und mein Herz machte vor Erleichterung einen Satz, als ich wieder den Schalk in seiner Stimme hörte, den ich so liebte.

Nachdem wir unser Eis gegessen hatten, begleitete ich ihn bis zur Klinik. Hier am Seiteneingang war es ruhig, die Bäume spendeten Schatten und Schutz vor den Geräuschen der naheliegenden Straße.

„Ich muss los", sagte Julius, rührte sich aber nicht von der Stelle.

„Viel Spaß." Ich umarmte ihn zum Abschied, in der Erwartung, dass er die Geste kurz erwidern und mich rasch loslassen würde. Stattdessen zog er mich an sich und hielt mich fest. Für den Bruchteil einer Sekunde war ich überrascht, dann ließ ich mich in die Umarmung fallen, lauschte seinem Herzschlag und passte mich dem Rhythmus seines Atems an, der meinen Nacken streichelte.

Mit sanftem Druck küsste er mich auf den Scheitel. Ich hob den Kopf. Und plötzlich lagen seine Lippen auf meinen, fuhren die Schwingungen nach und rieben sanft über die Haut.

Zuerst vorsichtig, dann fordernder und immer wieder neu entdeckend, als küssten wir uns zum ersten Mal.

Ich verlor das Zeitgefühl, es war mir auch egal. Hier in Julius' Armen, in diesem Kuss, war alles andere unwichtig. Erst zwei Elstern, die sich über uns lautstark stritten, holten uns in die Wirklichkeit zurück. Julius ließ mich los und sah mich benommen an, als ob er nicht glaubte, was eben passiert war. Mit der Hand auf seiner Brust spürte ich seinem Herzschlag nach. Wild und kaum zu bändigen.

„Ich sollte jetzt wirklich", sagte er heiser. „Schöne Pfingsten und viel Erfolg in Aarhus."

Er nahm mich noch einmal in den Arm, ließ mich diesmal aber schneller los. Eine weise Entscheidung vermutlich.

„Ich kann morgen leider nicht frei machen, skat. Schaffst du es allein zur Wohnungsbesichtigung?"

Meine Mutter sah mich so bedauernd an, als müsste sie mir verkünden, dass Weihnachten und Geburtstag in diesem Jahr vom Kalender gestrichen seien.

„Natürlich, Mor. Ich bin schon groß."

„Ich weiß. Aber denk dran, schau dir genau die Wände an und halt die Hand an die Fenster, ob es zieht und ..."

„... ich frage nach Nebenkosten und Vertrag", führte ich ihren Vortrag zu Ende. Irgendwie war meine Mutter mit jeder Wohnung, die wir gemeinsam besichtigt hatten, nervöser geworden, als fürchtete sie selbst, ich müsste ab Juli unter einer Brücke schlafen. Aber ich suchte schließlich nicht zum ersten Mal eine Unterkunft und hatte inzwischen eine ausgeklügelte Checkliste, die ich im Schlaf vorwärts und rückwärts beten konnte. Mehr als schiefgehen konnte es also nicht.

Trotzdem war ich nervös, als ich am nächsten Tag kurz nach Mittag an der rot gestrichenen Tür in der Sjællandsgade klingelte. Drei Wohnungen hatte ich in den letzten Tagen gesehen, die mir gefielen und auch preislich im Rahmen waren. Ob ich eine Chance auf eine dieser Wohnungen hatte, war indes fraglich. Mit mir waren jeweils noch zwei oder drei andere Interessenten bei den Besichtigungen gewesen. Umso überraschter war ich, als ich eingelassen und im zweiten Stock nur von einer Frau empfangen wurde, die ungefähr im Alter meiner Eltern war.

„Oh, bin ich die erste?"

Sie schüttelte den Kopf. „Nein, ich bin kein großer Freund von diesen Massenbesichtigungen. Da kann ich potenzielle neue Mieter gar nicht richtig kennenlernen."

Ich war erleichtert. Diese Frau schien nicht um jeden Preis ihre Wohnung loswerden zu wollen – das würde sie auf jeden Fall. Vielmehr wollte sie etwas über den Menschen wissen. Sie ließ mich eintreten und schon nach einem kurzen Umsehen war ich verliebt. Verliebt in die Wohnung und vielleicht auch ein bisschen in die Vermieterin, die mich offen anlächelte und sich erst einmal zurückhielt.

Die Wohnung war nicht groß, sobald man sie betrat, stand man mehr oder weniger in der offenen Wohnküche. Nur eine Kücheninsel mit heller Arbeitsfläche schuf eine Trennung zur Haustür. Nach rechts schloss sich der Wohnbereich an, auch dieser nicht groß, aber mit einem bodentiefen Fenster gegenüber der Küche, sodass viel Licht in die Wohnung fiel. Links von der Haustür gab es einen winzigen Flur, von dem nach links das Schlafzimmer und nach rechts ein kleines Bad abgingen.

Obwohl die Wohnung bis auf die Küchenmöbel leer war, musste ich nicht einmal die Augen schließen, um mir genau vorzustellen, wie sie eingerichtet aussehen würde.

„Es ist nicht besonders groß, aber sehr praktisch geschnitten. Mit den richtigen Möbeln hast du sehr viel Platz für alles Nötige", sagte die Vermieterin, als habe sie meine Gedanken gelesen.

Ich sah mir die Räume noch einmal an, konnte auch bei genauerem Hinsehen keine feuchten Wände oder maroden Schränke feststellen, flocht aber meine Checkliste dennoch in ein Gespräch ein. Die Vermieterin zeigte sich begeistert, als ich ihr erzählte, dass ich in Deutschland studierte, und berichtete vom Erasmussemester ihres Sohnes in Hamburg.

„Jetzt aber noch einmal zu den ernsten Themen. Ich habe noch drei Besichtigungen zugesagt für heute und morgen, die ich der Fairness halber einhalten möchte. Aber ich möchte auch nicht sehr lange warten, bis ich Bescheid gebe. Schreib mir einfach eine Nachricht, wenn du sicher bist, ob du Interesse hast oder nicht."

Da brauchte ich gar nicht lang zu überlegen. „Die Wohnung ist perfekt. Ich bin auf jeden Fall interessiert."

Die Frau lachte. „Sehr schön. Dann weiß ich Bescheid und melde mich morgen Abend."

Ihr Händedruck zum Abschied war so herzlich, dass ich ganz beseelt die Treppen hinunterging und draußen auf die Straße trat. Es musste einfach klappen, es musste. Die Uni war nicht weit. Je nachdem, wo ich Unterricht haben würde, bräuchte ich nicht einmal das Fahrrad, obwohl das natürlich zur Grundausstattung aller dänischen Studierenden dazugehörte.

Ich lief durch die Straßen Richtung Innenstadt und kaufte mir an der Fluss-promenade ein Eis – diesmal ohne sprachliche Missverständnisse. Dann setzte ich mich auf eine Bank mit Blick aufs Wasser und schickte Julius ein Bild von meinem Eis. *Auf Dänisch bestellt, dänische Antwort bekommen.*

Kaum hatte ich die Nachricht verschickt, rief er an.

„Ich hoffe, das Eis ist Belohnung nach erfolgreicher Wohnungssuche und kein verzweifeltes Frustessen?"

„Weder noch, aber ich habe ein sehr gutes Gefühl. Die Vermieterin ist total nett und die Wohnung so schön."

„Hast du Fotos gemacht?"

Beinahe hätte ich mein Eis fallen lassen. Das hatte ich völlig vergessen. Aber ich benötigte auch keine Bilder, ich hatte die Wohnung genau vor Augen.

„Schade, aber du wirst schon das Richtige ausgesucht haben. Ich drücke dir die Daumen, dass es klappt."

„Danke. Wie läuft es bei dir?"

„Es geht. Meine Mutter hat mich gezwungen, den Nachmittag freizumachen. Ich war eben bei Jakob und habe ein paar neue Blumen gepflanzt."

„Das klingt schön."

„Es erdet", antwortete Julius und lachte. „Im wahrsten Sinne des Wortes."

Wir schwiegen eine Weile, ich hörte bei ihm im Hintergrund Vogelge-zwitscher und leichtes Windrauschen, an mir fuhren Fahrradfahrer vorbei. Ich genoss diese Stille, die keine war. Wir konnten beide die Umgebung des anderen wahrnehmen und so war es fast, als würden wir gemeinsam spazieren gehen. Für einen Moment schloss ich die Augen und konnte beinahe Julius‘ Hand in meiner spüren. Erst als ich zudrückte und statt seiner warmen Hand das nackte Holz der Bank zu fassen bekam, begriff ich, dass ich einer Illusion aufgesessen war. Die Sehnsucht flammte so plötzlich in mir auf, dass mir die Tränen kamen. Ich wollte seine Hand halten, seinen Atem auf meiner Haut spüren, seine Lippen auf meinen. Obwohl ich eben noch so froh über die Wohnung gewesen war, wünschte ich mich jetzt weit weg und sehnte den Tag in einer Woche herbei, an dem wir uns wiedersehen würden.

„Ich freue mich auf dich", sagte Julius, als wir uns verabschiedeten.

Ich schluckte. „Ich mich auch", brachte ich mühsam hervor und legte auf. Verdammt, es tat jetzt schon so weh, wie würde es dann erst in einigen Wochen sein, wenn wir uns nicht mehr regelmäßig sahen? Verzweifelt knüllte ich die Serviette vom Eis zusammen. Worauf hatte ich mich nur eingelassen?

18.
Kapitel

Vier Wochen. Das Blut pulsierte rauschend in meinen Ohren, als ich die Seite unseres WG-Kalenders umblätterte. Der Juni war angebrochen und es blieben mir nurmehr dreißig Tage. Ein Monat, der mir sonst so unendlich lang vorgekommen war, wenn ich mir die Ferien gewünscht hatte, erschien mir nun erschreckend kurz.

Ein Monat, um Kisten zu packen, meine Bachelorarbeit zu verteidigen, den Umzug zu organisieren, Freunde zu sehen … Abschied zu nehmen.

Ich freute mich auf das Studium in Aarhus und auf meine kleine Wohnung, für die ich tatsächlich die Zusage bekommen hatte. Aber mit der neuen Seite im Kalender wurde mir mit einem Schlag klarer als je zuvor, dass ich für das eine das andere zurücklassen musste.

Es kam mir vor, als hätte ich alles, was ich in den vergangenen drei Jahren gehabt hatte, nicht richtig zu schätzen gewusst. Warum hatte ich die Figuren im Brunnen nicht schon früher gesehen, wie hatte ich die wunderschönen Parkanlagen einfach so selbstverständlich hinnehmen können, und wieso hatte ich nicht öfter mit Wilma und Leonie gekocht, zu Abend gegessen, Spieleabende gemacht – sie in den Arm genommen?

„Oh Mann, Lene, jetzt werd nicht so melodramatisch", rief Wilma aus. Wir saßen mit Leo in der Mensa und ich sinnierte laut über die geschäftige Geräuschkulisse um uns herum. „Du wirst die Mensa nicht vermissen."

„Die Mensa selbst vielleicht nicht unbedingt. Aber mit euch in die Mensa zu gehen."

Wilma ließ seufzend ihre Gabel sinken. „Okay, das ist dramatisch. Bitte rede trotzdem nicht davon, das ist auch so schon schlimm genug."

Mit jedem Wort wurde sie leiser und am Ende des Satzes hatte sie sich ihre Locken ins Gesicht geschoben und den Kopf gesenkt. Am liebsten hätte ich meine beste Freundin in den Arm genommen, aber das hätte alles nur noch schlimmer gemacht. Am Ende würden wir beide hier in der Mensa sitzen und in unser Essen heulen. Während Wilma nach dem Essen das nächste Seminar besuchte und Leonie sich in der Bib mit ihrer Bachelorarbeit beschäftigte, drehte ich eine Runde durch die Stadt, wie so oft in den letzten Tagen. Ich stöberte in den Buchhandlungen, was fatal war, schließlich war der Platz in meiner neuen Wohnung und erst recht in den Umzugskisten begrenzt. Oder ich ging im Treppenhaus der Philosophischen Fakultät auf und ab und las sämtliche Plakate und Aushänge, die an den Anschlagtafeln hingen. Es war affig, das war mir klar, aber ich wusste sonst nichts mit mir anzufangen. Jede Form der Ablenkung war mir recht, um nicht an das Unvermeidliche zu denken; auch die Tage mit Julius waren gezählt. Beinahe beneidete ich ihn um sein Lernpensum, über das er allabendlich stöhnte, wenn wir telefonierten. Ich hoffte nur, dass er sich besser konzentrieren konnte als ich.

Irgendwann stand ich wieder in der Stadt und schob mein Rad durch die Fußgängerzone. Wenn ich schon einmal hier war, konnte ich auch noch frisches Brot für die WG kaufen. Wilma hatte das bestimmt nicht mehr auf dem Plan. In der Tür stieß ich beinahe mit jemandem zusammen. Ein Mädchen hielt in der einen Hand eine Brötchentüte, in der anderen ein Handy, auf das es den Blick gerichtet hielt.

„Oh, Entschuldigung", sagte sie erschrocken und sah auf.

„Schon okay." Da erkannte ich sie. „Hej, Rika."

„Lene, du bist's. Sorry, hab dich nicht gesehen. Wie geht's?" Sie steckte das Smartphone in die Hosentasche und strahlte mich an.

„Ganz gut und dir?" Im Gegensatz zu meiner floskelhaften Antwort meinte ich meine Frage wirklich ernst. Obwohl Julius nach wie vor an seiner Doktorarbeit schraubte, hatte er schon länger nicht mehr von Rika erzählt und ich hatte auch nicht mehr bewusst auf ihr Instagramprofil geschaut. Es freute mich, dass sie mich trotzdem wiedererkannte.

„Besser als vor einem Jahr“, antwortete Rika lakonisch. „Manchmal ist es ziemlich ätzend, aber jetzt im Moment ist es super.“

„Das freut mich. Hast du Pläne für den Sommer?“

Rika öffnete die Brötchentüte, zupfte ein Stück Brezel hervor und bot auch mir ein Stück an. Ich lehnte kopfschüttelnd ab.

„Zuerst muss ich lernen. Durch Krankenhaus, OP, Reha und so habe ich im letzten Jahr ziemlich viel verpasst. Das ist nicht so cool. Aber in der zweiten Ferienhälfte fahr ich mit meiner Mutter nach Dänemark an die Ostsee.“

„Cool, vielleicht sehen wir uns dann.“

„Machst du auch dort Urlaub?“

„Nein, ich ziehe in vier Wochen nach Aarhus für mein Masterstudium.“

Rika ließ das Stück Brezel wieder sinken und riss die Augen auf. „Krass, das ist ja mega.“ Sie bröselte ein Salzkorn von dem Gebäck und sah mich dann zweifelnd an. „Und Julius?“

„Der bleibt hier, keine Sorge.“

„So meinte ich das nicht. Also, natürlich freue ich mich, wenn er bei meinen Untersuchungen mit dabei ist, aber …“ Sie hielt inne, pulte an der Brezel und sah mich skeptisch an. „Was wird aus euch?“

„Ich weiß es nicht“, gab ich zu. „Julius sagt, er würde lernen, dass sein Leben nicht davon abhängt, dass ich hier bin.“

Rika vergrub stöhnend das Gesicht in ihrer Hand, während ich mich fragte, warum ich ihr das erzählte.

„So. Ein. Depp.“ Langsam nahm Rika die Hand vom Gesicht, in ihrem Blick lag Fassungslosigkeit. „Sorry, aber hat er noch alle Latten am Zaun?“

Ich musste lachen, sah mich aber doch in der Pflicht, Julius zu verteidigen, auch wenn ich Rika nicht völlig widersprechen konnte. „Er hat eine harte Zeit hinter sich.“

„Das ist doch kein Grund“, rief Rika und wedelte mit der Brötchentüte. Ich hob hilflos die Schultern, da mir aufging, wie schwach meine Ausrede klang, und ich beneidete Rika um den Abstand, den sie zu unserer Situation hatte. Sie hatte recht.

„Er macht sich nur unglücklich.“

„Wie kommst du darauf?“

Rika tippte sich auf die Brust. „Ich spür das. Und ich hab erlebt, wie er in deiner Nähe ist.“

Ich schluckte. Rika meinte es sicher gut und ich glaubte ihr aufs Wort, dass sie wusste, wovon sie sprach. Jeden Tag stach es mehr in meiner Brust. Einerseits zeigte Julius mir, wie viel ich ihm bedeutete, meine Frage, wie es mit uns weitergehen sollte, war aber immer noch unbeantwortet. Wenn ich es von der Vernunftebene betrachtete, wusste ich, dass ich mir womöglich falsche Hoffnungen machte und mich hinhalten ließ. Doch obwohl es wehtat, konnte ich mich nicht von meinen Emotionen lösen.

„Wenn ich ihn sehe, werde ich ihm in den Hintern treten", prophezeite Rika, schob sich ein weiteres Stück Brezel in den Mund und kaute energisch darauf herum.

„Pass lieber auf ihn auf", erwiderte ich scherzhaft, aber Rika wurde schlagartig ernst und nickte.

„Versprochen."

Sie fragte nicht, warum. Obwohl ich mir ziemlich sicher war, dass sie Julius' Probleme und Ängste nicht kannte, nahm ich Rika ihre Zusage ab. Ich umarmte sie zum Abschied und lud sie ein, mich zu besuchen, wenn sie in der Nähe war. Nachdenklich fuhr ich zurück zur WG und stellte erst bei meiner Ankunft fest, dass ich vergessen hatte Brot zu kaufen.

Mein Zimmer glich einem Flohmarkt und hatte jeden Hauch von Gemütlichkeit verloren. Meine Bücher und Lernmaterialien waren in Kisten verpackt, die ich an der Wand gestapelt hatte. Bücherregal und Schreibtisch hatte ich auseinandergeschraubt und in Einzelteilen neben die Kisten gelehnt. In drei Tagen würde ich einen Transporter leihen und gemeinsam mit Sören nach Dänemark aufbrechen. Drei Tage. Ich sah mich in dem Raum um, der in den letzten drei Jahren mein Zuhause gewesen war. Die Postkarten am Schrank waren das einzige Persönliche, das an diese Zeit erinnerte. Die Postkarten, die musste ich noch abhängen! Da mein Kleiderschrank nicht in mein neues Schlafzimmer passte, ließ ich ihn für Annika zurück. Nachdem Leonie sie als meine Nachmieterin vorgeschlagen hatte, war auch Wilma sehr schnell einverstanden gewesen. Offenbar sah sie in Annika eine potentielle Verbündete, was ihre Lieblingsserie betraf.

Ich löste vorsichtig die Kleber und stapelte die Postkarten auf meinem Bett. Schließlich hielt ich die Karte in der Hand, die Leonie mir im letzten Jahr geschenkt hatte. Ich starrte auf die Strichmännchenzeichnung.

Wann kommt denn endlich der Prinz auf seinem blöden Gaul?

Niemals hätte ich damals gedacht, dass der Prinz tatsächlich kommen würde, wenn auch ohne Pferd. Seufzend legte ich die Karte zu den anderen. Leichter war es mit dem Prinzen nicht geworden. Warum endeten Märchen immer damit, dass der Prinz kam, und erzählten nie, was dann passierte? Sie verbargen alles Weitere in einem nebulösen *Und dann lebten sie glücklich bis ans Ende ihrer Tage.* Fairerweise musste ich dieser Formulierung zugestehen, dass sie mit keinem Wort erwähnte, ob Prinz und Prinzessin gemeinsam bis ans Ende ihrer jeweiligen Tage lebten. Danach sah es bei Julius und mir gerade nicht aus. Ich schwankte zwischen Wut und Verzweiflung. Dabei wusste ich nicht, was mich mehr ärgerte. Julius' Unfähigkeit zu äußern, was er wollte, oder dass ich mich so von ihm hinhalten ließ. Sobald ich in den wütenden Momenten an dem Punkt ankam, wo ich in letzter Konsequenz hätte Schluss machen müssen, überwältigten mich regelmäßig Verzweiflung und Sehnsucht. Meist endete dies in einem Anruf bei Julius, bei dem wir stundenlang redeten und ich mich am Ende wieder sicher fühlte. Das mit uns würde weitergehen. Er würde mich nicht hängenlassen.

„Wann holst du den Transporter?", fragte er mich, als wir uns noch einmal zum Joggen trafen.

„Donnerstagmittag. Sören kommt um halb eins mit dem Zug und dann räumen wir sofort alles ein, damit wir abends rechtzeitig fertig sind."

Für den Abend hatte ich zu einer kleinen Abschiedsfeier ins *Ring* eingeladen.

„Dann komme ich vorbei und helfe euch."

„Brauchst du nicht. Wilma und Leonie sind ja auch da, das schaffen wir zu viert", wehrte ich ab.

„Dann sind wir zu fünft noch schneller", widersprach Julius. „Natürlich helfe ich dir."

Ergeben hob ich die Hände, grinste ihn an und legte einen kleinen Sprint ein, mit dem ich ihn überrascht hinter mir ließ.

Sören sah in das Innere des Transporters, kratzte sich am Kopf und schob sein Basecap hin und her.

„Bist du dir sicher, dass das passt?"

„Bin ich, ich hab das dreimal ausgerechnet."

„Du kannst dich auch dreimal verrechnet haben."

Warum hatte ich nur meinen großen Bruder gefragt, mir beim Umzug zu helfen? Ich schenkte ihm einen finsteren Blick.

„Quatsch nicht, fang lieber an", knurrte ich und scheuchte ihn die Treppe zur WG hoch. Gerade, als wir mit den ersten Kisten wieder vorm Auto standen, kam Julius.

Sören knallte die Kiste, die laut Aufschrift meine Unibücher enthielt, auf die Ladefläche und richtete sich langsam und seltsam steif auf. Ich kannte diese Haltung, die er stets einnahm, wenn ihm etwas gegen den Strich ging. Was er vor sich hin murmelte, verstand ich nicht, besonders nett klang es allerdings nicht.

„Hej, schön, dass du da bist." Für einen kurzen Moment genoss ich den Schauer, der mir über den Rücken rieselte, als Julius mich auf den Scheitel küsste. Es war das erste Mal, dass er diese vertrauliche Geste im Beisein anderer mit mir tauschte.

Mein Bruder war, ohne ein Wort der Begrüßung, nach oben gelaufen. Ich schluckte meinen Ärger hinunter und folgte ihm mit Julius im Schlepptau. Im Flur kam Sören uns mit zwei Kisten auf dem Arm entgegen.

„Sören, geh lieber zweimal", rief ich ihm zu. Hatte er ernsthaft das Bedürfnis, sich vor Julius zu beweisen? Eben hatte er auch nur eine Kiste getragen. Mein Verdacht bestätigte sich angesichts des gehässigen Grinsens, das über sein Gesicht huschte, als Julius und ich, jeweils mit einem Umzugskarton, unten am Transporter ankamen.

Erleichtert nahm ich zur Kenntnis, dass Julius für Sörens Spielchen nicht mehr als eine hochgezogene Augenbraue übrighatte und ihn freundlich begrüßte.

Wilma und Leonie kamen mit den nächsten Kartons angelaufen und verfrachteten sie bei den anderen. Julius ließ den Blick über die Rückwand des Transporters wandern.

„Du hast großzügig kalkuliert, Malene."

Sören schnaubte. „Da steht noch genug Zeug oben."

„Und ich habe bestimmt noch eine Extrakiste für deine schlechte Laune", sagte ich auf Dänisch, in der naiven Hoffnung, dass die anderen Sörens Verhalten noch nicht weiter interpretiert hatten. Für den Moment gab er immerhin Ruhe und trug wortlos die nächsten Kisten aus meinem Zimmer. Erst als es darum ging, die Ladung mit einem Spanngurt zu sichern, richtete Sören sich an Julius.

„Hier, nimm mal an“, rief er und warf ihm den Gurt zu, den Julius geistesgegenwärtig fing.

„Braucht ihr noch eine Hand?“, fragte ich.

„Schon okay, das schaffen wir zu zweit. Hol du die Tüte mit deinem Bettzeug.“

Schulterzuckend lief ich zurück in mein nunmehr leeres Zimmer. Nur Sörens Reisetasche und mein Rucksack sowie zwei Luftmatratzen und Schlafsäcke lagen noch an einer Wand. Wo war die Tüte mit meinem Bettzeug? Ich sah im Flur nach, aber dort stand neben unserem Schuhregal nur der Wasserkasten, den wir genutzt hatten, um die Tür offenzuhalten. Ich lief nach unten zur Straße und sah gerad noch, wie Julius mein Bettzeug in den Transporter stellte.

„Sorry, ich hab nicht gesehen, dass die schon unten war“, rief Sören mir zu. „Ist alles weg?“

„Ja ja“, murmelte ich und musterte die beiden. Warum wurde ich das Gefühl nicht los, dass mein Bruder mich absichtlich nach oben geschickt hatte? Was hatte er von Julius gewollt? Der verzog keine Miene, sondern stemmte die Hände in die Hüften. Ich ging auf ihn zu und umarmte ihn.

„Danke für deine Hilfe. Kommst du noch mit hoch? Ich hab ein paar Kekse da und Wasser.“

Er senkte leicht den Kopf und streichelte sanft meinen Rücken. „Danke, ich würde lieber duschen und mich umziehen. Aber wir sehen uns nachher.“

„Na gut, bis später.“ Ich legte meine Hand auf seine und er schob zärtlich seine Finger zwischen meine. Es war zu warm für diese Berührung, aber ich genoss jede Sekunde, auch als Sören augenrollend im Hausflur verschwand.

Friedhelm hatte im hinteren Bereich der Kneipe einen großen Tisch für uns reserviert und raunte mir gleich zur Begrüßung zu, dass die erste Runde aufs Haus gehe. Wilma, Leonie und Annika breiteten sich in der Ecke aus, Sören nahm den Platz am Rand. Suchend sah ich mich um. Wo war Julius? Es war drei Stunden her, dass wir uns verabschiedet hatten. So lang konnte er unmöglich fürs Duschen und Umziehen brauchen. Die Uhr über dem Tresen zeigte kurz nach sieben. Um Viertel nach sieben zog ich nervös mein Handy hervor.

Mir ist hundselend, ich muss leider absagen. Tut mir leid.

Ich starrte auf seine Nachricht. Das durfte nicht wahr sein. Wie konnte es ihm plötzlich schlecht gehen? Er war doch vor ein paar Stunden noch fit gewesen. Nur am Rande registrierte ich, wie Fabi die Getränke brachte und auf dem Tisch verteilte. Ein furchtbarer Verdacht keimte in mir auf und nur mit größter Anstrengung konnte ich einen Anflug von Panik niederkämpfen.

„Lene, isst du auch was?"

Wilmas Stimme riss mich aus meiner Blase und es dauerte ein paar Sekunden, bis ich mich wieder orientiert hatte. Fabi stand am Tisch und sah mich erwartungsvoll an. Bis eben hatte ich noch Hunger gehabt, jetzt war mir der Appetit vergangen.

„Noch nicht, später vielleicht."

Mein Kollege wirkte überrascht, fragte aber nicht weiter nach, sondern verschwand mit den Bestellungen zur Küche.

Was ist los? Brauchst du etwas?, tippte ich. Unruhig starrte ich aufs Display und achtete penibel darauf, dass der Bildschirm nicht schwarz wurde. Doch nichts passierte. Julius antwortete nicht. Leonie stieß mich an.

„Jetzt pack das Handy weg, wir sind deinetwegen hier."

Mit entschuldigender Miene legte ich das Smartphone neben mir auf den Tisch und griff nach der Apfelschorle, die Fabi mir auf einem Bierdeckel hingestellt hatte. Kalt drückte das Glas an meine Haut und ließ mich schaudern.

„Auf einen schönen letzten gemeinsamen Abend", sagte Annika und hob ihr Glas. Wir stießen an, aber es fiel mir schwer, ihre Worte aus ganzem Herzen zu wiederholen wie die anderen. Immer wieder schielte ich auf mein Smartphone, aber auch eine halbe Stunde später hatte Julius nicht wieder geschrieben. Meine Freundinnen und Sören hatten inzwischen jeder einen Teller vor sich und aßen genüsslich, während meine Angst mir ein immer größeres Loch in den Bauch fraß.

„Richtig lecker, Leo, Annika, wir sollten in Zukunft öfter herkommen", schlug Wilma zwischen zwei Bissen vor. Ich lächelte verhalten, nahm mein Handy und stand auf.

„Entschuldigt mich einen Moment."

Ich war noch nicht ganz auf dem Hinterhof, als ich schon Julius' Nummer wählte. Zweimal, dreimal, viermal klingeln. Schließlich sprang die Mailbox an. Resigniert legte ich auf. Bilder schossen mir durch den Kopf und Emotionen, die ich vor Monaten schon einmal durchlebt hatte. Ich wollte nicht daran denken, ich wollte keine Angst haben, ich wollte, dass nichts Schlimmes passiert war.

Hektisch wischte ich durch meine Chats und blieb an einer Nummer hängen, deren Chat Monate zurücklag. Basti. Wenn jemand Rat wusste, dann er. Tränen der Erleichterung schossen mir in die Augen, als er beinahe sofort auf meinen Anruf reagierte.

„Servus Lene."

„Basti, wo bist du?"

„Ähm, auf dem Weg zu einem Kumpel. Wieso?" Die Irritation über meine Frage war nicht zu überhören. Ich konnte es ihm nicht verübeln. Vielleicht reagierte ich über und Basti würde mich gleich für verrückt erklären, aber das war mir egal.

„Ich mach mir Sorgen um Julius, kannst du nach ihm sehen?"

Kurz hörte ich ihn nach Luft schnappen, dann räusperte er sich. „Was ist passiert?", fragte er ruhig. Nachdem ich ihm rasch berichtet hatte, blieb es erschreckend lang still in der Leitung. Die Sekunden verstrichen und ich glaubte schon, die Verbindung wäre unterbrochen, ehe Basti schließlich seufzte.

„Diesmal nicht."

Was? Ich musste mich verhört haben. Basti würde doch niemals seinem besten Freund die Hilfe versagen.

„Aber …"

„Hör zu, Lene, ich weiß, das klingt hart. Aber wir helfen Julius nicht, wenn wir ihm immer wieder den Arsch retten. Dann kapiert er nicht, dass sich etwas ändern muss."

Es klang irgendwo logisch, trotzdem wollte ich es nicht hören. Er konnte doch nicht zulassen, dass Julius womöglich gerade sein Leben aufs Spiel setzte!

„Ich muss", erwiderte Basti mit zitternder Stimme. Völlig überzeugt war er also selbst nicht. Würde er doch noch einknicken? „Ehrlich gesagt, glaub ich aber nicht, dass er deswegen abgesagt hat. Dann hätte er nicht geschrieben."

„Sicher?"

„Versprechen kann ich es dir nicht, aber nochmal: Wir müssen dieses Risiko eingehen. Julius ist erwachsen und er darf sich nicht darauf verlassen, dass du oder ich das Chaos schon richten werden, das er hinterlässt."

Ich lehnte mich an die Fassade und klammerte die Finger um das Handy. Mir fehlte die Kraft, Basti zu widersprechen und im Grunde wusste ich, dass er recht hatte. Ab morgen würde ich nicht mehr hier sein und nicht einmal mehr die Möglichkeit haben, spontan zu helfen, wenn Julius sich wieder abkapselte. Besser, ich gewöhnte mich an den Gedanken. Warum war das nur so verdammt schwer?

Wilma trat auf den Hof, in der Hand ein Glas Apfelschorle, das ich als meins erkannte.

„Trink mal nen Schluck."

Ich leerte das Glas fast in einem Zug und stellte es neben mir auf den Boden. Wilma lehnte neben mir an der Wand. Es reichten zwei Blicke, um uns zu verständigen. Wie schon so oft in den letzten Jahren, lehnten wir die Köpfe aneinander, hielten uns im Arm und teilten schweigend unseren Schmerz, bis es nicht mehr ganz so weh tat.

„Kommst du wieder mit rein?"

Ich bückte mich nach dem Glas und folgte Wilma durch die Schankstube zu unserem Tisch. Auf meinem Platz stand ein Teller mit einem dampfenden Sandwich und einem kleinen Salat.

„So, jetzt iss, sonst schaffst du den weiten Weg morgen nicht", sagte Leonie und drückte mir Messer und Gabel in die Hand. Wider Erwarten schmeckte es mir sogar und da die anderen sich ausreichend große Portionen bestellt hatten, musste ich nicht einmal allein essen.

Nach dem Essen griff Wilma in ihre Tasche und holte eine Kiste hervor. Sie lächelte, aber als sie den Mund öffnete, schüttelte sie den Kopf und reichte den roten Schuhkarton mit der weißen Schleife an Leonie weiter.

„Als ob ich besser wäre, im Halten von Abschiedsreden", raunte Leo ihr zu. „Vielleicht ist es auch überflüssig. Lene, du weißt, dass du uns fehlen wirst, auch wenn wir dir natürlich eine wunderbare Zeit in Aarhus wünschen. Du machst genau das Richtige. Nur, dass wir hierbleiben müssen, ist suboptimal. Deshalb geben wir dir einfach ein Stück von unserer WG mit."

Sie reichte mir den Karton. Ich zog die Schleife auf und hob den Deckel. In der Kiste lagen neben einer Tüte unserer Lieblingsweingummis und einem Beutel Pfefferminzsamen dutzende Briefumschläge in verschiedenen Farben und jeder mit einer anderen Aufschrift. *Für die Fahrt nach Aarhus, für den ersten Tag, nach einem Monat, erster Tag an der neuen Uni, ekliger Regentag, Sehnsucht nach Wilmas Chaos, für die Klausurenphase, wenn du Heimweh hast …*

Ich gab mir keine Mühe, meine Tränen hinunterzuschlucken, das hatte eh keinen Zweck. Stattdessen nahm ich die beiden in den Arm und drückte sie fest an mich. Konnte ich jetzt schon Heimweh nach den beiden haben? Wie hatte ich auf die unfassbar dämliche Idee kommen können, sie hier zurückzulassen und tausend Kilometer weit weg ein neues Studium aufzunehmen?

„Komm bloß nicht auf die Idee, uns zu vergessen", murmelte Wilma an meiner Schulter.

„Niemals, auch ohne die Briefe nicht."

„Na gut, aber damit wir das noch verbildlichen, gibt es noch ein Geschenk."

Annika zog ein kleines Päckchen aus ihrer Tasche und überreichte es mir. Ein blauglänzender Karabiner mit einer festen Schlaufe kam zum Vorschein. Die drei tauschten einen Blick und holten ebenfalls Karabiner hervor.

„Das wird jetzt unser neuer Move, wenn wir uns treffen", sagte Wilma und öffnete den Verschluss ihres Karabiners. Leo und Annika taten es ihr gleich und hakten sich an meinem Karabiner ein. Ich zog an der Schlaufe meines Hakens.

„Die Seilschaft hält", sagte Annika lachend.

„Ihr seid die Besten", flüsterte ich gerührt, zu mehr war ich nicht in der Lage. Gemeinsam hakten wir unsere Karabiner an unseren Taschen ein und rückten noch einmal eng zusammen. Sören machte ein Foto.

Ein paar Minuten später gab es eine weitere Überraschung. Friedhelm kam gefolgt von Fabi persönlich an unseren Tisch und überreichte mir mit feierlicher Geste einen gefüllten Maßkrug.

„Lene, du hast in den letzten Jahren schon gezeigt, dass Maßkrugstemmen für dich kein Problem ist. Damit du das im hohen Norden nicht verlernst, ist dieser Krug unser Abschiedsgeschenk für dich."

Ich starrte auf das schwere Glas und Schweiß trat auf meine Stirn. Natürlich sah ich sofort, dass kein Bier im Krug war – Friedhelm würde niemals Alkohol an jemanden ausschenken, der es nicht explizit bestellt hatte. Aber das große Glas lenkte meine Gedanken sofort wieder zurück zu Julius. Noch immer hatte er sich nicht gemeldet. Wie ging es ihm gerade? Was machte er? Ob Basti bei seiner Entscheidung geblieben war?

Scheiß Alkohol. Scheiß Angst! Würde sie jemals aufhören? Bis auf Wilma und Leonie sahen mich alle irritiert an, weil ich nicht nach dem Krug griff und trank. Sie hatten keine Ahnung. Wie sollten sie auch?

„Lene, du wirst doch am letzten Tag nicht schwächeln?" Fabi grinste.

Ich bemühte mich um ein Lächeln und fing Wilmas aufmunternden Blick. Meine Freundinnen waren hier, mir würde nichts passieren – und Julius' Schicksal lag, so bitter es auch war, nicht in meiner Macht.

Stunden später, später als ich mir vorgenommen hatte, lag ich in meinen Schlafsack eingewickelt auf meiner Luftmatratze und zog das Handy hervor, um den Wecker zu stellen. Ich zuckte zusammen, als ich das Logo des Messengers aufblinken sah. Eine neue Nachricht. Offenbar schon vor zwei Stunden gesendet.

Ein grüngesichtiges Emoji, gefolgt von wenigen Worten. *Magen verdorben. Wann fährst du morgen?*

Noch während ich Julius antwortete, liefen mir Tränen der Erleichterung übers Gesicht. Er hatte nicht getrunken. Es war nur eine Magenverstimmung. Er war nicht in Gefahr. All die Angst, die sich in mir aufgestaut und die ich die letzten Stunden über unterdrückt hatte, kam in mir hoch und stürzte mich in einen Strudel aus Emotionen, dem ich nur entkommen konnte, indem ich hemmungslos schluchzte und meinen Tränen freien Lauf ließ.

Sören, der aus dem Bad kam, legte seine Hand auf meine Schulter und drückte sie leicht. Das hatte er früher schon gemacht, wenn ich nach den Besuchswochenenden bei unserem Vater traurig gewesen war, weil ich ihn erst in zwei Wochen wiedersehen würde. Ohne mich beruhigen zu können, kuschelte ich mich wie früher an meinen Bruder.

„Fällt dir der Abschied so schwer?"

Ich brachte keine zusammenhängenden Sätze hervor, aber das, was Sören aus den einzelnen Wörtern verstand, gefiel ihm offenbar nicht.

„Ich hätte ihm doch eine reinhauen sollen", murmelte er düster. „Ich hab ihm gesagt, wenn er dir wehtut, ist der Teufel los."

Zwischen zwei Schluchzern musste ich lachen. Auch wenn Sörens Aktion völlig daneben gewesen war, wurde mir doch ganz warm ums Herz, wie viel ihm an mir lag. Er würde mich immer verteidigen.

So wie ich jetzt, trotz allem, Julius verteidigte.

„Es ist nicht so wie du denkst", sagte ich, obwohl mir nicht klar war, was Sören dachte.

„Von mir aus. Aber wenn du seinetwegen leidest, fällt es mir schwer, das zu glauben."

So tröstend es auch war, dass mein Bruder sich um mich sorgte – meinen Liebeskummer wollte ich dennoch nicht mit ihm diskutieren. Und eigentlich hatte ich auch keinen Kummer mehr, redete ich mir ein. Julius lag nicht betrunken in einer Ecke – das war Grund zur Hoffnung.

Obwohl ich nur wenige Stunden geschlafen hatte, wachte ich noch vor dem Wecker auf. Das Adrenalin schoss durch meinen Körper und machte ein Weiterschlafen unmöglich. Ich schlüpfte ins Bad, kochte Kaffee und Tee und stellte das Frühstück bereit, das allerdings eher spärlich ausfiel. Zum einen wollte ich mir den Abschied von Will und Leo nicht schwerer machen als ohnehin schon, und das wäre er durch ein groß angelegtes WG-Frühstück definitiv geworden. Zum anderen war mein Magen mit einer Armada von Schmetterlingen schon genug beschäftigt. *Ich ziehe nach Aarhus, ich werde in Dänemark leben,* schrie es in meinem Kopf wie eine Leuchtreklame. Zumindest in den guten Momenten. Meist folgten darauf weniger stabile Momente, in denen ich mich am liebsten im Bad eingeschlossen hätte, um mich nicht verabschieden zu müssen.

„Wir kommen noch mit runter", sagte Wilma, nachdem wir uns schon dreimal umarmt hatten.

Ich wischte mir ein paar trotzige Tränen aus den Augenwinkeln. Bislang hatte ich mich ganz gut geschlagen, jetzt sah ich meine tapfere Fassade in ernsthafter Gefahr.

„Nein, bitte bleibt hier, sonst kann ich nicht fahren, wenn ihr am Straßenrand steht und winkt."

„Aber ..."

Leonie zog Wilma zurück. „Lene hat recht. Du wirst dich wahrscheinlich auf die Straße kleben oder das Auto anketten. Und jetzt geh, bevor ich auch noch auf komische Ideen komme."

Ein letztes Mal nahmen wir einander in die Arme. Mein Herz klopfte wie wild. Die letzten Sekunden mit meiner WG – der Moment, den ich mir in all den Vorbereitungen und Umzugsplänen nicht hatte vorstellen können. Spieleabende, Kochsessions, endlose Gespräche – alles schoss mir in Sekundenbruchteilen durch den Kopf.

Es würde mir so fehlen. Aber all die Stunden konnte uns niemand nehmen, wir würden sie für immer in uns tragen. Sie würden mich auch in Aarhus begleiten.

Mit einem entschlossenen Ruck löste ich mich von den beiden. Sören boxte mir mit einem aufmunternden Grinsen in die Seite und lief vor mir die Treppe hinunter.

„Los geht's", sprach ich mir selbst Mut zu und folgte ihm.

Wie versteinert blieb ich im Hof stehen. Mit Händen in den Hosentaschen und angespannter Haltung stand Julius da und sah mich aus großen, dunklen Augen an. Der Schmerz darin war kaum zu ertragen. Ich war nicht in der Lage, mich auch nur einen Millimeter von der Stelle zu bewegen. Wie durch einen Filter sah ich, wie Sören Julius kurz zunickte, die Autotür öffnete und sich in den Transporter setzte. Julius und ich blieben allein im Hof zurück. In seinem Gesicht sah ich die gleichen Kämpfe und widersprüchlichen Gefühle, die auch in mir tobten. Ich wollte ihn umarmen, ihn ganz nah bei mir spüren, nie wieder loslassen – und wünschte mich gleichzeitig meilenweit weg. Wieso war er gekommen? Wie sollten wir den Abschied überleben? Meine Knie waren weich und ohne jede Kraft. Langsam kam Julius auf mich zu. Ein Schatten huschte über sein Gesicht. Als er seine Arme um mich schloss, gaben meine Beine unter mir nach und ich sackte in seiner Umarmung zusammen. Er stützte mich, bis meine Füße wieder den Boden unter den Sohlen wahrnahmen, und ließ mich auch nicht los, als meine Tränen sein T-Shirt durchnässten. Trotz seiner Nachricht gestern Nacht waren letzte Zweifel in mir geblieben, dass die Magenverstimmung eine Ausrede gewesen sein könnte. Angesichts seines übermüdeten Gesichts und der geröteten Augen war das auch nicht völlig abwegig. Verdammte Angst. Sie brauchte nur den kleinsten Trigger, um sich wieder an die Oberfläche zu drängen und mir neue Tränen in die Augen zu treiben.

„Ich pack das nicht", schluchzte ich. „Ich halt die Angst um dich nicht aus."

Julius zog mich noch fester an sich und legte seine Wange auf meinen Kopf. Seine Fingerspitzen massierten sanft meine Wirbelsäule.

„Ich weiß", flüsterte er. „Es tut mir so unendlich leid."

„Was war gestern los?"

Er verzog das Gesicht zu einer gequälten Grimasse. „Keine Ahnung. Mir war auf einmal furchtbar übel. Ich habe noch etwas eingenommen, aber das kam direkt zurück. Ich habe die halbe Nacht vor dem Klo verbracht."

„Das klingt echt fies." Trotzdem war ich froh, dass das der Grund war. Würde es dabei bleiben? Ich versuchte in seinen Augen zu lesen.

Konnte er überhaupt versprechen, dass er nicht mehr abstürzte?

Dieses Versprechen hatte er schon öfter gebrochen. Er senkte die Lider und seufzte leise.

„Ich will dich nicht allein lassen", sagte ich leise.

Er nahm mich an den Armen und schob mich ein kleines Stück von sich weg.

„Du musst. Du kannst nicht meinetwegen dein Leben aufschieben. Es gibt Dinge, die muss ich selbst in den Griff bekommen."

Hatte Basti mit ihm gesprochen und ihm diesen Text eingegeben? Oder kam die Erkenntnis aus ihm selbst heraus? Der Schmerz in seinen Augen wich Entschlossenheit, die sich in dem dunklen Braun festsetzte und die dem Widerspruch, der mir auf den Lippen lag, Einhalt gebot.

„Ich weiß nicht, ob ich das kann."

Er küsste mich auf den Scheitel und legte seine Hand auf meine Brust, direkt über mein Herz. „Du schaffst das. Ich werde es auch schaffen. Versprochen."

Ich erwiderte seine Geste, spürte seinen Herzschlag unter meinen Fingern. Noch einmal lehnte ich mich an ihn, atmete tief ein, bis meine Nase und Lunge voll waren von seinem Duft, und lauschte dem dumpfen Pochen in seiner Brust. Ich wollte es tief in mir abspeichern, damit ich es auch in der Ferne noch hören konnte. Eine Träne tropfte von seinem Gesicht auf meine Hand. Sanft strich ich ihm mit dem Finger über die Wange. Er umfasste meine Hände, legte seine Stirn darauf und sah mich dann mit zusammengekniffenen Lippen an.

Es war so weit. All meine Kraft war notwendig, um mich von ihm zu lösen. Ich versuchte zu sprechen, aber kein Laut drang aus meiner Kehle. Auch Julius' Mund formte nur ein stummes Wort.

Die drei Meter zum Auto kamen mir vor wie ein Marathon. Als ich die Hand an den Türgriff legte, sah ich mich noch einmal um. Julius stand auf der Stelle und nur das Zucken seiner Wangenmuskulatur verriet, dass er keine Statue war. Meine Kehle brannte und meine Brust war enger als je zuvor. So konnte es doch nicht enden. Ich hätte ihm noch so viel sagen müssen. So viel, das ich nicht in Worte fassen konnte, wofür es vielleicht auch keine Worte gab.

Sören öffnete von innen die Tür. Mit letzter Kraft stieg ich ein und ließ mich auf den Beifahrersitz fallen. Ich war meinem Bruder dankbar, dass er nichts sagte, sondern den Zündschlüssel drehte und losfuhr. Den Blick in den Rückspiegel vermied ich, zog stattdessen mein Handy aus der Hosentasche und legte es in das offene Handschuhfach. Das Display blinkte auf.

Julius hat zwölf Dateien geschickt.

Zitternd öffnete ich die Nachricht, in der zwölf Audiodateien steckten. Ich klickte auf die erste und Sekunden später erfüllten Klavierklänge die Fahrerkabine. Klänge, die mir so vertraut waren. Ich ließ die Tränen laufen, während ich den Text gedankenverloren mit den Lippen formte:

Und sorge, dass dein Herze glüht

Und Liebe hegt und Liebe trägt

Solang ihm noch ein ander Herz

In Liebe warm entgegenschlägt!

Mein Herz blutete, aber die Liebe würde ich darin bewahren. Ich legte die Hand auf die Stelle meiner Brust, wo zuletzt Julius' Hand gelegen hatte. Und ich wusste, er fühlte das Gleiche.

Fünf Monate später

Mit kalten Fingern drückte ich auf die Maustaste und sah mit Erleichterung, wie sich das Bestätigungsfeld öffnete. *Datei erfolgreich versandt.* Geschafft. Mein Essay war nur wenige Stunden vor der Deadline bei meiner Dozentin. So lang durfte ich mir zukünftig nicht Zeit lassen. Ich hatte Glück gehabt, dass mir das Thema für diese Hausaufgabe lag, aber ich sollte mich besser nicht darauf verlassen, dass es beim nächsten Mal genauso sein würde. Für heute reichte es trotzdem. Ich schloss den Deckel von meinem Notebook, ging in die Küche und stellte den Wasserkocher an. Heute Abend würde ich mich nicht mehr mit Unikram beschäftigen. Aus dem Schrank suchte ich einen Teebeutel hervor und hatte ihn gerade in die Kanne gehängt, als es klingelte.

„Oh nee, Mor." Ich stöhnte. Dass sie auch immer unangekündigt auftauchen musste. So schön es auch war, meine Mutter in der Nähe zu haben, hatte ich seit meinem Umzug doch das Gefühl, dass sie ständig um mich herumschwirrte. Kurz überlegte ich, einfach nicht zu öffnen. Aber das würde nur panische Sprachnachrichten provozieren. Also drückte ich auf den Summer für die Haustür und öffnete die Wohnungstür einen Spaltbreit.

Dann widmete ich mich wieder meinem Tee.

Es klopfte.

„Kom in", rief ich. Wieso klopfte sie überhaupt? Machte sie sonst doch auch nicht.

Ich wandte mich um. Es war nicht meine Mutter, die da auf der Schwelle stand. Zum Glück hielt ich die Teekanne noch nicht in den Händen, sonst wäre sie jetzt in tausend Scherben auf dem Küchenboden zerschellt.

„Malene."

Seine Stimme löste meine Starre, aber erst als sich seine Arme um mich schlossen und die Fasern seines Wollpullis an meiner Nase kitzelten, fand ich auch meine eigene Stimme wieder.

„Julius."

Ich drückte mich an ihn und konnte kaum glauben, dass meine Sinne mich nicht täuschten. Seine Hände fanden wie selbstverständlich die vertraute Stelle auf meinen Schulterblättern und der Kuss, den er mir sanft auf den Scheitel gab, jagte mir Stromstöße über den Körper.

„Das habe ich so vermisst", flüsterte er.

Und ich erst. Nach den Nachrichten und Telefonaten in den letzten Monaten hätte ich es nicht mehr für möglich gehalten, dass mich seine Gegenwart so berühren könnte. Ich war sicher gewesen, mich entwöhnt zu haben, und mich langsam darauf einzustellen, dass aus unserer Liebe eine tiefe Freundschaft wurde. Doch es war extremer als zuvor.

„Wie kommst du hierher?"

„Mit dem Auto", antwortete er pragmatisch. Ich sah ihn fassungslos an. War er etwa den ganzen Weg von Erlangen bis Aarhus gefahren? Er musste ewig unterwegs gewesen sein.

„Gut zwölf Stunden", bestätigte er.

Ich zog ihn sanft über die Schwelle und plötzlich löste die Aufregung meine Zunge.

„Komm rein. Ich habe gerade Tee gekocht. Möchtest du eine Tasse?"

Himmel, dieses Lächeln! Beinahe fiel mir die Teetasse aus der Hand. Hatte mich das früher auch schon so verrückt gemacht?

„Setz dich. Mach's dir bequem", plapperte ich weiter.

Julius setzte sich aufs Sofa, während ich mich auf jede Bewegung konzentrierte, die Teekanne und die Tassen zum Tisch balancierte und einschenkte.

„Schön hast du es dir hier gemacht", sagte er, griff nach der Tasse und trank einen Schluck. „Das tut gut, danke."

Ich zog die Beine an, stellte meine Füße auf die Sitzfläche des Sofas, klemmte die Tasse zwischen Oberschenkel und Oberkörper und legte die Hände darum. Ich konnte nicht aufhören, Julius anzusehen. Wie oft hatte ich in den letzten Monaten unsere Fotos auf meinem Handy angeschaut? Doch als ich jetzt mit meinem Blick die Konturen seines Gesichts nachfuhr, wurde mir klar, wie wenig die Bilder die Wirklichkeit abbildeten.

„Du siehst gut aus", sagte ich.

Er zog eine Augenbraue in die Höhe, als würde ich ihn veralbern, dabei meinte ich gar nicht seine Attraktivität. Julius sah trotz der Erschöpfung nach der langen Autofahrt gesund aus. Lächelnd strich er sich mit einer raschen Bewegung eine Strähne zurück, die ihm in die Stirn gefallen war.

„Dein Haar ist ganz schön lang geworden."

Er lachte. „Ja, in den letzten Monaten war nicht so viel Zeit für Friseurbesuche."

„Lass mich raten, die Doktorarbeit?"

„Doktorarbeit, Staatsexamen, Therapie …"

Ich setzte mich so ruckartig auf, dass der Tee über den Rand schwappte und durch die Hose auf dem Oberschenkel brannte. Hastig stellte ich die Tasse auf den Tisch. Das waren ganz schön viele neue Informationen und die Gedanken flogen so schnell durch meinen Kopf, dass ich nicht wusste, auf welche ich zuerst reagieren sollte. Dass die Doktorarbeit, an der Julius so lang gearbeitet hatte, endlich fertig war, hatte er neulich schon in einer Nachricht erzählt. Auch über das Staatsexamen und das Lernen hatten wir gesprochen. Aber von einer Therapie hatte er nie auch nur ein Sterbenswörtchen gesagt. Sollte ich nachhaken? Vielleicht gab es Gründe, dass er bislang darüber geschwiegen hatte. Andererseits, warum hatte er es sonst jetzt erwähnt?

„Du machst eine Therapie?"

„Eine Gesprächstherapie, ja. Erst seit zwei Monaten, aber es hilft mir sehr, mir jede Woche einmal alles von der Seele reden zu dürfen."

Ich schmunzelte. „Ist ja nicht so, als ob Basti oder ich dir das nicht schon längst gesagt hätten, dass reden hilft."

Er hob lachend die Schultern. „Ihr hattet recht. Aber ich brauchte einen Fachmenschen, damit ich es kapiere."

„Aber wenn der dir das innerhalb von wenigen Wochen vermittelt hat, muss der echt gut sein."

„Ist sie. Die hat in den paar Sitzungen schon so viel mit mir erarbeitet, was mir gar nicht klar war." Sein Blick ging durch das Wohnzimmer, ohne dass er dazu den Kopf bewegte, und blieb schließlich auf mir liegen. „Sie ist sozusagen schuld, dass ich hier bin."

Ich rückte ein Stück zurück. „Ist dein Besuch so eine Art Therapieaufgabe?", fragte ich und konnte eine Spur von Enttäuschung in meiner Stimme nicht verbergen.

Er sah auf seine Hände. „Nein. Aber ich habe verstanden, dass ich meine Gefühle nicht unterdrücken darf."

Mit fahrigen Bewegungen nestelte er an seinen Ärmeln, schob sie ein Stück am Unterarm hinauf und umklammerte mit den Fingern der rechten Hand das linke Handgelenk. Die Geste entlockte mir ein Lächeln. Sie war noch immer so vertraut. Julius streckte die Hand nach seiner Teetasse aus und als der Ärmel noch ein Stück höher rutschte, entblößte er feine schwarze Linien auf der Haut, nicht größer als mein Daumennagel, aber auffällig genug. Ich stutzte. Offenbar hatte mir Julius noch mehr verheimlicht.

„Seit wann bist du tätowiert?"

Er drehte den Arm. „Eine kleine Erinnerung an mich, keine Dummheiten mehr zu machen", sagte er statt einer direkten Antwort. Jetzt erkannte ich die feinen Linien als geschwungene Zahl. 3,8. Es durchfuhr mich eiskalt. Diese Zahl, 3,8 Promille, die beinahe seinen Tod bedeutet hätte. Die Erinnerung an seine Abstürze ließen mich noch immer frösteln.

„Ist das auch deiner Therapeutin zu verdanken?"

„Nicht direkt, das ist eher auf Rikas Mist gewachsen."

Eine seltsame Mischung aus Erleichterung und Eifersucht breitete sich in mir aus. Erleichterung, weil Julius offener mit seinem Problem umging; Eifersucht, weil Rika gelungen war, was ich nicht geschafft hatte. Zwar hätte ich Julius vermutlich nicht dazu bringen wollen, sich tätowieren zu lassen, aber wenn er es aus freien Stücken tat, wäre ich gern der Grund gewesen. Noch während ich es dachte, war mir klar, wie albern das war. Trotzdem konnte ich mich gegen das Gefühl nicht wehren, einen entscheidenden Schritt in seinem Leben nicht mit ihm geteilt zu haben.

„Hilft es denn?"

Er lächelte schwach. „Ich lerne, meine Gefühle nicht zu betäuben. Ich brauche keinen Alkohol. Aber die Zahl soll mich daran erinnern, ehrlich zu sein und rechtzeitig um Hilfe zu bitten."

Der Stich, den ich im Herzen spürte, war kurz, aber heftig. Rechtzeitig. Wir hatten beide auf die bittere Tour erfahren müssen, wie abhängig wir von spontaner Hilfe waren. Es war ein Glück, dass wir beide nun hier sitzen konnten, mit Spuren auf Haut und Seele – aber am Leben und auf dem Weg zur Heilung.

Julius knetete seine Hände und öffnete ein paarmal seinen Mund, nur um ihn gleich wieder zu schließen. Ich sah ihn aufmerksam an. Irgendetwas beschäftigte ihn, aber ich wollte ihn nicht drängen. Schließlich atmete er tief durch und blickte zu mir auf.

„Deswegen bin ich hier", sagte er. Seine Stimme zitterte leicht, aber seine Augen ruhten auf mir. Vorsichtig streckte er die Finger aus und berührte sanft mein Knie. Ich hatte damit nicht gerechnet und zuckte zusammen, woraufhin er seine Hand zurückzog, als habe er sich verbrannt.

„Entschuldige."

„Schon gut, ich war nur überrascht", wehrte ich ab, doch er legte seine Hand nicht zurück, sondern sah mich verschreckt und scheu an. Verdammt, ich hatte ihn nicht aus dem Konzept bringen wollen.

„Malene, ich habe in den letzten Monaten viel über mich gelernt, und obwohl wir uns nicht gesehen haben, warst du ein wichtiger Bestandteil meines Lebens. Deine Nachrichten und unsere Telefonate haben mir Kraft gegeben, mir Hilfe zu suchen, zur Therapie zu gehen und an mir zu arbeiten. Und mir ist klar geworden, dass ich nicht mehr ohne dich sein will. – Malene, jeg elsker dig."

Noch nie hatte er sich in meiner Gegenwart an einem dänischen Satz versucht. Und jetzt ausgerechnet dieser. Mir schossen bei diesem dänischen Liebesgeständnis die Tränen in die Augen.

„Ju …"

Er hob abwehrend die Hände. „Warte, das war der Ehrlichkeitspart, jetzt kommt der Hilfepart. Denn der Satz eben ist so ziemlich das Einzige, was ich unfallfrei sagen kann."

Julius lächelte entschuldigend und ich hätte ihn am liebsten sofort an mich gezogen, doch er hielt immer noch Abstand.

„Meinetwegen musst du nicht mehr Dänisch lernen", sagte ich.

„Doch, weil es zu dir gehört. Und außerdem komme ich mit *jeg elsker dig* im PJ nicht weit.“

Ich konnte ihn nur fassungslos ansehen. Er meinte doch nicht etwa … Er nickte bestätigend.

„Du hattest recht; eine Entscheidung muss nicht zwangsläufig eine andere ausschließen. Ich habe mich entschieden. Die Thoraxchirurgie hier soll sehr gut sein, ich würde mich für das dritte Tertial gern bewerben.“ Seine Stimme hatte den unverwechselbaren Klang angenommen, der mir aus den Situationen, in denen er über sein Studium gesprochen hatte, schon so vertraut war. Fokussiert, fest und begeistert. Doch als er mich nun bittend ansah, kehrte die liebevolle Wärme direkt in seine Stimme zurück. „Malene, würdest du mir helfen, Dänisch zu lernen? Ich habe schon Grammatik und Vokabeln gepaukt, aber ich brauche Sprachpraxis und …“

Ich konnte nicht mehr an mich halten, ich zog ihn in meine Arme und verschloss seine Lippen mit einem Kuss. Das war nicht Dänisch, aber verständlich und er antwortete direkt.

„Ich nehme an, das heißt ja?“, fragte er, als wir uns voneinander lösten und noch dem Geschmack des anderen mit der Zunge nachspürten.

„Ja, det hedder det nok.“

Er lächelte und fuhr mir sanft über die Wange.

„Mange tak. Du er … die Beste.“

Lippen streichelten sanft über meine und übten kaum mehr Druck aus als eine Feder, bis sie schließlich liegen blieben. Ich rekapitulierte die Bilder hinter geschlossenen Augen.

Es war ein wundervoller Traum gewesen; Julius hatte mich in Aarhus besucht, im Arm gehalten, geküsst. Jede Berührung hatte ich fühlen können, seinen Atem auf meiner Haut, die Fingerspitzen auf meinem Rücken. Als wäre es alles wirklich passiert. Ich wollte diese Bilder, dieses Gefühl noch nicht aufgeben und hielt die Augen geschlossen, vielleicht fand ich noch einmal in den Traum zurück.

Der Druck auf meinen Lippen wurde stärker, etwas strich vorsichtig über meine Stirn zu meinem Ohr. Ich blinzelte und merkte, wie das Lächeln in meinem Gesicht wuchs. Julius beugte sich über mich. Seine dunklen Augen strahlten mir überrascht entgegen.

„Wow", entfuhr es ihm.

„Was?", flüsterte ich.

„Ich habe dich wachgeküsst."

Ich lächelte. „Du bist ein Prinz. Prinzen können so etwas doch gemeinhin."

„Ich bin sehr froh, dass du nicht hinter einer Dornenhecke liegst und hundert Jahre geschlafen hast."

„Ja, dafür lasse ich mich von Bussen überfahren."

Er legte die Stirn in Falten und wirkte etwas gequält. „Nicht lustig."

Er beugte sich wieder zu mir herab und küsste mich. Ich schlang meine Arme um ihn und zog ihn auf mich, bis nichts mehr zwischen uns passte und wir in einen Kuss versanken, der lange nicht endete.

„Ich bin froh, dass du hier bist", wisperte ich ihm auf Dänisch zu.

„Ich auch. Verzeih mir, dass ich dich so lang habe warten lassen."

Vorsichtig legte ich meinen Kopf auf seine Brust und ließ ihn von seinen Atembewegungen heben und senken. Sein Herz pochte vertraut an mein Ohr. Ich spürte meinem eigenen Herzschlag nach. Abwechselnd erklang das Pochpoch, glühend schlugen unsere Herzen einander entgegen. Solang wir lieben konnten und mochten, würde es so sein.

Julius sah mich neugierig an. „Woran denkst du?"

„An dich, an uns … an Märchen."

„Es war einmal?"

Ich schüttelte den Kopf. „Nein, es wird einmal. Und dann begannen sie gemeinsam bis ans Ende ihrer Tage."

Danksagung

Erstens kommt es anders und zweitens als man denkt, heißt es so schön. Ich hatte gedacht, dass du nicht so lang auf „Solang du lieben magst" warten musst. Schließlich war das Buch bei Erscheinen von „Solang du lieben kannst" schon längst fertig geschrieben und lektoriert.

Deshalb gilt mein ganz besonderer Dank dir! Danke, dass du (vermutlich trotz wachsender Ungeduld) auf die Fortsetzung von Lenes und Julius' Geschichte gewartet hast. Ich hoffe sehr, dass dich das Ende von Band 2 zufrieden stellt und mit dem Cliffhänger aus dem ersten Teil versöhnt. Danke fürs Mitfiebern, Mitbangen und Hoffen – und für jede Nachricht, die mich per Mail oder Social Media erreicht hat, wann es denn endlich weitergeht! Nachrichten wie diese zeigen mir, dass ich nicht nur für mich schreibe, sondern dass meine Bücher tatsächlich Menschen berühren. Danke dafür!

Ein großes Dankeschön auch an alle, die mein Crowdfunding zu „Solang du lieben kannst" unterstützt haben. Dass ihr schon im Vorfeld an mich geglaubt habt, bedeutet mir sehr viel.

Herzlichen Dank an Nadine, die auch diesmal wieder ein wunderschönes Cover gezaubert hat und dafür extra tief in Fotodatenbanken eingetaucht ist, weil es auf den ersten Blick nur komische Bilder von Aarhus gab. Danke für deinen Einsatz!

Vielen Dank an Christoph, dass du dich spontan des Layouts angenommen hast, als gar nichts mehr ging – obwohl auch du genug um die Ohren hast. Vielen Dank und liebe Grüße auch an meine Homies aus der Marketing-

Gruppe. Es macht Spaß, mit euch zu quatschen, über Instagram-Algorithmen zu verzweifeln und sich wie die größte Dilettanten-Gruppe des Jahrhunderts vorzukommen. Mädels, wir rocken das!

Die Geschichte von Lene und Julius hat mich nun gut zwei Jahre intensiv beschäftigt und es fühlt sich seltsam an, die beiden loszulassen. Aber solang du liest und dich an den Büchern freust, sind die beiden nicht ganz weg. Ich freue mich wie immer sehr über jede Rezension, jedes Feedback und jede Empfehlung auf Bewertungsplattformen oder per Mail.

Während du das hier liest, arbeite ich schon wieder fleißig an neuem Lesestoff. Es wird hyggelig, so viel kann ich schon versprechen. Wenn du keine Veröffentlichung und keine Lesung von mir verpassen möchtest, trag dich auf meiner Website gern für meinen „Hygge-Brief" ein. Dann erhältst du einmal im Monat Post von mir. (Und du bekommst als Geschenk zu Beginn einen Kurzroman, ist das nichts?)

Bis zum nächsten Buch! Wir lesen uns!

Alles Liebe og venlig hilsen

Hanne

Über die
Autorin

Hanne Benden studierte Buchwissenschaft und Skandinavistik in Erlangen, Greifswald und Lund und arbeitet heute als Schwedischlehrerin und Übersetzerin. Nach Stationen in verschiedenen Ecken Deutschlands lebt sie nun wieder im heimatlichen Ruhrgebiet. Sie liebt Skandinavien, Bücher und Musik und wünscht sich, so schnell schreiben zu können, wie ihr Ideen für neue Geschichten zufliegen.

Foto by Gesche Schmidt

Weitere Bücher von Hanne Benden:

Das geheimnisvolle Weihnachtskaramell / ISBN-13: 9783752661613
Solang du lieben kannst / ISBN-13: 9783756881406